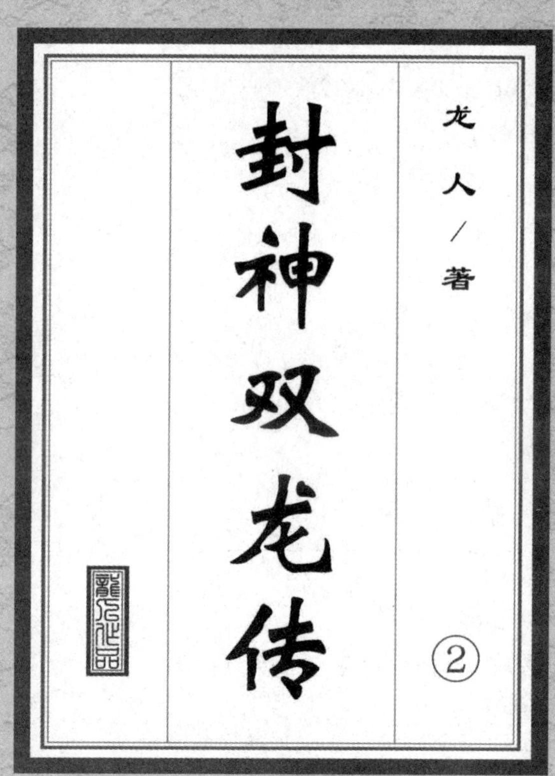

二十一世纪出版社集团
21st Century Publishing Group
全国百佳出版社

图书在版编目（CIP）数据

封神双龙传 : 全 10 册 / 龙人著 . -- 南昌 : 二十一世纪出版社集团 , 2017.10

ISBN 978-7-5568-3102-9

Ⅰ . ①封… Ⅱ . ①龙… Ⅲ . ①侠义小说－中国－当代 Ⅳ . ① I247.5

中国版本图书馆 CIP 数据核字 (2017) 第 243767 号

封神双龙传 龙 人 著

责任编辑	敖登格日乐
出版发行	二十一世纪出版社集团 （江西省南昌市子安路75号 330025） www.21cccc.com cc21@163.net
出 版 人	张秋林
经 销	新华书店
印 刷	北京龙跃印务有限公司
版 次	2018年1月第1版 2018年1月第1次印刷
开 本	710mm × 1000mm 1/16
印 张	160
字 数	1728千
书 号	ISBN 978-7-5568-3102-9
定 价	498.00元（全10册）

赣版权登字—04—2017—744

目 录

第十八章　有炎族人

倚弦与耀阳跟随在三眼蜂后面，有些心惊胆战地穿过阴森可怖的怪木林，踏足“轮回集”西南面的地域范围。或许出于对申公豹及其他魔门五族的惊恐，只要离奇湖的距离越远，兄弟俩便越会觉得安全。

片刻之后，三眼蜂已经将他们兄弟带至一处僻静的院落旁，繁华热闹的轮回集就在旁近不到十余丈外，此处却显得格外幽静安宁。

三眼蜂在院落上空盘旋数圈，表示确定目标的位置，然后飞回二人身旁。倚弦从身上拿出一个织袋，念动法咒驱使三眼蜂自行飞入其中，然后随手挂于腰间。

倚弦与耀阳相互交换一个眼色，行至院墙角落边，不动声色地掘地三尺，倚弦从耀阳手中拿过金刚杵，念动婥婥所授法咒，将杵插入其中，再在其上洒了几层砂土，两人才壮着胆子潜入院中。

院内清净幽静，唯有东屋亮着灯光，俩人摸索着慢慢近前，蹑手蹑脚走到小屋的窗口旁，透过破陋的窗格向里面望去——

土行孙果然在里面，正端茶立于一位瘫坐在轮车上的老者身边，那老者身着灰色长衫，五短身材，也是一位侏儒，相貌与土行孙颇有几分相似，一望即知与土行孙多少都有些亲戚关系。

老者从土行孙手中接过茶杯，轻呷了一口，细细品味一阵，小眼几乎眯成一线，点头叹道：“好茶！”

土行孙见自己泡的茶得到老者肯定，露出一脸得色，欣然道：“那是当然，这可是轮回集老字号‘香茶山堂’的正统货色，而且还是今天刚到的新鲜货!”

老者放下手中茶杯，略带责备地问道：“你今日这么晚才回来，而且还花大价钱带回这些‘龙涎香’，到底是怎么回事?”

土行孙眼珠一转，立时答道：“没什么，只是今日的生意特别好，一直忙到很晚，所以才特地买些‘龙涎香’回来孝敬爷爷!”

看老者轻啜杯中茶香，土行孙思量再三，终忍不住说道：“爷爷，孙儿有一事不明，想求教您老人家!”

老者似乎早有所料一般，摇头轻笑道：“说吧!”

土行孙从怀中拿出那块方形玉饰，又再端详片刻，皱眉问道：“不管怎么看这块饰物，我都觉得它非同寻常，但不知为什么，‘玉满楼’的陈三却说它不值一钱!”

耀阳一看是信物，胸中无名火起，抑止不住便想起身冲进门去，谁知被倚弦用力摁住，打出手势示意继续听下去。

只见那老者的目光停顿在方形玉饰上，眼中异芒骤然一闪而过，神情变得愈发古怪起来，甚至一把夺过玉饰，紧紧攒在手中，身躯一阵颤抖，禁不住目光呆滞，仿佛一瞬间苍老了几十年似的。

老者一把抓住土行孙的手臂，声音抖颤而急切地问道：“老老实实告诉我，玉饰的主人是谁?”

土行孙哪里晓得爷爷会有如此大的反应，想到事情的严重性，他忍住手臂犹如铁箍的疼痛，如实答道：“是两个寻找有炎氏的毛头小子!”

“有炎氏!”老者松开土行孙的臂膀，喃喃念叨这个无比熟悉的姓氏，脑海中顿时浮现出早已沉寂了上千年的宿世记忆，视线一阵模糊，手中茶杯跌落于地，老泪已然横流满面。

土行孙慌了神，忙上前扶住轮车上摇摇欲坠的老者身躯，急声问道：“爷爷，您怎么了?”

窗外的兄弟俩也是大吃一惊，想不明白老者为何会有这般反应，顿时好奇心大起，隐隐觉得这位老者肯定与他们要找的有炎氏有关，不由屏息静气等待下文。

老者缓过神来，端正身躯抹去满面泪痕，深邃的目光中透出一股说不出的凄凉，长叹一口气，道："看来应该是告诉你真相的时候了！"

"什么真相?"土行孙不明所以地怔住了。

老者的轮车不推自动，前后进退几步，缓缓行至内室。不多时，老者手持一个长方形包袱驱车而出，打开来一看，竟是黑漆漆的一块灵牌。

老者端正牌位，肃然注目一脸茫然的孙儿，一字一顿道："跪下！"土行孙愣了愣，最后还是依言屈膝跪下。

耀阳与倚弦连忙凑近窗格望去，谁知一眼望去，兄弟俩惊得差点从窗外蹦起来。真是踏破铁鞋无觅处，得来全不费功夫！

在室内不算太弱的灯光映照下，灵牌上的字迹依稀可辨——

"东胜州有炎氏列祖列宗在上"。

老者一脸慎重地双手捧着牌位，道："依你方才所言与这块玉饰来看，圣皇使者已经到来，我护法守族的责任近在眼前，所以我也应该将我族有炎氏一脉的事情尽数告知于你，以防我将来万一有所差池，你对本族宗统还一无所知！"

土行孙脸色大变，惊讶非常地问道："爷爷，我们乃堂堂圣门九离一族之后，怎么会与那个什么有炎氏扯到一起呢?"

此言一出，耀阳与倚弦这才明白土行孙在奇湖不愿谈起九离魔族的缘故，原来他本属魔门东圣一族，又怎敢轻言本族的功利是非呢。

老者的神情愈趋黯然，道："你听我慢慢道来，切勿打岔！

"记得在一千多年前，我有炎氏一族长年居于渭水流域，与洪荒其他九九八十一个部族和平相处，共同维持着自第一次神魔大战之后难得的宁静。这一切直至我族最杰出的圣皇宗主——神农的诞生，才发生不可逆转的变化！

神农宗主自幼便精研先古贤才的书经典籍，不但文成武德，将我们有炎氏部族治理得昌盛强大，更对三界各族的药医之术尤为擅长，后来赤足行走于天地之间，推行农耕历法，尝百草著医书，游历天下部族医人无数，因其身份居于有炎氏宗主之位，学识广博精深，心性仁慈博大，故而深受一众弱小部族所拥戴，逐渐形成相当强势的部族联众力量，也因此被尊推为‘圣皇炎帝’。

无奈的是，神魔玄妖四大法宗之争祸延天地，盛世与乱世之分只在于时间长短的差别，其时，魔门五族无故挑起是非，翻云覆雨，引至各大部族之间恩怨纠缠不清，征战连年万灵涂炭！我族群多势大，虽然得以暂时幸免，但是……”

话到此处，老者忽然一顿，眼神变得复杂无比，好似在回味宗族一脉的昌盛往事，又好像在感怀祸根潜伏的世事沧桑。

土行孙几次想插话追问，但望见老者神色肃穆地沉浸在回忆之中，也知趣地不作打扰，静静等待下文。

窗外的耀阳与倚弦兄弟俩早就听婥婥简略说过关于有炎氏的部族史话，此时再一细听其中的是非曲直，同样听得悠然神往，神思翩然翱飞于上古洪荒时代，随着老者的讲述，心情起伏跌宕，久久不能自已。

老者长叹了一口气，继续说道：

“当时，神玄二宗为平定三界祸乱，决定由有熊氏部族的少主——后来被尊称为‘玄宗第一人’的轩辕黄帝率领两宗战将及人间部族的兵力收服魔逆，并以此为基础，统一华夏大地，确保三界太平、盛世久安！

圣皇深明大义，顾虑到千万子孙的福荫，他主动放弃抗争的意图，并且将手中大权交予轩辕。谁知因此开罪了原本便窥觑我族强势的魔门东圣九离门族，而当时的九离门族在自称‘神魔’的宗主蚩尤领导下迅速崛起，联合妖魔二道及人间界的诸恶部族，逐渐成为唯一可与轩辕黄帝正面对抗的庞大势力。

终于有那么一天，蚩尤与黄帝正式对战于大河两岸，他首先以正面兵力吸引轩辕的大军逼进，然后步步退让，诱使轩辕大军的主力尽数集中于大河附近，魔妖二族表面上虽节节败退，其实暗地里却在筹划着一场惨无人道的屠杀……

趁着后方势力薄弱，蚩尤率一众魔族凶徒潜入我族祖居之地，将全族老少尽数囚禁起来，然后以此逼迫圣皇交出毕生精研所得的《圣元本草内经》，谁知在经籍到手之后，蚩尤出尔反尔，竟又再次逼迫圣皇自裁，此举激起我族上下一心奋力反抗，最后混战一团，可怜无辜族民哪是魔门众将的对手，一时间尸横遍野血流成河……”

老者说到此处，眼中泪光浮现，凄然无助的神情展现无遗，愤声续道：

“圣皇顾忌到本族所有子民的性命，当即答应了蚩尤的卑鄙要求，但同时也迫使蚩尤以‘魔灵噬心本命咒’发下重誓，不得再行伤害我有炎氏任何一名族民，蚩尤因惧怕圣皇一身几近神级的修为与无可比拟的威望，答应以此作为条件来交换。然后……圣皇自毁肉身，引天雷轰至灵元俱灭……”

话一至此，老者一脸热泪潸然而下，哽咽的话语再也说不下去，早已泣不成声。当耀阳与倚弦听到炎帝舍身为民的行为，他们不由得对这位医者仁君大生敬意，同样被感动得眼眶为之湿润。

土行孙赶忙起身靠近老者的轮车旁，小声劝慰老者。此举令窗外的兄弟俩对他大为改观，看出他的本质并没有表面上那么无可救药。

老者缓过一口气，定了定神，双眼中迸出无比仇恨的目光，道：“蚩尤虽然碍于本命咒誓不敢再杀害我有炎氏族民，但始终掩不住他生性暴戾的魔心本性，竟以‘十绝封神印’封印我族所有子民的本元命根，并立下非人规条——有炎氏一族生生世世都将臣服于东圣九离门下，男子体形侏儒，女子永世为奴，永不得翻身之日！

从此以后我有炎氏一族倍受魔门欺辱，甚至像我们这些可以逃离魔门族地的后代子孙，因惧怕更为残酷的恶果，都不会以本族姓氏自称，久而久之，有炎氏便如同烟消云散一般，不复再现三界之中！”

土行孙直至此刻才得知自身备受他人歧视的侏儒体形，竟是遭自己素来敬若神明的魔宗九离一族陷害所致，心中惶然无措，也不知是恨是悲，竟怔立在老者身后，半晌说不出一句话来。

耀阳与倚弦兄弟俩更是震惊莫名，他们怎么也想不到世间竟会有如此残暴不仁的人物，再一想到从前的蚩伯、妲己与闻仲，甚至飞扬跋扈的淳于琰等人的行径，心中对魔门中人越来越觉厌恶。

老者久历沧桑，知道自己的孙儿一时很难接受这个事实，轻拍了拍土行孙的肩头，道："虽说如此，但我们无时不刻不在期待着奇迹的诞生，要么是圣皇重生，或是有炎氏再出现一位圣皇帝君……"

说到此处，老者免不了轻叹一息，清楚这个想法无异于痴人说梦，犹豫片刻再道："要么便是——圣使降临，开启'无极秘境'之门，调和三界六道的运转枢机，承接天地无极的无为洗礼，方能逆天改命，还我有炎氏千秋万代的福荫!"

土行孙一听有希望复原本命躯体，眼前不由一亮，忙迫不及待地问道："'十绝封神印'位列魔宗万法之首，怎么可能说破就破？究竟'圣使降临'与'无极秘境'是怎么回事？"

"无极秘境!"耀阳与倚弦听到此处，顿时想到"阴阳劫地"的神秘老者所言，禁不住思忖道："难道那位老前辈所说可以帮助我们兄弟开启潜能的结界秘地，便是老土爷爷提到的'无极秘境'么？"

"谁？"只听老者赫然暴喝一声，至强的魔能结界力量透体而出，波卷浪涌般涌向窗台外的兄弟俩。

耀阳与倚弦暗自叫糟，原来兄弟俩方才惊闻"无极秘境"的存在，忍不住讶然轻咦了一声，以至于被修为颇高的老者发现行踪。

无奈之下，兄弟俩被屋里卷出的结界力量团团困住，阵阵压迫感扑面而至，竟将他们身周尺余范围内的气温蒸腾上升，令他们徒生一种恍若被烈火炙烧的感觉，二人只觉举步维艰，个中滋味好不难受。

轮车碾地的声音骤起，二人抬眼望去，土行孙推动轮车载着老者走出屋来，霍然见到原来是耀阳与倚弦兄弟，不由惊问道："你们怎么找到这里来的？"

老者双目射出炯炯电芒，注视眼前兄弟俩，只听土行孙的问话，沉声道："行孙，难道他们就是你所说持有玉饰的圣使？"

"是!"土行孙应声答道。

老者似乎并未因孙儿的回答而放过兄弟俩，反而愈加催发体内元能，增强炙热结界的力量，双眼中迸出无比期待的目光。

兄弟俩从老者明知他们是圣使却仍然不肯收回结界的举动中，看出老者正在试探他们的底细，看情形非得露一手不可，否则今日定然难逃一劫。二人不由暗暗叫苦，体内的元能时隐时现，根本由不得他们做主。

倚弦从背后拉了拉耀阳的衣角，然后做出一副从容淡定的模样。耀阳侧目一看倚弦的举动，立时明了他的用意，也有模有样装出满不在乎的神情。

他们心里清楚得很，如果此时再不展现他们所谓“圣使”身份的非凡风范，恐怕最后真会被人炖来吃了。只是苦于受结界威力的逼迫，他们硬撑着灵体傲立，实在已经没有气力说出半句话来。

老者细细审视置身于“烈炎结界”笼罩下的二人，只见若隐若现的结界芒光中，一个英气勃发、身形俊伟；一个精神奕奕、卓然挺立，果然有傲然出众的神采。尤其此刻二人并肩而立的气势，带给他一种久违而又全然不同的强悍感应。

耀阳与倚弦是有苦自知，望着老者一脸欣赏的观望神色，都止不住揣度他究竟要试探到什么时候？他们已经感觉到灵体开始支撑不住，炙热的蒸腾感越来越强，好在灵体虚灵相生，不着于实体成色，再加上夜色正浓，倒也看不出什么破绽。

其实，两兄弟也在借机试探自身的元能反应，算起来他们一路碰到这么多事情，都能有惊无险地过过，全靠这一身潜伏的灵异元能。但无奈的是每次元能发动均不由自主。所以在下意识中，二人也在等待异能显现。

然而不等元能显灵，老者便已收起结界之力，道：“只因事关重大，小老儿不敢轻信他人，所以刚刚对两位圣使有所得罪，还请圣使体谅!”

压力骤然一空，耀阳与倚弦顿觉周身一松，哪还有什么话说。耀阳打个哈哈，客客气气地答道：“前辈处事小心谨慎，原本便是我等后辈的学习榜样，又何来得罪之说呢？前辈太客气了!”

老者微微点头，表示非常赞赏兄弟俩的态度，环顾四周一圈，道：

“此处僻静耳杂，你们随我进屋谈吧！”语罢，示意土行孙推他进屋。

土行孙面对兄弟俩逼视的目光，正觉尴尬异常，此时趁机冲二人干笑几声，推着老者缓步入屋。耀阳与倚弦瞧见他一副死猪不怕开水烫的厚脸皮，虽然气得够呛，但也只能无可奈何地相视摇头，紧随爷孙俩走入屋里。

堂屋里摆设简略明净，与寻常阳间百姓家无甚差别。

老者端坐轮车之上，领手一礼指向堂前的主人位，道：“圣使请上座！”

耀阳与倚弦连忙推让道：“不敢，不敢，还是前辈上座吧！”说话间，两人已经各自找了两个客座位置坐下。

老者见二人谦逊有礼，并没有自己想象中的“圣使”架子，心下更觉欣慰有加，于是挪动轮车行至二人身前不远，道：“其实老朽腿脚不便，长年都在这轮车之上，坐哪里也是一样，不如我们就这样面对面，反倒显得亲近！”

老者转头大有深意地对身后的土行孙道：“行孙，去斟茶给两位圣使，也算是给圣使赔罪吧！”

“是！”土行孙应声返入里屋，不到片刻便端出两杯茶来，毕恭毕敬地送至耀阳与倚弦面前，道，“小子今日不知两位圣使大驾，以至于做出诸多不敬的举动，还望圣使大人不计小人过，千万别跟小子一般见识！”

耀阳与倚弦想不到在阴错阳差之下找到有炎氏后人，心中兴奋不已，再听过方才老者关于有炎氏族的叙述，对土行孙的看法一早便有所改观，哪里还会责怪于他。

二人接过土行孙手中的茶，倚弦道：“我们怎会怪你，若不是你的功劳，我们多半还找不到这里，否则也不会这么顺利就找到有炎氏前辈！”

老者微颜一笑，道：“不用前辈前辈这样称呼，如果单论身份，我们爷孙俩应该尊称你们为前辈才对！再说有炎氏的姓太过招摇，还是称呼现在的姓名为好，老朽别名土墼，我这孙儿小名行孙！”

耀阳与倚弦点头应声道：“土墼前辈所言甚是！”

土行孙在旁憋了半天的话，此时终于插口问道：“我记得自己绕着轮回集来回兜了好几圈，直到确定没人跟踪才敢回来的，你们究竟是怎么找到这里的?”

耀阳与倚弦心中暗自好笑，同时也不免觉得侥幸，他们如果不是得到婷婷的帮助，仅凭二人之力，企图在偌大一座轮回集里寻找一位土遁术高手，实在无异于海底捞针。想到这里，两人心中对婷婷这位魔门娇女更添了几分好感。

“好了，过去的误会就别再提了!”土墼打断土行孙疑惑不解的追问，面对兄弟俩开门见山地问道，“二位圣使此次来轮回集，为的便是去开启‘无极秘境’么?”

兄弟俩对视一眼，想起神秘老者的吩咐，犹豫片刻，倚弦坦然道：“不瞒土墼前辈，其实我们也是机缘巧合才从一位前辈那里得知秘境一事，原本是为了我们本身一点私事，所以事先并不清楚秘境原来事关土墼前辈一族命脉!”

“圣皇如此安排，自然有他的道理!”土墼若有所思地点点头，忍不住问道：“你们可曾见过圣皇？他老人家还好吗?”

兄弟俩一听之下，周身浑然一震，禁不住同时想到，难道那神秘老者真是有炎氏一族的先祖，被尊称为“圣皇炎帝”的神农前辈?

碍于当初应诺不得透露老者行踪，兄弟俩只能含含糊糊地应了一声。

倚弦见土墼一脸疑惑，忙解释道：“其实，是那位老前辈叮嘱我们不要透露他的消息，所以我们必须信守承诺，还望土墼前辈不要见怪!”

耀阳不解地问道：“土墼前辈为何如此肯定我们就是圣使呢？对于那块玉饰，我们曾经仔细观察过，好像并没有什么特殊的地方?”

土墼摇摇头，摊开一直紧握玉饰的手掌，只见原本掌心大小的玉饰竟缩至小小一个方块，而且似乎不能见光一般，在土墼摊开手掌的瞬间，自行化灭，烟消云散了。

看得兄弟俩一愣一愣，根本弄不明白到底发生了什么变故。

土墼解释道：“这是我们有炎氏的一种独门法艺，那块玉饰其实是由一股元能固化而成，只要将想要传递的消息封印其中即可，因此，此物唯有遭遇本族一定级数的高手，方能开启其中私密。否则，寻常再如何厉害的人物，也只能毁除它，而不能尽知其中所藏之秘！”

耀阳与倚弦顿觉新奇不已，他们从来都以为玄法的用途不外乎御敌防身两种，怎么也料不到除了修持灵兽的趣味以外，还有像有炎氏这般别致精巧的用法，不由同声惊叹，心中对《玄法诀要》的兴趣也愈渐强烈。

土鳌神色悲凄地思忖半晌，毅然道：“只要知道圣皇他老人家还好，我们有炎氏一族的宿命即使再苦再屈，也甘心情愿去承受！”

土行孙愣愣道：“爷爷，你刚才不是说圣皇已经自毁肉身，引天雷轰至灵元俱灭了吗？怎么可能还会……”

耀阳与倚弦一早便觉得土鳌话里前后矛盾，此时听土行孙问起，禁不住同时望向土鳌，静听他的解释。虽然他们认定那位神秘老者便是神农，但联想到整个有炎氏部族传说的始末，不由也很想知道其中究竟。

土鳌回忆往事，缓缓讲述道：“自从圣皇寂灭归天之后，我们有炎氏部族的子民在暗无天日的魔域过着受人奴役、生不如死的生活，日复一日，年复一年……

直到蚩尤的妖魔大军被轩辕黄帝彻底击败，趁着魔域一片混乱，大部分有炎氏族人得以逃出生天，但是当我们面对已经被毁灭的家园族地，都感到天地虽大，却已无我们容身之所！”

说到此处，土鳌黯然失色的神情渐渐变得兴奋起来，仿佛想到令人振奋的事情一般，续道：“就在这时，圣皇终于显现灵身，他告诫我们要忍辱负重，等待时机重整有炎氏部族，并将‘无极秘境’的开启之法一一传授给我族四大长老，叮嘱我们一定要守候圣使驾临，静待光复有炎氏的时机成熟。于是从此之后，我们隐姓埋名、远走他乡。为避免魔门怀疑，四大长老每二百年一换，轮流负责守候在轮回集，等待圣使来解救我有炎氏一族！

屈指算来，我们业已等了将近千余年了！”土鳌长叹一息，脸现喜色望向耀阳与倚弦二人，抑止不住心中兴奋的神情，颤抖着声音道：“好在苍天不负有心人，我们有炎氏部族终于等来了救星！”

耀阳与倚弦哪曾想到神秘老者会将如此艰巨的任务交托给他们，想到残暴不仁的魔门人物，再一衡量自身的那点能耐，他们心中顿时没了底，一时间惶然无措，不知该说些什么了。

倚弦眼见土犟满怀期待地看着他们兄弟俩，为了不让他看出自己的心虚，连忙随口问了一句，道：“听前辈刚才说，有炎氏一族有四大长老，那么除了你之外，还有其他三位长老呢？”

土犟再度叹息一声，满腔悲哀道：“我们在轮回集苦熬了五百多年，仍然无法等到圣使来临。在极端失望的情况下，我们决定尝试着靠自身之力解除本命封印。于是，我们拿出当年脱离魔域时偷取的《幻殇法录》，开始自行修持当中所载的魔能法门……

谁知事与愿违，蚩尤的‘十绝封神印’果然厉害，令我们遭受自逃离魔域之后最大的打击。因下丹渊海的本命元根被封，致使我等苦苦修持所得的元能根本无处可蓄，只能放任于脉轮经海之间，即使法能再强又如何？我们几经犹豫，终于决定强行修炼一种‘慧元根器挪移法诀’，将一身元能置放于中丹渊海与上丹渊海……”

耀阳与倚弦听到此处，禁不住惊咦出声，只因在二人的脑中，《玄法要诀》业已倒背如流，自然知道所谓“中、上丹渊海”指的便是修真术中的“道鼎”——

据《玄法要诀》记载，寻常三界众生逆天行道，必然先将自身体脉的错综交汇处，铸炼成元能道鼎，方能聚元能用之以修真渡厄。然而在本体的上、中、下丹渊海三处之中，以潜藏本命元根的下丹渊海最为紧要，乃是修真万法之根基所在。

至于位列上身的中、上丹渊海，只能是在达至“灵元归真，天人合一”的真人之境后，才能循序渐进修持此二处道鼎，方能期望修达“炼虚还神、蕴神合道”的大成境界，洗髓易筋、脱胎换骨，终可跻身天界众神之位。而在此之前，如若妄自修炼中、上丹渊海，轻则引至灵元紊乱不调、道基有损，重则招致走火入魔、万劫不复之灾。

土鏊神色悲凄难以自拔，道：“……事实证明我们错了，但惨痛的代价已经由不得我们后悔，三位长老因此走火入魔，沉沦在元神的虚迷幻境之中，本体石化而去。而我，也变成今日这般模样，留得半条老命苟活于世！”

耀阳与倚弦心中唏嘘不已，对于这样的论述，平常在《玄法要诀》中看得多了，两人素来不以为意，直至今日听土鏊说出印证的事实，兄弟俩这才真正对《玄法要诀》有了另眼相看的敬畏之意。

“唉，陈年往事，多说无益！”土鏊一扫阴晦不畅的表情，道，“好在圣使如期而至，有炎氏一族这些年的血泪屈辱总算没有白挨！”

兄弟俩暗暗叫苦不迭，毕竟两人阅历尚浅，像这般承受别人整整一个部族的希望，未免太过沉重。耀阳不由借机说道：“土鏊前辈，老实说，我们也没有什么把握，来这里，只是想碰碰运气试试看。所以，您老千万不要抱有太大的希望……”

土鏊摆了摆手，微颜一笑，道：“经过这么多年的风风雨雨，我已经将成败得失看得很淡了。所以你们如果有机会步入‘无极秘境’的话，凡事无须太过勉强，顾及自身的安危要紧！”

兄弟俩备觉感动，但偏偏连安慰他老人家的话语也不敢说一句，心中愧意更甚，半晌说不出一句话来。

土行孙始终没有说话，他直至此刻才知道关于自己的身世，心中的惊疑可想而知，再说他平日里受人欺辱，逆来顺受惯了，渐已养成遇事嘻笑放肆的性情，忽然面对这骇人听闻的事实，让他如何适应得过来呢？

土鏊仰首观望窗外夜色，道：“好了，时间虽然已经很晚了，但对于我们却是刚刚合适，为了避免夜长梦多、节外生枝，不如我们连夜赶往秘境吧！”

耀阳与倚弦一听大喜，两人自从在宴会上见到魔门人物齐聚，一早便有抽身溜出轮回集避祸而去的想法，此时闻听可以即刻赶往秘境，立时出声答应了。

一旁的土行孙脸色大变，连忙脱口说道：“爷爷，现在太晚了，你身体又不好，孙儿觉得还是明天再去吧！”

这一番话再次让耀阳与倚弦兄弟俩对土行孙生出些许好感，两人怎么也想不到，外表猥亵、行为龌龊的土行孙竟然会是一个如此孝顺的乖孙子，不免有些惊咦嗟叹。

倚弦更是深受感染，应声道：“是啊，土壂前辈，你身体不适，走夜路根本不方便，我看还是明日再说吧！”

土壂一脸坚决的表情，摆了摆手道：“虽然秘境地处偏远，但它毕竟沉寂了千万余年，若是在白日里开启，强劲的浩能流溢而出，恐怕会招致道玄妖魔之类的高手惊觉，到时如果徒生变数，就得不偿失了！

放心吧，我就算再老再残，也断然会有自知之明，所以二位圣使无须为我担心！”土壂偏头望了自己的孙儿一眼，面色凝重地拍了拍土行孙扶在轮车上的手，点头示意他不必担心。

耀阳与倚弦听说秘境可能招惹魔门人物的感应，不由都有些紧张起来，再听土壂满怀信心的话，也不再推辞，齐声道：“那就有劳土壂前辈了！”

土壂点点头，道：“二位圣使不识得去路，不如就随我们一起使土遁术去吧！”

兄弟俩正觉尴尬，试想身为“圣使”的他们，竟然连遁术都不会，岂不笑煞旁人！闻言齐齐点头，找准了这个稳当的台阶下，暗里禁不住吁了一口气。

“等等！”倚弦猛然想起方才封印在土地中的金刚杵，忙抽身到外面，掘土将杵取了出来，除净尘渣，拿到土壂爷孙面前，有些不好意思地说道：“方才因为担心你孙儿逃走，所以……还望前辈见谅！”

土壂闻言大笑起来，不以为忤地摇头道：“‘竖金合土，屯地封界’，确实是破除土遁术最好的方法！只是……”看着倚弦手中的金刚杵，土壂神色一愣，双目厉芒一闪而过，道，“圣使能否借手中金器一观？”

倚弦依言将金刚杵递给土壂，但想到这是婥婥所赠，难道上面留有某种魔门的暗记不成，于是怕被土壂看穿，心下不免忐忑，故作不解地问道："有什么问题吗？"

土鳖接过金刚杵，仔细端详片刻，皱眉问道："敢问圣使，这金刚杵何处所得？"

倚弦与耀阳禁不住心底一惊，倚弦只能如实地答道："是……一个女子所赠！"

"净看这柄端异纹，左旋右出，呈五华朝阴之象！"土鳖追问道："莫非那个女子是魔门中人？"

"前辈所料不差！"倚弦面色一红，讷讷答道，"此物正是魔门防风氏的婥婥姑娘所赠！"

此言一出，不但令土鳖震惊不已，连一直沉默不言的土行孙也不免心有所动，偏头惊疑地望向倚弦，一脸难以置信的神情。

兄弟俩对望一眼，知道始终瞒不过土鳖，倚弦于是将婥婥赠杵送蜂之事一一说出，只是省略了婥婥与他之间的一些尴尬细节。

土鳖将金刚杵递还给倚弦，疑道："风魔女此举究竟是何用意呢？难道她已经知道你们的身份？但是，关于圣使秘境之事皆属本族绝密，天地三界知其详者，也仅仅我族四位长老而已。"

土鳖沉思片刻，神情显得格外凝重，道："不管怎么样，为了以策万全，我们必须马上离开这里！"

倚弦小心翼翼地将金刚杵置放于腰间，他和耀阳在下意识里虽然都不愿相信婥婥会做出什么危害他们的事，但内心始终对魔门中人存有三分戒心，令他们不得不心生顾忌，连连点头称是。

土行孙似乎想到什么，欲言又止地说道："爷爷，这些家当……"

土鳖声色严厉地打断他的话，道："身外之物，何必如此看重，改日回来再取也不迟！"土行孙有些恋恋不舍地望了望屋里屋外，只能很无奈地放弃了搬走内屋珍物宝器的想法。

土鳖望向耀阳与倚弦兄弟，道："事不宜迟，请二位圣使速速靠近我三尺之内！"

兄弟俩应声行至轮车旁，一听可以马上领略五行遁法中的土遁术，心中都感到兴奋不已，他们从前骑过飞虎灵兽、玩过隐灵遁法、甚至在被蚩伯操控时还被迫尝试过水遁，那种逐一体验玄法奇妙的感觉实在太让他们投入而沉迷进去，这也是他们念念不忘修习《玄法要诀》的动力之一。

土璺神情肃穆地端坐在轮车之上，口中嚅嚅念诵咒法，掐指成诀，自上而下划空旋出一圈低纵的弧线轨迹，浑厚魔能应势而发。

此时，耀阳与倚弦可以清晰地感应到，一股沉实的元能旋出恍若实质的有形结界，将四人紧紧护卫其中，结界之力沉稳盈实而又极具张力，充斥四人身周数尺范围之内，令人徒生与面前环境隔阂开来的感觉。

片刻间，随着土璺催发的本体元能愈渐增强，耀阳与倚弦的思感不自觉地随着魔能向下扩展，循着脚下土地一直往一个方向延伸，直到某处不知名的地点才骤然停止，然后只听土璺一声低喝："走！"

顿时，四人的灵躯被结界托住，如同水银泻地一般迅速沉入地底。耀阳与倚弦只觉眼前一黑，结界裹带四人开始向目的地缓缓行进。

兄弟俩好奇地伸手触碰身周这层结界，只觉这股元能的禀性不寒不热、厚实有力、分布匀称，张弛有度的力量具有极强的穿透力，轻贴在结界表层上，可以完全感受到结界与土地之间的巨大摩擦。

这种感觉与他们曾经感受过的众多结界力量完全迥异，比如隐灵遁法中"幻屏结界"的玄奇涟漪，潜水遁术中"玄能附体"的微妙感应，乃至奇湖水底"紫青结界"的气息交互等等。

还不等两兄弟细加琢磨，便只觉耳边风声顿起，眼前一亮，原来四人已经升上地面。土璺掌中法诀一收，四人身周的结界顿时消失无形。

第十九章　无极秘境

月渐西斜，已是深夜时分。

四人所处之地是一处险峻的绝顶悬崖之上，遥望远处的冥空暗月，体会扑面凛冽的阴风嗖嗖，眼前的高崖悬空尤显空旷寂寥，月光下的奇湖远在目光遥遥之外，隐隐现出点点波光粼粼。

耀阳与倚弦环顾四周，对周围的环境隐约有股熟悉的感觉，但脑中却浑然没有一丝印象，正准备询问之际，土行孙浑身战栗起来，首先向土壂发问道：“爷爷，这里是什么地方？我怎么忽然觉得寒气逼人，好冷！”

“冷？”兄弟俩愣住了，不由想起人儿曾经说过，灵体一旦脱离肉身，便不再受体脉气血束缚，不会有任何寒凉温热之感，土行孙又怎会独自生出寒气侵体的感觉呢？

“屏息静气，万念归一，不要受外界幻象所迷！”土壂警惕地四顾左右，道：“此处乃是冥界禁地——轮转山的绝顶之上！”

土行孙依法施为，闭目静息的样子很是辛苦，似乎正在抵御某种异力一般。

“幻象？”耀阳与倚弦一怔，虽然不甚清楚其中缘由，但也有些明白过来，他们原本从这里出发去往轮回集，怎会转过山头就无法辨认出来，想必也是受了土壂所言幻象影响的缘故。

遥望奇湖两侧巴掌大小的轮回集，耀阳啧啧两声，道：“说来也怪，我们明明昨日来过这里，怎么现在看起来还是觉得很陌生一样？”

“这也难怪！”土壂道，“轮转山之东是冥城鬼域，西边是名震三界的轮回集，往南是十八层冥狱所在，北山地底向西延伸数里，则是深藏天地间最为玄奥难测的轮回六道。因此，轮转山一直被视为冥界禁地，除了环绕山下的生死河是一道天然屏障之外，山中更是遍布各种结界，所以会令你们产生种种错觉。”

兄弟俩恍然大悟，再次观望四周环境，但见山崖绝顶四面悬空，秃无草木，向东一端突出一块怪石，孤悬于空，仿佛上接于天壤之外，予人一种分外孤寂苍凉的感觉。

倚弦问道：“土鳖前辈，此地难道便是无极秘境的入口？”

“正是！”土鳖点点头，肃容道，“无极秘境参阴阳造化之玄机而生，自上古洪荒便存于天地之间，但知其秘者，千万年来也就寥寥数人，而且能进入此间寻求无极之秘者，也千万年难得一见，若非其人体内元能的禀性具有非比寻常的极向韧性，甫入秘境便会被阴阳极能摧至灵元俱灭！”

兄弟俩听得心中一紧，相互对视一眼，想到其中凶险，不免有些忐忑难安。

土鳖善意一笑，疏缓二人心中紧张，道：“既然圣皇选你们作为圣使，必然是认定你们的能力可以安全进入无极秘境，所以，你们不用过于紧张！”

于是，土鳖将秘境开启之法一一说明，道：“其中关键你们已经悉数知晓，虽然我也不明白秘境之中会出现什么样的状况，但相信冥冥中圣皇应该有所安排才是！”

“二位圣使一定要切记，凡事不可勉强，一切顺其自然便好！”土鳖再三叮嘱，然后道，“那么，现在就开始吧！”

兄弟俩知道既然已经走到这一步，便没有退缩的路了，二人想到几度大难不死，以及自身的潜能所在，再加上最近还算不错的运道，更让他们有了跃跃欲试的决心，于是毅然点点头。

见到兄弟俩齐齐点头同意后，土鳖缓缓移动轮车来到最为陡峭险峻的孤石崖角，身躯闪电般从轮车上冲出，倏地朝天飞起，唇齿间秘咒诵念，玄奥法诀应势而发，森森白气从两手十指间急电般飞舞而出，割破崖前虚空无尽。

暗月西落，隐入轮转山后。

此时，就在月光无法企及的东崖尽头，炫目亮光一闪即逝，虚空处豁然现出一轮浑圆缝隙，黑白异芒相互交织缠绕，映衬出缝隙中奇奥诡魅的无形玄机。

“去吧！”土鳖大喝一声，右臂五指屈指成爪，凭空摄劲而发，浑厚元能裹住耀阳与倚弦二人，顺势将他们朝缝隙中抛去。

浑圆缝隙内的黑白异芒似是感应到异物侵入，顿时透射出耀目的双色光柱，直达天际的虚无苍穹，竟将二人身形戛然托住，悬在半空之中。

耀阳与倚弦只觉灵身分别被两股力量包容在其中，竟再也无法动弹丝毫。紧接着，黑白异芒开始以一种潜在的循环方式相互更替，巨大的压力透析而出，压得二人生出无法透气的窒息感，片刻间，压力愈加增强，熟悉的感觉让他们回想起昔日在“虚灵幻境”中自爆身亡的情景。

兄弟俩再一想到土鳖所说“灵元俱灭”的后果，更是大惊失色，直欲抽身躲开，奈何早已身陷囹圄之中，如何还能脱得了身。随着黑白异芒推动的压力加剧，二人有苦难言，心中挣扎起求生的欲望，不由都将唯一的希望寄托于体内的“归元异能”之上。

异样的变化骤生，看得土鳖心头一惊，正感到无比担心之际，虚空异象再生，顿在半空的二人身躯顺应黑白异芒的刺激，蓦然分别耀出紫青双色芒光，与原本托住他们的黑白异芒相互交融，刹那间，映出无数流光幻彩激射飞舞，照彻整个幽暗冥空。

仅只片刻间，天际华彩乍现即逝，浑圆缝隙处涌出一股庞大无匹的吸力，将兄弟俩齐齐吞噬，吸入缝隙之中，所有变化只发生在一息之间，浑圆缝隙便自动缝合，崖前虚空已然恢复正常。

土鳖掌中法诀一收，整个人便瘫坐在轮车之上，因耗用元能过剧，他免不了气喘吁吁，汗流如注。看着不远处还在运用元能抵御结界幻象的土行孙，土鳖深深叹了一口气，心中暗自祝祷兄弟俩能够一切顺利。

当土鳖想到有炎氏一族的命途从此将被改写，正感到万分欣慰高兴之际，心神中久修而成的魔灵异心骤然一动，回首望去，空崖绝顶之上赫然多出一人——

一位身着镶金黑漆朝服、脸覆玄银面具的妇人迎风卓立，细长威严的一双凤目中，冰寒如电的眼神炯炯注视着土鏨。

土鏨感应到其人神能超卓，已然将绝顶石崖紧紧控制在自身结界之中，只能无可奈何地一叹，镇定自若道：

“有炎氏护法长老土鏨参见玄冥帝君，碍于身患残疾，不能行面君朝圣之礼，实在罪过，罪过！”

玄冥帝君闻言一震，玄银面具后的目光透出难以置信的异芒，沉声问道：“你等果真是神农有炎氏的后人？”

土鏨料定她必有此等反应，遂正色答道：“帝君久历三界浩劫，执掌冥界死生轮回大权已有数千年，相信对我族之兴衰应该了如指掌才是，难道还分辨不出老夫是否为有炎氏后人？”

玄冥帝君以神能巡视，感受到土鏨爷孙身际萦绕的魔能异力，冷哼一声，道：“你等即便是有炎氏后人又如何？神农烈山若是知其子孙最终沦落成魔道走卒，九天魂灵怕也难得安息！”

土鏨听出她话中敌意，不屑地反唇相讥道：“不要说得这么好听，你等神玄二宗比之妖魔邪道虽有可取之处，但也绝非善类！”

玄冥帝君眼中厉芒闪现，显然被土鏨的冷嘲热讽激恼，但也听出其人话中带话，于是不动声色，偏过身等他将话说完。

土鏨思及往事，心中抑郁之气起伏难消，哪里还顾得上对方是何身份，道：“想当年我有炎氏一族在圣皇带领下，为顾全天下万民部族的福荫，放弃逐鹿天下的机会，归附于轩辕黄帝共讨蚩尤，谁知竟惨遭其偷袭灭族，圣皇为顾全族性命自殒而亡，我族上下也遭其种下本命封印，世世代代都难得片刻苟安……”

土鏨回首望向玄冥帝君，神情中流泻出悲凄无助的愤慨，伸臂一指，声严色厉道：“然而，当蚩尤败于轩辕之手后，我族上下恳求你们神玄二宗予以庇护，哪知你们竟以为我族受其封印，已成魔门奸细，便以大战初胜、尚未奠定胜局为由，将一众请愿的我族长老通通拒之门外！

奈何天地之大，竟再无我有炎氏一族的容身之所！”

土鏨说到此处，不由仰天长笑，声泪俱下。

片刻间，他长吁了一口气，毅然道：“于是，我们看透了所谓神玄二宗的真实面目——原来在利益权衡之下，你等与那帮妖魔宵小同出一路，并没有什么大同小异！自此以后，我族便立誓不再寻求任何庇护，一切都要靠自己，哪怕本族只剩最后一名子孙，也绝不向任何人卑躬屈膝！”

玄冥帝君默然无言，她也曾亲历那场震古烁今的神魔大战，怎会不知其中缘由所在，望着眼前这位悲愤莫名的受难者，心中浮出一丝歉疚，淡淡道：“事隔千年，现在再谈论当时的是是非非，未免言之过迟，对也好错也罢，都已时过境迁了！”

此时，原本受轮转山结界所困的土行孙被土鏨方才刺耳的笑声震醒，睁开双眼甫一见到玄冥帝君，便吓得翻身跪倒在地，抖颤着身躯道：“小人拜见玄冥帝君！”

土鏨缓缓驱动轮车从崖角向土行孙行近，大声喝止道：“起来，身为有炎氏的子孙，便不该自视卑下，不管面对任何环境，都应该挺胸抬头站起身来！”

土行孙怔了怔，毕竟这数百年来一直苟活于三界边缘，虽然经常做些偷鸡摸狗之事，但也从未想过对这位三界之神有所违逆，此时闻言难免一时间无法适应过来。

土鏨心中暗恨此子太不争气，当下右掌按提生风，元能劲气暗涌向前，硬生生将土行孙跪落的躯体凭空拔起，土行孙身不由己站起身来，充满畏惧的眼神惊恐地望着数尺距离外的玄冥帝君。

玄冥帝君似乎丝毫不以为忤，看似漫不经心地来回踱了几步，若有所思地四下观望崖顶，道：“既然你们寄居轮回集已有数百年光景，应该知道这轮转山乃我冥界禁地，为何今夜还胆敢闯入此地？”

土鏨虽然不清楚玄冥帝君为何会发现他们的行踪，但细细想来，估摸多少都跟方才开启秘境时所耀出的异芒有关系，他也知道很难骗过修为通神的对方，索性开诚布公地反问道："既然是私闯禁地，自然是做些见不得人的事情，帝君为何明知故问呢？"

土行孙听爷爷公然顶撞玄冥帝君，心中直呼完了，当他想到有可能遭受到的刑罚下场时，不由一身战栗不止，幸好体内尚有土鏊方才释放的一份元能护持，否则怕已当场瘫坐在地了。

"说得好！"玄冥帝君眼中厉芒一闪即逝，道，"本帝正想听听，你们究竟在做什么见不得人的事？"

土鏊放声大笑道："既然明明说了是见不得人，自然便是不能说与旁人知道的，帝君为何明知故问呢？"

玄冥帝君不怒反笑，负手悠然行出数步，道："看来，你们摆明是与三界为敌，难道不怕就此连累有炎氏一族？难道就不怕负了你们老祖宗神农烈山一心护族的希望？"

土鏊闻言眉头一皱，这正是他最不愿看到的事，就在心念甫动之际，他的魔灵异心再度触动，明显感应到体外结界力量逐渐加强，情知对方已经决定采用强制手段，心弦不免一紧，但仍然镇定对答道："一人做事一人当！如果神玄二宗与那魔妖鼠辈一般不择手段，凡事都讲究祸殃株连，天地三界迟早必乱，相信到时候我有炎氏一族一样难得幸免，这不过是时间早晚的问题罢了，我又何必指望什么、害怕什么呢！"

"好！不论今日结果如何，就凭这句话，本帝便不会为难你有炎氏其他族民！"

语罢，玄冥帝君目光如电，扬臂轻托，抬肘划出一线朦胧柔和的光能，掌中五指虚空一摄，均匀布设在崖顶上的元能结界如同百川汇流般随之缓缓收拢。

土鏊只觉周身一紧，知道对方已经发动结界之力，急忙运转体内魔能相抗，尽管他清楚自身元能与冥帝相比，实不啻于自取其辱，但他既然身为有炎氏族长老，束手就擒这等有辱本族颜面的事情自是做不出来的。

土行孙的修为不及土鏊三分一，早已被愈缩愈紧的结界压迫得丝毫无法动弹，巨大的元能来袭令他神志一乱，硬生生昏迷了过去。

却说倚弦与耀阳二人的身形顿在崖前半空之中，受黑白异芒的强卓压力所逼，猛然感到体内一阵膨胀，由外向内的压力开始挤迫灵体，扭曲的强力拉扯让他们再度回想到当日自爆身亡的可怖经历。

兄弟俩惊恐莫名，此刻在二人脑中电闪而过的，无一例外都是祈求归元异能的出现。不知是否因为面临生死攸关，他们体内的异能果然及时出现，紫青两道芒光分别透体而出，与黑白异芒互为缠绕，交相辉映。

顿时间，二人只觉彩光炫眼，目不能视，飓风吼啸，耳不能听。巨大的吸附力从裂空缝隙中应运而生，将兄弟俩猛地吞噬进去。耀阳与倚弦脑中一片晕眩空白，浑然只感到一阵飞速下坠的感觉，随后便人事不知了。

恍惚中不知过了多久，二人悠悠醒来，赫然发现目力所及之处，是一片广阔无垠而又虚无混沌的静寂空间，身边无法见到任何人或物，却又能感应到自己兄弟的存在，而且口不能言，觉得自身如同游离的气体一般存在着，令他们惊惧莫名。

好在兄弟俩曾经经历过“虚灵幻境”与“阴阳劫地”，对付类似环境多少都有了一些经验。像这种虚空灵境，均是天地间微妙至极之处，若非二人灵体受“归元魔璧”锻炼出极阴极阳的禀性，又怎能一次又一次经历此等旷古绝今的际遇。

但这处虚空之境，与他们以往所经历的两处地方完全迥异。这种虚空万有、异不藏实、别无他物的感觉，加上二人始终无法移动分毫的无奈，令面临此境的耀阳与倚弦生出不识来处、更无辨归途的莫名恐慌。

耀阳与倚弦顾盼四周，这才发现在头顶不远的虚空之中，映照出一面巨幅圆形图腾，其圆一分为二，分别呈现出两面紫青异色的鱼形半圆物体，像是拥有灵性般相互纠缠着。熟悉的图案让兄弟俩不约而同地想到了“归元魔璧”。

忽然间，图腾中的双色半鱼物开始缓缓启动，顺逆有度的旋转越来越快，轰然一响过后，紫青双色图腾骤然射出黑白两道异芒，将兄弟俩再度笼罩其中。与方才不同的是，耀阳与倚弦只觉流光异芒甫一临身，便如附骨之蛆一般尽数窜入灵体之内。

刹那间，那种不断膨胀的感觉又随即而来，兄弟俩感到自己的思感与神志正在不断被分解又分解……

良久，二人蓦地睁开眼睛，环顾四周——他们正置身在一条横亘在虚空中的无尽长廊之上透过右身下如水晶般闪烁变幻的廊壁与栏杆，一片耀眼的光明延伸向远方虚无缥缈之处。俯望左首，透过若有若无的长廊幻象，可以望见的是深不可测的无尽黑暗，仿佛随时都会将他们吞噬一般。

然而就在此时此刻——

异变倏生！

只见眼前所有的虚空幻象正如水波似的一圈圈荡漾开来，然后轰地一声化为一团熊熊燃烧的紫青色焰柱。

二人身周的一切忽然在刹那间以焰柱为中心开始旋转起来，水晶般透彻的长廊仿佛在刹那间碎裂开来，化为无数碎片，鲸吸虬饮般被吸入焰柱之中。

兄弟俩大吃一惊，下意识抽身往后疾退，才惊觉灵体仍然如同先前一样丝毫也动弹不得。就在两人惊恐莫名之际，只觉得眼前紫青光芒绚烂闪耀，似乎受了焰柱力量的牵引，他们的头顶脚心各自一热，体内的归元异能蓦地活跃起来。

此时，虚空中那紫青双色的焰柱已化为万道狂流，复又融会归一，聚成滔天巨浪汹涌澎湃地向二人扑面而来。然而看似狂潮海啸般的巨大力量，席卷至二人身前时，竟骤然一止！

不等兄弟俩反应过来，仿佛蓄势而待的漫天巨潮凭空化作一线瀑流，由头顶天心正中处袭入二人体内，以匪夷所思的方式尽数注入他们的思感神识之中。

两人顿觉冷热两股异能汹涌侵体，偏又寻不到丝毫痕迹，仅感到脑中思感万千交杂、头疼欲裂，就如同隔着靴子抓痒，明知痛在何处，但怎么也没办法解决一样，不由齐齐呻吟出声。

好在耀阳与倚弦经过这么多磨难，早已心意相通，下意识中互相握住彼此的手，同时在口中默念《玄法要诀》上的几句真言，意守灵台，凝神聚万千思感于一念，尽量符合要诀中“清心正一，万念焚净”的要求。

因为没有人知道，如此浩瀚的异能袭入思感神识会有什么样的后果。他们自从经历过古墓肉身自爆以后，每逢体内元能蠢蠢欲动，都会隐隐有种战战栗栗的恐慌，唯恐相类似的情况再度出现。此时此刻，兄弟俩更不敢有丝毫放松，他们虽然没办法阻挡异能在思感中翻涌，但一片清明的灵台深处，却从未放弃过任何尝试的机会。

正当二人苦苦支撑至极限之时，忽觉思感深处传来一阵碎裂的“啪啪”声响，然后几乎在同一瞬间，所有虚空异能贯穿脚底而出。

神识中的轰响过后，两人见到紫青双色的异能翻腾融会在一起，交缠在虚空中再次爆炸开来。

而此时耀阳与倚弦随即失去了知觉。

不知过了多少时候，耀阳与倚弦从恍恍惚惚中醒来，发现自己兄弟俩正在一片淡淡光影中飞速穿行，正当二人思索方才的诸般遭遇究竟是真是幻时，忽感一阵耀眼的光亮映入眼帘。然后“砰砰……”两声过后，兄弟俩跌在地面滚成一团。

茫然中，耀阳与倚弦翻身立起，环视四周，正是方才来时的轮转山的崖顶。岂料一阵罡风平地而起，兄弟俩无来由地心神一震，脑中正在回忆的种种梦幻般遭遇与心中的团团疑惑，顿时消失无踪。

令耀阳与倚弦倏然一惊的是周遭一切带给他们的震撼。

不知是否因为受了秘境异能的影响，他们的五官感应变得异常灵敏，暗月下的崖顶似乎成了一个奇妙的世界，像崖顶上的一花一草、一木一石，甚至环绕周围的结界力量等等，在他们眼中无一不透出其独有的禀性特点，朦胧而崭新的不一般景象慢慢呈现眼前，已然使得他们震惊其中，浑然忘了注目周围数丈之外，早已有十数人在此久候。

这十数人正是以玄冥帝君为首的一众神玄二宗弟子。而受结界封制的土鳖爷孙俩被他们包围在其中。土鳖眼睁睁看着本族圣使落入群围，却口不能言手不能助，眼中的愤恨神色一时显露无遗。

土鳖看了看身边昏迷的土行孙，情知方才被冥帝以结界所擒，孙儿修为尚浅，定然已被其施法套知一切经过，心中顿感羞愧难当。再一抬眼环视身前众人，不由在心中为兄弟俩捏了一把汗。在场众人除去玄冥帝君以及身边的牛头使与阴阳判官陆钥，其他人面生得紧他都不认识。只看他们与冥帝三人分站两方间隔甚远，显然不是一道，不过观其神色气势便知其中无一是易与之辈。

耀阳与倚弦好半晌才觉出情形不对，恍然醒悟过来，瞪着受惊的眼神左顾右盼，首先入眼的便是众人前列的土鳖爷孙俩，土鳖的忐忑与土行孙的昏迷都告诉二人——当下的情形有多么糟糕。

一念及此，兄弟俩对望一眼，虽然他们并不清楚这群人对自己究竟有何目的，但下意识总觉出他们与妲己、闻仲之类相差无几，于是迅速开始思索应该如何逃脱，倚弦心细如发，早已偷偷打量起众人，也好做到知己知彼。

在他们左面一方是以戴玄银面具的黑衣妇人为首，对于这名神秘妇人，兄弟俩倒是一直念念不忘，虽说如果没有她的“陷害”，他们也没办法见到“阴阳劫地”中的老前辈，但毕竟感觉被人摆了一道的滋味并不好受。

除去她左侧一贯熟悉的牛头使者不提，妇人右侧一身怪异红袍的瘦弱男子，他们从未见过，只见其人面色漆黑，一脸络腮胡，如果不是眼内白眼珠太多，还真像是一个炭头，手中持着一支粗如儿臂的巨大黑笔，与他的体形颇不相称，现正跟他身后几名鬼面装扮的汉子一样，以一种奇怪的眼神看着两人。

倚弦与耀阳立刻猜到黑衣妇人很可能是冥界的某位达官贵人，不然怎能让那牛使者乖乖侍立身旁？再向右边望去，赫然入目的是一个漆黑壮实，如铁塔般的十尺巨汉，肩上扛着一把粗如树干似的狼牙棒，把他身后的数名威猛大汉都比了下去，像个巨灵神般正虎视眈眈地瞪着他们。

巨汉旁边站了一名身着玄色衣衫，背负奇形兵刃的魁梧男子，样貌不凡，神情中隐有倨傲之色，但双目过于细长且眼光闪烁，格外予人一种城府颇深的感觉。还有一名斜襟长衣的俊朗少年，傲然孤立于玄衣男子身旁左面一丈远处，长发飘扬，极为显眼。背负一异形长弓，却无箭壶，腰悬一琥珀色兽角，手中长矛约有丈六，通体晶莹血红，一望便知非同凡物，矛尖正遥指倚弦与耀阳，态度极不友善。

就在兄弟二人打量众人之际，殊不知他们同样给对方带来莫名的震撼，其中尤以玄冥帝君为最。冥帝初次见他们时，只觉俩人除去灵体异常诡异、身份极端古怪之外，也无其他。然而此次再见两人感觉竟完全迥异，只觉兄弟俩灵气逼人，体内异能流溢，有若实质，直引得自身结界玄能振动不已。

其余人等修为高浅不一，对面前兄弟俩都有一种高深莫测的感应，由此引得年轻一辈更是心生妒意，以玄衣男子为首的一众人等直恨不得一拥而上擒获两人，免得节外生枝。只有冥帝一方与那孤傲少年却是纹丝未动，不过个个面色出奇的凝重。

玄衣男子最先沉不住气，手势一挥，正欲率众围擒耀阳与倚弦，却听冥帝忽然素手一拦，道："游岚炙，且让本帝问他们几句话!"

游岚炙顿住身形，止住身边众人，一脸恭敬之态，不再前移半分。

玄冥帝君步行至俩人身前丈许远处，缓声问道："本帝再给你们最后一次机会——只要你们说出究竟是何宗何人门下、私闯我冥界禁地的意图，以及交待秘境的开启之法，本帝便可放你们一条生路，容你们重返轮回再世为人!"

倚弦与耀阳听她自称"本帝"，心下不由一怔，自然而然想到的当然是与天帝、人皇并驾齐驱的三界之神——冥帝，心中立时泛起一阵抑止不住的深深惧意。

耀阳想到横竖都是一死，勉强将胆气一壮，大声答道："我们兄弟既不是任何什么宗派的门下，也不知这地方是什么禁地，虽说我们刚刚进过秘境，但对开启之法我们也不太清楚。所以……我们实在没办法回答你的问题!"

玄衣男子游岚炙闻言嗤笑一声，怒哼道："好个一问三不知！依我看，对付这些魔门走狗根本不用讲什么仁慈道义，只管将其手到擒来便是，我就不信'渡灵法刑'之下，他们安敢不说……"

"游师兄此言差矣！"身旁长弓利矛的俊朗少年打断游岚炙的话，悠然道，"行云以为——天地万物，众皆平等。即便沉沦魔门的迷途生灵也是无辜的生命，所以凡事何必赶尽杀绝，应该尽量施以仁慈之心，导其向善方为正途！"

此言一出，令包括耀阳与倚弦在内的全场众人都对他大生好感。玄冥帝君赞许地点点头，道："行云贤侄果然已得元宗真传，天心正道的修为日益纯熟，异日必将大有作为，老君收得此等好徒弟，真让我等羡慕！"

游岚炙闻听玄冥帝君对师弟的赞赏，心中大为恼怒，对这位师尊最为喜爱的关门弟子——慕行云更是嫉恨不已。只见此时他眼中迸出的妒火，让看在眼里的几个同门不由都为之忧心忡忡。

"帝君太夸赞了！"俊朗少年躬身向玄冥帝君还了一礼，面向耀阳与倚弦继续说道，"我看这二位小兄弟年纪轻轻，定是因涉世不深受了邪魔外道的蛊惑，才致使犯下如此大错。正如方才帝君所言，只要你们现在肯将幕后主使与方才进入秘境的经过一一说出，帝君定会容你们转生阳世重新做人！"

耀阳与倚弦莫名其妙地对望一眼，他们哪里想到进了这古怪秘境走了一圈，竟犯了什么巨大的错误，令冥界之神率众多高手在此兴师问罪，一时间不由愣住了，齐声问道："我们究竟犯了什么大错？"

"事到如今，你们还敢狡辩？"游岚炙抓住表现的机会，大声喝斥道，"此处乃冥界禁地，而此中秘境更是事关三界兴衰之关键。我等方才亲眼见你们从秘境跌出，难道打破天地平衡，搅乱三界秩序，意欲将三界众生、万物生灵陷于万劫不复境地的不是你们吗？难道这还不是弥天大祸吗？"

倚弦与耀阳俩人闻言联想到方才种种梦幻般的遭遇，不由大惊失色，冷汗直流，同声呼道："这……怎么可能？"

玄冥帝君盯视他们良久，道："初见你们二人，虽然感觉你们灵体充盈实足，身负怪异元能，但好在心性还算纯良，所以觉得并无可疑之处。想不到你们原是蓄谋已久混入冥界，再以那魔宗归元魔璧的双极异能打破盘古上神的禁忌，扰乱亘古平衡的至极之源，届时妖魔二道趁势作乱、涂炭生灵……你们果真是其心可诛！"

冥帝此言一出，一众合围之人均现出激愤难当的神情，尤其游岚炙等人更是趁机再度逼近数步，只等玄冥帝君挥手示意便会立时群拥而上。

此时，一直被众人结界所围的土鏨忽然爆出一阵狂笑，朗声道："枉你们一直都以天地之主自居，原来凡事只要有个堂而皇之的借口，便可以恣意妄为，看你等神玄二宗若干高手，居然会对两名毫无还手之力的少年动手，其行为才真正令人齿寒！老夫实在看不下去了！"

说到这里，土鏨顿了顿，怜惜地望了望身旁正从昏迷中醒转的土行孙，再道："两位小哥，老夫如有不妥，行孙以后就拜托你们了！"后一句显然是对倚弦与耀阳两人所说。

语毕，一直困坐轮车上的土鏨"呼"地站了起来，竟然突破了冥帝所布结界的封制，令他身边几个看管他的大汉也受其凛然气势所逼，禁不住齐齐后退数步。玄宗众人尽数感到土鏨举动的怪异，注意力同时集中，运起玄能向他掠来。

玄冥帝君见土鏨竟可以突破自身所布结界，正感万分惊疑之际，浑然只觉玄心一震，已然感应到土鏨成倍增长的魔能，立时明白过来，抽身朝土鏨疾掠扑去。

第二十章　逆天而行

然而，当玄冥帝君疾身扑向土蟞之时，已然为时过晚。

只见土蟞一袭柔化魔能托住土行孙，将其送出五丈开外，并朝耀阳与倚弦大声呼道："快逃!"语罢，四尺身躯在顷刻间轰然爆裂散开，化为漫天血雾向神、玄二宗一众人等席卷而去，在方圆五丈内形成一个威势足以吞噬万灵的元能场。

"元灵焚体魔诀!"

玄冥帝君抽身疾退，无奈因距离太近，一时间无法完全脱开血雾控制，强绝的劲气虽然被她的护身结界一一挡住，但震撼的余波仍然令她运转神能一个周天才尽数化去。

其他在场众人均按耐不住惊呼出声，纷纷向后急退，希望可以避开眼前血雾所蕴的霸道魔能。只有四五个靠土蟞最近的玄门弟子无法逃脱，被血雾魔能罩个正着，因修为尚浅，护身结界根本无法抵御焚体魔能的侵入，几声惨叫声中，数人立时被魔能摧至灵元俱灭，蓬然化为数团血雾，融入整团血雾之中。

耀阳与倚弦两兄弟曾经见过蚩伯施展此法，知道此乃魔宗自毁歼敌的一门至极魔功，怎会不知此法的威力所在呢？"土蟞前辈……"他们一边极快地抽身掠退，一边大声呼喝着土蟞，心中感动非常，禁不住热泪盈眶。

他们自小孤苦无依相依为命，好不容易撑到长大成人，谁知后来被蚩伯、妲己与闻仲之类的妖魔当作傀儡一般使唤，更因此而失了性命……所以一直以来，他们除了相信自己兄弟以外，对谁都存有几分戒心。却想不到今日竟有人为救他们情愿舍弃性命，试问这怎能不让他们感怀备至、潸然泪下呢？

正当两兄弟无比感伤之际，一道淡淡的紫魅光影轻掠而至，托起二人身形向外遁去。急速逃遁的过程中，熟悉的体香阵阵传来，耀阳与倚弦不望也知，来人正是万妖魅后——妲己。

想那玄冥帝君乃何等人物，虽然遭逢异变，却能临危不乱，一直在关注兄弟俩的动静。此时见有人趁乱掳人，哪会如此轻易便放过。只见她双手急速旋舞而动，“玄冥气剑诀”应势射出，来势渐弱的漫天血雾顿时被斩开一道缺口，瞬时间慢慢散去。

玄银面具后的双眸寒光闪动，玄冥帝君望向已退至绝崖边缘的三道人影，大喝道：“何方妖孽，竟敢在我冥界撒野？”言语间，一身黑漆朝服无风自动，身形跃然而起，划过一道低旋的弧度急速向他们追去。

此时，牛使者、陆判官以及玄宗游岚炙、慕行云等数名弟子狼狈地从“元灵焚体魔诀”的元能场中脱身而出。当他们看到眼前这一幕，顿时全都醒悟过来，飞速扑向绝崖旁侧，试图切断不远处三人逃遁的路线。

倏然间，一道犀利而狂暴的赤色魔能呈圆日形澎湃而至，横空直袭冥帝面门，其凛冽气势竟将冥帝与玄宗众人的前路齐齐切断。

“赤阳诀？”众人大吃一惊，挡住他们去路的不明高手施展的竟是玄门正宗的道法，难道对方也是玄宗门人吗？众人心生怀疑，一时不便出手应对，只能各自顿住身形，静候对方现身，以免错伤同门。

冥帝身际朝服翩动，袖手挥动之间，半月形的神芒迎击上前。只听一声“蓬”然巨响，巨大的元能碰撞激起漫天尘埃。尘埃落定之时，偷袭者终于现出本来面目，一名黑袍老者驱驾一匹墨玉麒麟出现在众人面前。

赫然是当今殷商太师，更是魔宗九离门族的宗主——闻仲。

冥帝冷冷盯视对方，缓缓道：“阁下究竟是何人？为何冒充魔宗九离氏？”

此言一出，包括那闻仲在内的所有在场众人都齐齐一愣。

冥帝道："阁下虽然可以化身为魔宗九离的闻仲模样，可惜学得破绽百出，仅仅只是形似而已，除了你的本体元能或许与闻仲不相上下之外，其他都掩饰不住你的本命妖身！

竟敢在本帝面前使这等卑劣手段，真是找死！"语毕，玄冥帝君双手十指急速拨动，伸、曲、弹、旋的姿势变换中，数十道剑芒如漫天雨箭般飞击射向假闻仲，其势疾若闪电，隐带风雷之声。

谁知那假闻仲拨转墨玉麒麟勉力避开冥帝的凛冽攻势，径直驱兽踏空而去。同时大声喝道："玄冥帝君果然好眼光，既然如此，本宗也就不便插手，只好打道回府，不劳冥帝相送……"说完一阵狂笑声传来。

牛使者与陆判听到假闻仲的话，想到此人如此视冥界如无物，令他们在玄门元宗众弟子面前失了面子，不由心中大恼，立时驾起云头就要追去，却被冥帝挥手拦住了。

陆判不解地问道："帝君，恕属下愚昧，为何不让我们去将他拿下呢？"

冥帝身形掠前，面具后的目光出奇地凝定，道："追他又有何用，你们莫非忘了此行的目的？"

牛使者、陆判与游岚炙、慕行云一众玄宗弟子猛然醒悟过来，原来那人只是为了掩护两个小子逃遁的帮手而已，立时齐齐回头望向耀阳与倚弦方才遁去的绝崖方向，已然见不到任何踪迹。

牛使者颇为自信地说道："帝君请放心，现在整个冥界包括轮回集在内，都已经在我们二宗的严密监控之下，所以我们现在最主要的任务就是搜查冥界的每一寸疆土，逼得他们无所遁行。"

话刚一到此处，冥帝忽而心念一动，禁不住惊"咦"了一声，猛然打断牛使者的话，大呼道："不好！"话未落音，她便翻身向绝崖之下飞去。

所剩众人顿时面面相觑，均自猜想究竟是何事竟能令威镇三界的冥帝如此大惊失色，急忙率众随后追去。

顿时间，绝崖之上变得空空荡荡，只余下阴风阵阵，呼啸怒号。

此时，一阵嗦嗦声响传来，不远处的崖土一阵松动，土行孙自崖壁之上滚落出来，停在绝崖边上。

他怔怔地望着苍茫虚空，扑通一声跪倒在地，无声的泪水自那张丑脸上滚滚而下，双手抓起崖土用力抛向空中，目光中竟透出往日从未有过的坚毅。

扬起的粒粒尘土飞散在虚空之中，最终尽数落入犹如待物而噬的幽暗绝崖之下，直至再也不复丝毫存在的痕迹……

且说耀阳与倚弦被妲己挟持救走，直坠绝崖而下。

兄弟俩只觉风声呼啸，身下大雾层层叠叠，霜风如刀，扑面袭来，眼前只有白蒙蒙的一片，冷飕飕的雾气如大浪般从身旁轰然袭过，汹涌上冲。恍惚间，他们有了一种如坠梦魇的感觉。

三人下坠之势越来越快，愈往深处这深渊愈是幽黑混沌，烟白雾气已逐渐变为淡绿色，显得诡异非常，邪瘴毒气更是四处飘离，冰寒而阴湿。阴风呼啸声中，野兽凶狂的吼叫和众多混淆难辨的厉嘶、呻吟如浊浪排山倒海般响彻四面八方，愈渐清楚分明。

两人同时想到这渊底不知究竟是何种地形，生怕纵使妲己妖功盖世也要失足，连累自己兄弟。毕竟此处乃极冥之地，决不同于寻常人间地界，就算灵体不曾跌落高崖，哪怕稍有不慎遇上意料不到的危险，也会落得魂飞魄散灵元俱灭的下场。

就在倚弦与耀阳两人惊恐莫名之时，妖后妲己骤然鼓动妖能，一双玉腿莲足急速挥舞踩踏，将他们身周的邪雾瘴气一一劈卷开来。

兄弟俩借机虎目凝神，四下探望。这轮转山孤悬三界之间，本就上大下小宛如倒壶之状，此刻二人扫望，竟已浑然不见边际，再一向下俯视，幽暗无底深不可测，直令二人叫苦不迭。

蓦然，妲己的左脚朝右脚面上借力轻点，一股妖能跃然荡出，美眸默测虚空距离，紧揪倚、耀两人，抄足飞掠，向幽暗某处御风冲刺过去。到近一看，原来那里正是一处悬凸空际的尖崖险石，嵘然孤立于此。

三人甫落崖岩之上，尚未立稳脚跟，忽听雷鸣怪叫，瘴雾被劲风扑开，几只长翼怪兽轰然冲出，双翼拍打着向他们立身之处扑来。

“蓬……蓬……”几声闷响，它们口中喷射出数道幽绿赤红的炎火与毒雾，气势汹汹地袭向他们，诡异幽灿的光芒照得四周一片惨亮。

妲己似是毫不在意地冷哼一声，粉背紧贴崖壁，不急不缓地单手挪开手中的兄弟俩，口中念诵法咒，双手各捏出一道“玄阴九姹诀”，体内妖能集聚于五指之间，然后葱玉般的纤纤玉指翩舞，澎湃妖能已应势旋飞而出，紫芒电舞，瞬间将袭来的炎火毒雾尽数破除，紧接着只听数声悲鸣惨叫声过后，漫天的残羽肉屑便飘散于重雾之中。

“想不到这堂堂冥府重地，竟也养这些无用的扁毛牲畜!”

妲己蓦然转首，对骇然相视的倚弦与耀阳两人厉声喝道：“你们两个小子现在最好老实点，你们现在已经成了三界神玄妖魔人人得而诛之的猎物，恐怕也只有本宫才会救你们，所以你们最好合作一点，这样对大家都有好处!”

兄弟俩面面相觑，根本搞不懂这一切究竟是为什么？他们只是进那个所谓的“无极秘境”走了一遭，什么甜头都没尝到便遭人四处追截声讨。虽然他们很想清楚地问问“救过”自己的冤家对头，但也知道现在不是时候，只能暂时忍住不说，无比听话地连连点头。

妲己满意地抓起他们兄弟，调整了一下妖能气息，纤纤足尖急点峭壁，想也没想便跃身跳入浓厚至伸手不见五指的惨绿雾气中，飞也似地朝下疾速坠去。

“啊……”没有丝毫心理准备的兄弟俩吓得惊叫一声，闭上双眼，只听到耳边呼呼风响，根本不敢想象就此跌落下去的结果是什么。

崖壁愈往下愈显得陡峭滑湿，更时有不知名的奇蛇怪虫、凶禽异兽自岩隙石缝中闪电窜出，施以偷袭咬噬，加上飞雾迷离，毒火瘴气汹汹涌动，周遭的一切都变得诡异奇魅之极。

妲己鼓动体内妖能展开“魅邪结界”，将耀阳与倚弦环卫其中，一双玉手翩翩挥舞，紫魅光影纵横交叉，将来袭的毒虫以及万千凶兽一一斩杀殆尽，玉容自始至终不露丝毫惧色，反倒是兄弟俩虽然曾经在轩辕古墓中见识过比这更惨烈的阵仗，但现下身处其中，看着众多怪物如海浪般层层涌来也不由惊骇莫名。

如此冲杀一阵，瘴气毒雾渐转淡薄，兽吼虫嘶之声亦渐渐淡去。妲己与倚弦、耀阳兄弟均自凝神朝下望去，透过“魅邪结界”所形成的紫色光影，朦朦胧胧瞧见脚下仍是一片深不可测的幽黑。

就在此时，一道障力横亘虚空之上，阻住三人的下坠之势，令他们的身形戛然顿住，旋又被反震回空中，他们显然是碰触到守卫结界了。

妲己柳眉深凝，凤目流转之间已打定主意，于是携着两兄弟借结界反震余力在空中回旋一圈，双手交叠高举过顶，樱唇微微启合念动法咒，催动妖身元能，顿时紫魅光影大涨，犹如一把犀利神箭般向结界射去，企图将其撕开一线。

就在她集聚全身妖能一举击中结界的刹那间，却不曾想到这层无形结界忽然玄光大盛，灵性般轰然鼓舞翻卷而上，仿佛层层叠叠的白云巨浪陡然涌起，急速将三人席卷包裹起来。

妲己体内妖能立时遭其禁锢，且不受控制地向外狂涌而去，不由被骇得花容失色，倚弦与耀阳也觉出情况不妙，心神难免为之一紧，外部结界之力如潮般翻涌侵入他们灵体，巨大的压迫力令二人神志一滞。

以往通灵如神的归元异能伺机而动——

此时已经接近崩溃边缘的妲己，蓦然感应到耀阳与倚弦两人灵体内两股庞大无匹的异能，一刚猛似雷电、一柔和若弱水，分两路同时向自己妖体传递过来。瞬间切断了三人与入侵结界的所有关联，将她们三人围裹起来。

然后，两股异能齐齐窜动，沿着外围那层玄光结界顺利侵入其中，有如涟漪般荡漾开来，刹那间将玄光结界噬开一片空洞，露出结界中另外一片截然不同的天地。

玄光结界顿时尽数散去。

“果然不愧是归元魔能！”妲己喜不自胜，心中更加坚定了欲占为己有的信念。

谁知玄光结界一散，那两股异能蓦然变得销声匿迹，玄光结界失去抵制，瞬时卷浪回荡试图将空洞弥补，眼看就要再次弥合。妲己情急之下催动体内妖能，居然发现方才消失殆尽的妖能此时已然恢复，急忙揪住倚弦与耀阳两人冲入玄光结界的缝隙。

当三人冲入其中，结界正好在他们身后轰然合壁。

这一冲妲己尽了全力，所以进入结界后依然势子不减，斜斜冲上空际，悬浮其上。此刻，三人的眼前豁然现出一片极其宽旷的异域空间。

头顶虚空一片幽黑，无数赤红、碧绿、银白、橙黄、乌黑等各色光球在四处游离，流光溢彩如飞蛇似的交错飞舞，蔚然壮丽，仿佛无数焰火迸爆飞舞，又如同万千花苞迎风怒放，争研斗丽，令三人顿感眼花缭乱。

脚下数十丈外一片血红色粘稠液体在此汇集成湖，湖中液体极似烧沸了的浓粥，时有气泡拱出，带起阵阵炎风腥臭扑面袭来，炎热直袭入体。向远处望去却只见数丈外被蒸腾直上的白气包围，朦胧不清，不知此处应有多大。

前方雾气中，一座不知为何物所筑的雄伟石殿森然兀立，被一根根巨大的倒立锥形岩柱凌空托起，在雾气中隐然若现。

先前所见的各色光球时有与倚弦与耀阳擦肩而过，向那巨大石殿射去。炫光异彩，满目迷离，兄弟俩凝神于目，细细观望，不由骇然吃了一惊，差点没有就此跌落炙热血湖中去。原来那些各色光球中均有一个小人模样的东西坐于其中，瞑目静坐仿佛没有丝毫反应一般。

妲己安然处之，不以为奇的样子仿佛早就知道一般。

两人惊骇莫名，正想询问她此处是何地时，忽听云雾石殿上一阵叱喝声传来道：

“尔等何人？竟敢私闯冥界禁地‘轮回冥殿’！”

两人这才恍然大悟，原来他们已经被妲己带到传说中的轮回殿来了。旋即又想到，难道这妖狐想帮他们进轮回，重新做人不成？

妲己知道说话之人正是冥界镇守“轮回冥殿”的轮转王，当下冷哼一声，根本不答话，只是不停举目探视，四下寻找入殿之路。

“哇，不得了！”耀阳与倚弦齐声惊呼，原来对面的石殿中正有一名身着玄黄朝服的男子，率一队冥兵呈弯月阵形驾雾杀来，其势甚是骇人。

此时，妲己的“妖灵邪魄”蓦然一震，已感知到冥帝诸人摆脱牵制正急速赶来。她清楚自己三人已然陷入危境，如不能以最快的速度冲进轮回殿，一旦形成背腹受敌的局面，她的所有努力都将付诸东流。

一念及此，妲己紧咬银牙，身周的“魅邪结界”催发至极限，将倚弦与耀阳两人紧紧护住，全副心神沉入“妖灵邪魄”之中，鼓动己身千年妖能化作一式“魅绫雁刃”，直向冥兵弯月阵形中射去！

想那些冥兵怎能挡住这妖后千数年来只用过两次的至极妖功，瞬间就被杀得人仰马翻、鬼哭狼嚎，阵阵血雨洒落湖中，更有甚者被妖能逼下血湖，刹那间便化作一缕青烟，只遗下声声惨厉，缭绕在彩芒流舞的虚空之中。伴着被双方打斗冲散的各色光球互相碰撞发出的七彩芒光，整个场面诡异到了极点。

“大胆妖孽，安敢行凶！”石殿上的朝服男子怒喝一声，身形跃空落至三人身前数丈开外，挥手遣退剩余数队意欲进击的冥兵，袍袖丝毫不客气地挥出庞大的元能劲气，向妲己立身处袭去。

想这轮转王乃冥界十殿阎君之一，掌管六道轮回生死大事，岂是寻常易与之辈。妲己更是不敢放松，“魅邪结界”全力施展之下，一上手便是集全身妖能所发的“嬗女元阴诀”之“云雨覆法”，口中舌尖一咬，喷出一口妖血，化为一片血光幻屏，竟将轮转王袭来的元能劲气纳入其中，成反噬之式疾速罩向轮转王。

轮转王心中一惊，脑海中豁然忆起曾经听闻的一门法道玄术，脚下步履循着独有的节奏，在电光火石之间迈出数丈距离，闪身避过血光幻屏的袭击，望着紫魅结界护卫中的淡淡人影，喝问道：“你究竟是何人？师从何人门下？为何会使这‘斗转星移’之法，你又是否知道私闯冥界禁地的后果是什么？”

“无耻淫贼，纳命来！”妲己娇叱一声，低诵法咒，再度齐聚全身妖能，舍身扑向轮转王立身之地。瞧那副架式正是玉石俱焚的搏命模样，这让身处“魅邪结界”内的耀阳与倚弦不由都吓了一跳，猜不透妲己此举的目的。

轮转王更觉讶异非常，对方的话说得没头没脑，而且若非与自己有深仇大恨，又怎会使出这等拼命打法，不由反复思量自身曾经所犯过错，揣度对方的意图所在。而在这种情况下，他自是不敢过分与对方交手，只是一味退让着，不时出言问道：“姑娘究竟是谁？我们之间一定是有什么误会！”

两个照面过去，轮转王退让数步之后，见围观冥兵均窃窃私语对他议论纷纷，心下一横，立定身形后厉声道：“阁下一而再再而三苦苦相逼，又不肯说出个中缘由，那就别怪本王不客气了！”

妲己仍然不答话，再次飞身扑前，然而不等轮转王迎击攻势发动，已然虚晃一招，趁机闪入方才轮转王躲闪时让出的空隙，直扑殿门而入，丝毫不敢停留，一路冲杀过去，带着两人来到轮回殿的殿心位置。

倚弦与耀阳匆匆扫望四周，只见殿内极其宽广，分为几个形状不一的殿格，呈不规则状迂回分布，让整座大殿看起来显得异常幽黑空荡，除了四周殿墙上的修罗恶煞图壁之外，每个殿格内都有一个浮光溢彩的悬空漩涡，将从殿外射来的小人光球尽数吸纳其中，每个殿格之上都镌刻着几个大字。

兄弟俩还来不及看清楚那些都是什么字，只听殿外众人的脚步声已然传至，妲己以“妖灵邪魄”稍作感应，知道玄冥帝君也已率众赶达此处，哪里还敢再耽误片刻，拉起两人便窜入殿内，随便寻了一处殿格便跃身而入。

耀阳与倚弦只觉灵体甫入漩涡之内，便被急速抽卷向某处。立时间，庞大的压迫力开始拉扯他们的灵体，这种遭遇极其类似于“无极秘境”中的某些感觉，不知来自何处的力量侵入两人体内，由里到外地摧动他们的灵体与神识，双眼所见尽是耀目的流光溢彩，扭曲的表象令人目眩神迷。

久经考验的兄弟俩硬生生撑了半晌，才愈渐不支失去知觉……

玄冥帝君率众踏入殿内，再也寻不到任何可疑的迹象，空空荡荡的大殿只剩下无声无息的漩涡依然如旧。

轮转王直至此时才明白事情始末，俯首请罪道："微臣失职，还请帝君责罚!"

玄冥帝君喟然一叹，道："这不能怪你，但凡浩劫皆有定数，终归还是天命使然，你我也是无能为力的!"

游岚炙排众而出，行至冥帝身旁，恭声道："帝君何必气馁，玄门三宗弟子遍及五湖四海，神宗天兵天将更是高手如云，难道还愁抓不住他们么？再者岚炙常听师尊说，自古邪不胜正，相信这些妖魔邪道终究逃不脱这浩浩大道循环的业因果报!"

玄冥帝君摇头苦笑，道："话虽如此，但天道循环至理又岂是我等窥破天心小秘之辈可以尽知？唯今之计，只有将此中征兆上禀天帝，静观其变，只要探寻到两名少年的下落，一切自然有法可解!"

此时，一直留意殿内动静，在众人之中显得格外孤傲不群的慕行云忽然出言问道："敢问帝君，此处可是六道轮回殿？"

玄冥帝君对他此问略觉惊异，身旁的轮转王已然替她回答道："不错，此地正是'六道轮回殿'!"

慕行云随手一指，道："既是六道轮回，此殿为何会有七重殿格？"

"七重殿格？"

包括玄冥帝君在内的冥界众人齐齐一惊，不约而同地望向眼前的重叠殿格，细细看来，果然见到曲折迂回的殿格有七个之多。

众人在轮转王的带领下，行至多余的那个殿格处。细细观望之下才发现，这个殿格中的一切与其他并无两样，只是殿顶上没有任何字样，灵能漩涡的异彩更是显得与众不同——一片幽暗漆黑。

"这……怎么可能呢？"陆判、牛使者与轮转王三人眼中皆露出难以置信的神情。

元宗游岚炙与慕行云等人尚属首次踏足冥界，只是在殿内看到这七彩流离的生死源头——轮回六道，感受到种种此生难忘的震撼，对个中情况根本不甚了解，此刻闻言之下不由满头雾水。

他们或许不知这轮转山方圆百里之地，乃人间界、天界与冥界的交接点，是天地三界最为玄秘难测之地，其中的“六道轮回殿”更是秘中之秘。

“六道轮回殿”，顾名思义便是天道、人道、修罗道、饿鬼道、畜生道、地狱道的总称，三界万千生灵体内所附的魂灵魄体均是由此逸散而出，轮回交替，万物始有灵性，天地才能得以永久生生不息。

谁知今日的“六道轮回殿”竟无端现出第七道轮回，这怎能不让冥界诸神惊惶失措呢?

玄冥帝君眼中神光劲射，口中喃喃道：“七道轮回现世，天地平衡已乱，三界浩劫在所难免!

本帝必须赶往天界向天帝通报此事，诸位请回，记得通知玄门各宗，全力准备应劫之变吧!”

话音一落，她的身形便已飘然远去，消逝在殿外漫漫阴雾蒸腾之中。

姑射山“灵鸾宫”内，神玄二宗五位宗师级数的人物列席而坐，四下一片沉寂，气氛显得异常凝重。

身着七彩华服、容颜绝美的女娲娘娘居于主席之上，面对席下诸神，沉吟道：“在座诸君，相信大家都应该清楚此次应天帝之邀聚会我姑射山的目的，商讨一个应付天道大劫的万全之策! 首先，大家不如先听听玄冥帝君详述一下整件事的经过。”

语罢，女娲娘娘玉手轻扬，客气地向左席首位端坐的玄冥帝君示意。

玄冥帝君还了一礼，起身先向席间道友一一颔首示意，然后从耀阳与倚弦在冥界的初次出现，一直说到“第七道轮回”出现的始末一五一十道出，最后总结道：“据我所知整件事的起因，似乎都与这两名少年有关，只是不知他们究竟是何来历?”

听完整个过程，在座诸神都面露惊色，不由窃议纷纷，开始揣测两名少年的来历。

元始天尊略作犹豫，首先问道："请问娘娘，那名唤作'妲己'的狐妖怎会有你的'五彩石符'？难道她是你门下弟子么？"

女娲肃容答道："此妖虽非我门下弟子，但在'灵鸾宫'励志苦修五百余载，其恒心毅力非同一般，之所以我会用'五彩石符'遣她前往朝歌，一来是为了震慑群妖，以防殷商妖孽兴风作浪；二来是相助西方新君的崛起，策作内应以备不时之需！"

"原来如此！"元始天尊道，"既然最早在冥界发现两名少年的是她，不知她对他们又了解多少呢？"

女娲道："至于冥界追摄两名少年之事，据她说是因为此二人伙同魔宗高手潜入宫城窃取皇城秘宝，后来被她所发现，谁知激战数合之后，失手将二人击毙，所以赶往冥界唤回二人魂魄，希望借此查问魔宗意图所在！"

诸神听到其中关键，不由齐声问道："结果如何？"

女娲螓首轻摇，道："可惜那两名少年只是屈服于金傀符之下的傀儡，自是查不出什么结果，只好放了他们返回冥界轮回。谁知他们最后仍是被魔宗所用，成了邪魔外道企图颠覆三界六道的罪魁祸首！"

"天道浩劫的征兆现世，三界又要多事，人间也难免生灵涂炭！"右席首位是一位鹤发绝顶的道袍老者，正是玄门三宗之一——蜀山剑宗的宗主洪均老祖，只见他长叹了一口气，又道："想不到魔妖二宗终究还是本性难移，沉寂千年后又再惹事端，料来这两名少年定是魔门处心积虑所安排！"

左席第二位是元宗宗主太上老君，只见他鹤发白眉，双目神光炯炯，一举一动之间自有一番不俗威仪。他思忖了半晌，才皱眉道："老道我觉得最奇怪的是，这两名少年究竟是魔宗的什么人？怎会如此轻易便解除魔璧封印并将魔能据为己有呢？

"至于那两名少年的来历，我宗弟子姜尚曾因缘际会为此二人批过命相，所以应该算得上略知一二。"右席洪均老祖下首的元始天尊略作迟疑道，"只是……"

此言一出，惹得席间众神齐齐露出静待下文的好奇神情。

女娲轻“咦”了一声，亦禁不住问道：“只是什么？”

元始天尊轩眉紧蹙，道：“只是他们的命相怪异之极，实在令人难以相信——这浩然天地诞生万灵，又怎么可能会有如此阴损矛盾的命格相骨存世呢？”

神玄宗门的修身炼道之法，首重先天根器的甄选，故而在座诸神无一例外都是先天命相数术的宗师，此时听到感兴趣的话题，都有些迫不及待地等待元始天尊的回答。

玄冥帝君自问接触二人多次，然而见到的均是二人灵体模样，根本无法辨清是什么样的相骨命格，不由接口问道：“他们二人究竟是何命格相骨？”

“相信在座列位道兄断然都想不到——”元始天尊摇头叹道，“二人堂堂龙辕凤姿的相骨，却应的是‘奇门孽鸷二宫’的命格，虽无性命之忧，但毕生难逃孤苦多桀、落魄流离之苦。不知是否他们真的太过歹命，竟然又撞上千年难遇的‘奇门九星，映天噬月’之变，时值天破太岁，命相冲煞，正应了传说中断三阳尽三阴、灭绝轮回的‘天伐’劫数！”

“可惜，可惜……”顿时间，在座诸神禁不住发出一片惋惜声。

洪均老祖大摇其头，道：“非是修道之人，却因命格根骨之奇，遭天劫克伐，实在令人扼腕，但若是他们应劫而灭了，那么后来又怎会成了魔宗门下呢？”

元始天尊答道：“这个就不得而知了。”

太上老君沉思片刻，道：“如果依照常理来推断，这两名少年天生的命格相骨本身便令人费解！各位都知道，如此命格相骨万里挑一，也应该可以说是千年仅见，但怎么会偏偏那么凑巧？而且为什么不是一个人，而是两个人同时具有这种命相呢？”

女娲应声道：“依老君的意思，他们的命相是被人有意造就而成？”

玄冥帝君摇头道：“从玄法境地上来说，只有通过勤修法道或依靠法器宝物来逆转后天命途，这是众人皆知的。但若是妄想施法逆换先天命格，这却是不可能的。想那寻常人转生投胎之时，先天命格之数全由轮回六道中的阴阳真能应时顺势化合而成，任谁也没有控制轮回转生道的能力!”

“难道果真是天命使然?”洪均老祖黯然一叹，道，“不过的确也太过凑巧了，我新收一名弟子，也是因命相遭天劫所克，遭异能轰至灵元齐散，好在当中几线魂魄被我宗至宝‘凤首莹心锁’纳入其中，否则后果堪虑。”

元始天尊听姜子牙说过关于“凤首莹心锁”之事，知道洪均老祖所说之人是谁，笑道：“老祖也该庆幸收到如此关门弟子才是，类似此等命相之人，通常天资聪颖，有非比常人的天赋异禀，一旦步入玄法正途，必将事半而功倍，成就超然!”

洪均老祖会心一笑，道：“这还多亏天尊道兄的成全，那个小丫头的确天赋过人，从入门种剑修心之日开始，至此已小有所成，但愿承道兄吉言，相信她异日必将成就非凡，光大我蜀山剑宗门楣。”

话至此处，洪均老祖心念一转，叹道：“由此可见，那两名少年被魔门所用，着实大不利于我神玄二宗。现在最令人担心的便是，如果他们果真已经从‘无极秘境’中炼化而出，他们的力量是否已经足以毁天灭地了呢?”

此言一出，再次引来诸神的惶恐不安。

玄冥帝君沉思再三，脱口而出道：“应该不可能!”

女娲问道：“在场诸位当中，帝君与他们之间的接触是最多的，何以会如此肯定一说?”

“诸位道友，且听我慢慢道来!”玄冥帝君迎向诸神疑惑的目光，缓缓道：“我与这二位少年虽然只匆匆见过两面，但留下来的印象却很深。他们好像并没有其他魔门中人的卑劣禀性，相互之间都透出彼此兄弟般的手足情义，这是最令人费解的。”

玄冥帝君续道：“而且他们能够遁人‘无极秘境’，完全是得到两名有炎氏遗世族民的帮助，而不是出于魔门所安排。尤其在我们围捕的最后关头，相救他们的并不是魔门中人，而是两个妖宗高手，其中一个甚至有意化身为魔宗九离的闻仲模样，其行为隐有嫁祸之意，甚是古怪。”

“有炎氏?”女娲心头一震，仿佛想起了什么似的，问道，“那么，依帝君之意，这些迹象代表什么样的问题呢?”

玄冥帝君语出惊人，道：“由此我怀疑魔门对于这两个小子也不甚注重，又或者说魔门跟我们一样，完全不知道归元璧遁世再现、甚至璧中元能已被人取走的消息!”

太上老君点头示意赞同她的说法，道：“几日前，奇湖小筑放出所谓事关魔门宗道存亡的消息，致使魔宗五族集聚轮回集，为的便是散布‘归元璧’遁世重现之事。这应该可以证明帝君的猜测——在此之前，魔门的确不知归元璧重现之事!”

玄冥帝君语气稍顿，道：“至于我为何说这两名少年没有毁天灭地之能，理由有二：其一是因为我深信盘古上神以圣灵元真所布之封印，绝非一般人可以解得开，当年蚩尤的失败便是最好的例子；其二是他们从‘无极秘境’出来之后，虽然看起来似乎愈显高深莫测，但可以肯定——他们并没有得到传说中足以打破天地平衡的无极力量!”

列座诸神终于得以释怀。

女娲欣然道：“照这么说，只要可以找到那两个身负归元异能的少年，我们便还有机会扭转被动的局势，大家认为如何?”

太上老君点头道：“追缉这两名少年的人选倒是没什么问题，我们神玄二宗这些年悉心栽培的二十八宿将便可担此重任，只是有谁知道，他们从‘第七道轮回’转生后，究竟去了什么地方呢?”

玄冥帝君苦笑摇头道：“我已经说过了，轮回转生道乃天地三界至极之力转化而成，非任何人力可以测知或扭转。而且他们借‘第七道轮回’出到阳世，谁也无法肯定他们新生后的际遇会是怎样。我们只能依靠时间与运道，适当佐以玄法数术的估算，才有可能尽快寻到他们!”

“邪不压正，自古皆然!”洪均老祖悦然道，“我玄门三宗弟子遍布天下，只要法旨一下，找到他们只是时间早晚的问题。只要在魔门之前找到他们，魔门刑天氏所遗留下来的祸世根源都将被我们借机破除殆尽，因此造福天地万灵、功德无量!”

正当众人准备详细商议追缉之事时，久未出言的元始天尊忽然长身而起，震身呼喝道：“不好!”

诸神一震，不由同声问道：“何事?”

只见元始天尊冷汗沁额，掌中法指虚扣，显然方才正在掐指行法，此时仿佛震惊于某种可怕的想法，久久回不过神来。

玄冥帝君惊问道：“天尊道兄，为何如此惊愕?”诸神知他最擅玄门数术捭阖之法，此等模样定是因算到某样不祥之事，受其所惊而致，顿时尽皆望向元始天尊。

元始天尊神色肃然，缓缓道出玄灵道心感应到的天机之秘——

“天地阴阳力量的无极之秘虽然并未被人解开，但其中的至极平衡却受到扰乱，所以才会出现六道轮回的异常。而‘第七道轮回’的转生力量，已然改变了三界固有的因果循环。也即是说，现在的人间界已经开始变化，比我们预料还要早许多年的乱世即将出现。而且这其中百镇诸侯之间的战火纷争，会以一种我们无法意料的结果慢慢转变，直至再也不受我们控制……”

诸神震惊莫名，殿内沉入一片无声的静寂之中。

第二十一章　轮回重生

不知过了多久，倚弦与耀阳两人从昏沉中渐渐醒来，只感到灵体急坠之势戛然顿住，仿佛已经触到实地，四面压力慢慢消失，代之而起的是一种有若微尘般随风飘扬的奇妙感觉，整个身体包括神识在内都轻若鸿羽一般悠悠浮荡，令两人备感惊异。

兄弟俩睁开眼睛，想一望究竟。谁知甫一睁眼，却相互见到对方额间分别闪耀出紫青异色的芒光，灿烂夺目，且亮度不断增剧，虽然近在眼前，却给两人犹如天际日月一般遥远的感觉，使二人望不见身遭景物。

此时，二人体内的归元异能随即出现，从眉心印堂内的祖窍满溢而出，在两人灵体之间循环流转，由阴转阳，再由阳转阴，将他们牢牢粘住，且愈走愈快，完全不在两人控制之中，两人无法左右异能，只能放任其自行窜游。

好在阴阳二股归元异能再无以前那般粗暴狂猛，反而极其柔和，有如万千玉手在体内细细摩挲似的，脑中诸般幻象此起彼伏，异景无穷，显然就是他们在“无极秘境”所见景象，今次又再重现脑海中。

他们体内异能愈转愈快，忽又转得缓慢，再由慢趋快，如此反复交替直至极限，蓦地，两人忽感通体一阵天崩地裂般的剧痛，灵体仿佛爆炸开来似的。

兄弟俩的灵体同时弹开，被抛上高空，后又重重跌在地上。

耀阳与倚弦大口喘着粗气，缓缓长身立起，不觉环目远望，顿时只觉呼吸不由为之一窒——

他们正站在一座不知名的山头上，面对远远的苍茫浩海，一轮红日正撑海而出。这应该是二人无数次梦想回到的阳世人间界了。

然而，此时远近周遭的一切仿佛都变成另外一个世界似的。不但他们眼中所见的诸般色彩焕然一新，而且耳际传来的清风、林涛、海潮等等声音变得异常清晰悦耳，尤其最为让他们震撼的是来自思感中的阵阵感动，包括眼前的青山绿水、孤兀崖地、无尽虚空、蓝天白云，甚至崖上野草的每一片叶子都在晨光柔风里灵性而和谐的摆动。

他们从来不曾像现在这般真切感受到身际万灵万物的生命存在。

就在这前所未有、玄奇至极的一刻，蕴藏在他们灵体内的归元异能开始灵性地流溢四动，散布周身再缓缓回流，直至满溢而出。二人的思感循着异能溢出灵体，浑然感应到灵体神识与天地仿佛水乳交融地浑成一体，再无分别。

耀阳与倚弦顿时感动至心神俱震，难以自已地跪了下来，从未有过如此感动的热泪不受控制地夺眶而出。

“感灵元六合之无极，觉天地捭阖之玄机！”

兄弟俩均自想到《玄法要诀》上的这句话，都揣测定是有些极端玄妙的事情发生在自己身上了。

好半响，耀阳才开口疑惑地问道：“小倚，我们从冥界轮回出来，难道……现在是在人界？”旋又恼道：“都出了轮回殿，这应该是阳间了，只怪那冥界与人界根本就是一模一样，让人无法分辨！”

“我也不知道这是哪里？”倚弦摇头苦笑道。

耀阳却觉得耳际忽然听到一些时断时续的声音，他愣了愣神问道：“小倚，你有没有听到一种声音，从那庙殿里传来的，像是以前王管头他们屋里经常传出来的声音。”

倚弦知道耀阳指得是男女行苟且之事所发出的声音，不由想起以前两兄弟潜伏在朝歌费府的王管头屋外偷听的事情，禁不住面上一红，凝神细听了片刻，皱眉奇道：“我没有听到什么声音。”

“不可能！”耀阳摇头道，“我刚才在醒来前也隐约听到过这种声音。”

耀阳有些不甘心地开始四下寻找，不算很大的庙殿转眼搜遍了，一无所获。耀阳百思不得其解，正欲放弃之时，脚下忽然被破石墩一绊，差些跌倒的他发现神像后一扇尘封已久的板门。

耀阳转头对随后而来的倚弦做了个噤声的手势，二人在门后廊道上左迂右回，小心翼翼地走入庙殿后堂，通常的庙宇后堂均是庙主居室，并无什么过多摆设，只是供人休息的场所。

但是这座破庙的后堂虽然并不大，却与其他庙宇完全不同。堂内只有支撑整座庙殿的数根石柱与中央的一个巨大石台。

那石台约有丈高，宽余丈六，呈四方形状卧放正中。石台周围刻有各种不知名的异兽图腾，更为怪异的是这石台竟然散发出一股冰寒的气息，让兄弟俩感觉极不舒服。

再往石上望去，石台上居然还有红粉罗帐架于其上，这时随着兄弟俩的慢慢接近，声声女子勾人心魄的娇呻伴着另外一个粗重的喘息声穿过他们兄弟的耳鼓，一直到了脑里、心里，仿若中了什么要命的玄法魔功一般，让耀阳与倚弦感到分外口干舌燥，浮想联翩。

倚弦有些听不下去了，在耀阳肩上重重拍了一下，轻声岔开话题，疑惑地问道："奇怪，怎么你在外面可以听得到，我偏偏什么也听不到。对了，你还听到些什么?"

耀阳嘘了一声，轻声道："我怎么知道，只是在醒来的朦朦胧胧中隐约听到的，说不定还是因为体内归元异能的原因吧!"说罢再又侧耳倾听一会儿，道，"刚才好像听到他们一个是什么三太子，一个又自称娘娘……"

"娘娘?"倚弦下意识大吃一惊，自然而然想到了妲己。

耀阳不慌不忙道："听声音应该不是那只骚狐狸，不过肯定也不是什么好东西。至于那个三太子就不知道是什么来历了，我想总不会是妲己跟纣王生的野种吧。"说着撇开嘴干笑了二声。

"谁?"此时高台上行云布雨声骤止，传来一个愤怒已极的男子声音。

台下耀阳与倚弦吓了一跳，还以为已经被发现，正感不知所措之际，庙殿侧门处忽然被人撞开，一个面如蓝靛，发似朱砂，巨口獠牙稍似人形的怪物倒提一把弯弯扭扭的钢叉闯了进来，跪倒在石台之下，高声悲呼道："太子爷，你一定要为属下做主!"

愤怒的男声再次从罗帐内传出："混蛋，也不看看时候就这么闯进来，掌嘴!"

那蓝脸怪人愣了愣，好半晌才明白过来，立时开始自我掌嘴，边打边道："属下该死，属下该死!"

粉红罗帐中传来一阵窸窣穿衣声，另一个柔媚的声音懒洋洋道："好了，起来慢慢说，究竟发生了什么事?"

蓝脸怪人哭丧着脸，缓缓诉道："小将今日依太子之命去蚌灵族下聘礼，却正巧碰见珠灵小姐独身外出，小将想起太子爷平时的嘱咐，于是决定跟在后面暗中保护。哪知她……居然是去和一个少年幽会……"

"你说什么?"罗帐中蓦然冲出一道人影，极速掠前的身形一脚踏在蓝脸怪物胸前，双目像是喷出火一般，道，"那个贱人在跟谁幽会，说!"

只见那年轻男子精赤上身，高大魁梧的身躯傲首仰立，头顶火红短发根根竖起，宽广无发的额头居然有一对虬角，配以正因怒火高涨而蠕蠕煽动的狮口龙鼻，看起来显得极为狰狞骇人。

蓝脸怪人哆嗦着继续说道："……小将也是一时气急，于是现身亮出太子爷的招牌，上前与他们理论，谁知那少年却说他是什么陈塘关总兵李靖的儿子哪吒，才……才不稀罕什么龙宫太子！试问小将怎能容忍他藐视太子爷您哩，于是与他争吵起来，谁知他却拿着一个钢圈动手来打小将，小将大怒之下本想将那狂妄少年擒来献予太子爷，谁知珠灵小姐却……却与那少年一起来欺负小将，也不知他手中的圈子是何宝物，竟将属下的兵器砸得变了形……"

蓝脸怪人极不情愿地提起钢叉晃了晃，又道："再说他们是两个人，小将双拳难敌四手，于是就……就敌不过他们。原本这样侮辱小将倒也不打紧，反正小的位卑身贱，逆来顺受惯了，谁知珠灵小姐最后竟然还说……还说……"

说到这里，蓝脸怪人忽然闭口不言，好像有什么不方便说出来似的。

躲在石柱后的耀阳与倚弦正好可以看到蓝脸怪人双目不停骨碌乱转的模样，不由心下啐骂道：“肯定是个搬弄是非的卑鄙小人！”

果然，虬角男子愤恨难当，脚下再一用力，恨声问道：“那贱人说什么？”

蓝脸怪人痛得惨呼一声，道：“珠灵小姐让我转告太子爷，让您……对她死心，说是怎么也不会嫁给您的……啊，好痛，太子爷请息怒……”说到最后，他只觉胸口处如压着千斤巨石一般，险些被虬角男子活生生踏晕过去。

此时，一名相貌妖媚的女子从高台罗帐中轻轻掠下，只见她身着一袭大红袍服，修裁极少的衣料似遮还现地衬出诱人的身材曲线，手中拿着一袭缕金白衣行至虬角男子身侧，伸出纤纤如葱的玉手轻轻抚摸他的胸膛，然后帮他穿上衣物，姿势优柔媚人之极，道：“三太子息怒，莫非你想踏死你家巡海夜叉不成？”

只听她嗲声嗲气的说话，以及言语间给人那种妖媚惑神的感觉，不但令正处于痛苦中的巡海夜叉忍不住投以垂涎欲滴的神情，就连耀阳与倚弦也不由被她成熟娇媚的体态耀花了眼，他们几乎可以肯定这女人定然与那妲己一样，不知是什么妖物变化而成。

虬角男子闻言瞥了蓝脸怪人一眼，松开脚喝问道：“那个贱人现在在何处？”

蓝脸怪人舒了舒胸口，喘了几口粗气，忙答道：“他们现在就在陈塘关五里以外的九湾河边！”

虬角男子冷哼一声，整理好衣装，客客气气对妖媚女子道：“娘娘，我还有要事要办，怕是要先行一步，你我约定依旧，留待改日再叙吧！”

被称为石矶的妖媚女子风情万种地展颜一笑，大有深意地说道：“敖丙啊敖丙，亏你还是龙族三太子，竟被小小蚌灵族一个小妖女迷成这样。不如让我给你提个醒，你可知道夜叉口中所述那个陈塘关李靖的儿子哪吒，真正身份是何方神圣吗？”

耀阳与倚弦听到这里，才知道原来这虬角男子竟是传说中的龙族三太子，禁不住都吃了一惊，同时又都相视而笑，想起朝歌费仲的儿子一贯卑劣淫乱的行径，均在心中生出一个疑问，是不是有权有势的环境都会有类似的败家子存在呢？

龙三太子敖丙听石矶这样一说，嗤之以鼻道："神魔玄妖四宗的高手，少有几个是我敖丙看在眼里的，更遑论一个小小陈塘关总兵的儿子！"

"冤孽啊！"石矶摇头讥笑道，"我倒想问问你，自从你被你父王册封为太子，一直到今天，生平最为记恨的人是谁？"

敖丙心头一震，眼中流露出难以置信的神情，以及似乎随时可以夺眶而出的妒火，一字一顿地咬牙说道："你是说，那个叫哪吒的小子，是一千多年前天庭神帅之一——灵珠子的托世肉身？"

石矶郑重其事地点点头，道："我原本也是不知，只是听说这小子从娘胎中生下来的时候，竟非是寻常肉体凡胎，而是一个浑圆珠球，劈开一看才知是一健壮男婴，而后乾元山的太乙便收他做了徒弟，太上老君更亲自授他北明元宗三大护法秘宝之一的'乾坤圈'，可见此子身份大有来历。"

石矶瞄了一眼敖丙，嘴角荡起一丝觉察不出的笑意，继续道："由此惹得我好奇心大动，开始着手查探他的底细。直到我得知当年因延误军机被贬九重天的神帅——灵珠子的金身便藏匿在金光洞中，我几乎已经可以肯定，哪吒正是那灵珠子的托世！"

"难怪那个贱人肯跟他混在一起，原来如此！"龙三太子冷哼数声，全身激发出凛冽元能劲气，面色变得更加狰狞，仰天狂笑道："哈……好你个灵珠子？你怎么好像生生世世都是来与我抢女人似的。既然如此那就怪不得我了，上一世我能整得你被贬九重天，这一世我一样能让你永世不得翻身！"

语罢，敖丙一脚踹开身下的巡海夜叉，再也不看石矶一眼，大笑着傲然行出门去。巡海夜叉草草朝石矶微一揖身，便跟随主人身后出门而去。

石矶见敖丙他们走远，才不急不缓地拍拍身际沾染的尘土，慢条斯理地将袖袍一挥，顿时间，殿内所有一切都变了模样，高台罗帐不翼而飞，先前的整洁大殿尽转成破旧不堪的尘土污垢。

她双手玉指轻掐，似是盘算良久后，胸有成竹地桀桀怪笑数声。

耀阳与倚弦只觉心中一寒，但见那如花笑靥此刻变得格外狰狞可怖，尤其眼神中更投射出冰冷死沉的异芒，仿佛全无感情的石头一般让两人心生惧意，哪敢再多留半刻，但又怕被对方看破行藏，只能缩在石柱后面，不敢稍有异动。

直到石矶转身遁去好半晌之后，兄弟俩才敢鬼鬼祟祟地走出庙殿。

重见天日，耀阳拍了拍胸口，放松地舒了一口气，道："我眼下有个提议，反正现在也没什么事，不如我们去九湾河看看热闹吧，不知道是不是因为从前倒霉惯了的原因，我很想见见那个倒霉的家伙！"

倚弦知道他说的是哪吒，但说来也奇怪，他心里也很想见见这个被敖丙算计得很惨，但又身世显赫的倒霉少年，于是应道："好是好，但问题是我们人生地不熟，根本不知道九湾河在哪里？"

耀阳轻松地耸耸肩，神秘一笑道："跟我走，肯定不会错！"语罢，粗略辨了辨方向，拉起倚弦便朝东面行去。

耀阳领着倚弦一路向东，连走带跑地摸索着行去三四里山路，远远便能够听到哗哗水流声了。登高望去，只见在山林掩映之间，一条宽约数十丈的大河横跨眼前，一路向东奔流而去。

倚弦惊异非常地望着大河，不敢相信耀阳就这样轻轻松松地找到了九湾河，纳闷地摇摇头，问道："小阳，你从庙里面醒过来以后，怎么像是完全变了个人似的，竟然连陈塘关的地形都这么清楚？"

耀阳看着倚弦惊诧的样子，捧腹笑了好半晌，才解释道："这只能怪你平常的注意力太不集中，其实在我们掉出轮回道的山崖上，就可以看到整个陈塘关的地形地貌，而我正巧记得只有东面有这么一条大河，所以……"

"原来如此！"倚弦轻"咦"了一声，更加坚定了自己对耀阳刮目相看的感触。

"走哩，好戏开场了！"

耀阳拽起倚弦飞快地跑下山，来到大河边上，小心翼翼地四下搜寻龙三太子主仆的踪迹。他们虽说是本着看热闹的心情来这里，但心里总还是同情弱者的，对于那个倒霉少年是否敌得过龙三太子，难免有些担心。

二人一直沿着河滩找了好半天，才在下游某处河段听到声声怒喝与兵戎交击声隐隐传来，显然已经激斗一团。兄弟俩急忙循声跑去，行了大约一盅茶时间，打斗之声逐渐清晰，不远处水面上的激浪涌动也历历在目了。

再跑近一看，果然是龙三太子敖丙正持一把丈二龙麟枪与一名红巾缠身、手持金刚圈的少年激战一团。二人就近在河滩边寻了一处半人高的草堆，藏好身后开始观望河面上的混战局面，颇有些隔岸观火的架势。

只见此时飓风骤然旋起，河面上掀起漫天巨浪，几达十余丈高。

敖丙腾空飞升数丈，衣袂翻飞，孑立浪头之上。任狂风激浪如何猖狂也无法近他三丈之内，在护体碧光结界的映衬下，他狰狞的脸庞显得愈发难看，蓦地发出一声嘶厉长啸，手中龙麟枪随即燃出炽热火焰，与轰然涌起的惊天巨浪奇迹般浑成一体，仿若一只火龙般挟无匹气势直扑红巾少年而去。

倚弦与耀阳已然猜出那红巾少年定是哪吒，见此情形不由大惊失色，他们哪里想得到敖丙竟能强悍如斯，只看这一枪的霸道气势，便与他们曾经见识过的法道高手，像蚩伯、妲己或闻仲之辈，相比起来也毫不逊色。

兄弟俩不由对传说中掌管四海的龙族大生敬畏之心，同时也不忍心再看下去了。尽管听石矶说这红巾小子哪吒的身世似乎很厉害，但毕竟是重新托世，又怎能与龙三太子的强悍相比呢。

那红巾少年哪吒此时也无比清晰地感应到这股力量的强悍。

无奈之下，哪吒唯有运起全身玄能，将护身至宝“浑天绫”催发到极限，掌中“乾坤圈”脱手飞出，应势撞向对方袭来的龙麟枪尖，只要能准确无误地破中对方此式最强劲的地方，同样也是唯一破绽所在之处，他便有希望逃过这一劫。

“铿……”

乾坤圈果然如愿以偿地击中龙三太子的龙麟枪尖，哪吒心中一喜，正感到万分庆幸之际，忽觉一股暗力汹涌而至，定睛一看，不由大惊失色。

乾坤圈虽是玄门元宗至宝，但面临同样位列神宗十大名器之一的“赤焰龙麟枪”却占不到丝毫便宜，而且敖丙此招虚实相间，明是枪尖赤焰当空袭至，实为浊浪排空袭人，而他则借势回枪套取哪吒手中乾坤圈。

哪吒眼见敖丙枪势一收，立知上了对手的当，无奈炎热激浪转眼袭到，与哪吒“浑天绫”的护身结界猛烈碰撞在一起，耀起漫天红芒。哪吒只感全身一阵剧痛，四面逼迫而至的压力如铁桶般将他困在其中，他只感身体仿佛被一巨人攥在手中用力挤压一般，难受之极，喉口一甜，一口血箭喷射而出。

好在他极是在乎师门至宝，在受劲欲晕的情况之下，仍是下意识念动法咒，召回了被敖丙套飞的乾坤圈。然后，只听“啪”的一声过后，哪吒身周的结界应声而碎，被“浑天绫”紧裹的身躯掉落在河滩旁，一动不动了。

敖丙冷哼一声，负手倒提龙麟枪，飘落在哪吒身旁，飞起一脚将他踢得滚出很远，正好滚落在滩岸边上，离倚弦与耀阳二人藏身处不到丈许远。

兄弟俩拨开草丛，偷偷窥望过去，正好可以看见哪吒的模样，只见他大约是十六七岁，一身红巾如火，面似莹玉，一头黑发随意扎起二根童髻，五官俊秀的脸上流露出的一股轩昂英气，昏迷中的嘴角仍是微微挑起，仿佛正是那一丝不屈不挠的叛逆笑意。

此时，敖丙飞身掠至，吓得两兄弟急忙缩头，不敢再多看一眼。

敖丙掌中枪势一振，挡掉已经浑若无力“混天绫”，一足踏在哪吒身上，冷笑着用力践踏道：“灵珠子啊灵珠子，想不到你我阔别千年再次重见，竟是这等别开生面的场合，我还是我，而你却不再是你。不过，你我相持千年的恩怨还是一样！所以，今日更是留你不得，要怪就只能怪你，竟然胆敢碰我敖丙的女人！”

敖丙伸出右臂高举过头，元能集聚成一团赤焰，眼看便要就势砸向哪吒。旁近的倚弦与耀阳顿时大惊失色，想不到敖丙竟会对哪吒狠下杀手，心中虽说很想上前帮忙，但也知道于事无补，只能看着干着急。

眼见哪吒即将毁在敖丙之手时，一股香风扑面而至，一个娇小玲珑的身影瞬时间扑在哪吒身上，用自身将哪吒紧紧护住，转头冷然望向敖丙，目光冷寂毅然，仿佛已经将生死置之度外！

敖丙看清来人，心中又惊又怒，蓄满元能的手硬生生在来人头顶处顿住，暴跳如雷地怒道："贱人，事过境迁已达千年，你为何对他仍是念念不忘。难道你宁愿看着整个蚌灵族因你而再次受到四方水族的欺压，难道你真的愿意为他死不成？"

耀阳与倚弦听到事情有了转机，忍不住轻轻探出头来，只见挡在哪吒身前的是一位身着螺纹彩裙，纤足似雪的娇美女子，三千乌黑发丝被敖丙的掌风刮得卷扬而起，现出她清丽出尘的绝美轮廓，加上几近完美的俏鼻樱口，与那淡月眉下一双坚毅美眸，尤衬出此女冷傲孤秀的仙姿气质。

"哇……"耀阳目不转睛地看着那名女子，惊艳之极，惊叹声差点叫出了口。连倚弦也不由为之一震，心中免不了将她与曾经见过的女子，如幽云、绰绰相比较了一番。幽云卓丽灵秀，柔中有刚；绰绰则是娇媚可人，惹人怜爱；而这名女子却与前二者完全相反，尽管也是娇俏美貌，却看得出性情刚毅非常，有一种不容亵渎的孤傲冷寂。

彩裙女子低头望着昏迷中的哪吒，道："你定然不敢杀他的！既是神玄二宗遣他下界，自是有重要的事情交付他手，又怎会容许像你这般愚钝的东西去辱没他！"

话语越说到最后，愈显出她的愤慨。然而当她的目光再度凝视哪吒，深情似海的眼眶内竟有数滴清泪滑下，缓缓随风飘落。这一幕柔肠寸断的凄美画面看在耀阳与倚弦眼中，更添他们对敖丙的鄙夷与愤恨。

敖丙闻言大恼，双目怒火沸腾，掌中倒提的龙麟枪兀自一抖，愤怒的龙体元汹汹欲动，一字一顿道："你以为我真不敢灭了他吗？"

耀阳与倚弦骇然对望，心中都不由忖道：这名女子怎么越帮越乱套。

彩裙女子凄然长叹一口气，反倒笑了："灭了？哈……灵元俱灭也好，就让我陪他一起，天管不了，地也管不了，这样反倒更好！”

“桀……”敖丙胸中的妒火已然忍至极限，只听他一声厉嘶，澎湃的元能透体而出，激得身后河面掀起滔天巨浪，一时间水雾蒸腾，却漫不过敖丙身周三尺内的碧光结界。敖丙怒不可遏道：“你若真敢如此，我势必灭你蚌灵一族，令你等九族至亲都永世不得超生！”

耀阳与倚弦听到这一番卑鄙无耻的胁迫话语，气得肺都炸了，一早在心底便将这敖丙的九族至亲统统问候了一遍，心中更恨不得立马跳将出去与这杀千刀的大战三百回合，一直打得他哭爹喊娘才叫过瘾。可是自家知道自家事，以他们现在的能力根本不是敖丙一合之敌。就在这一刻，二人默然相对，首次因为外人痛恨自己的无能。

彩裙女子依然面无表情，双手轻轻摩娑哪吒的脸庞，淡然道：“你若是答应我一个条件，便是让珠灵嫁予你也非难事！”

敖丙神色一喜，道：“什么条件，你只管说便是！”

彩裙女子珠灵缓缓道：“你必须保证从今往后你敖丙与灵珠子之间的恩怨一笔勾销，并且在任何情况下都不得做出伤害他的举动，你做得到吗？”

敖丙心中虽是不喜，但总也算达成心愿，狠狠盯了一眼哪吒，道：“算他好运，我可以答应你。不过，大婚之期必须要快，就三日后吧！”

珠灵顿了一下，道：“五天吧，我必须赶回族内交待一些事情！”

“好，五天后即是你我婚庆大典，届时我必将邀四海水族共庆盛事，我敖丙要让所有人都知道，龙族三太子的夫人乃是当年天庭第一圣女——华羽仙子，哈……”敖丙狰狞大笑着跃空而去。

静静的九湾河滩上，只剩下珠灵陪在哪吒身旁，口中喃喃念叨着：“华羽仙子……”神思恍然回到了记忆中的那个时候，往事如流水一般缓缓逝去，如花娇颜沉醉其中，竟如同痴了一般，无声的珠泪潸然滴落。

“郎啊，昔日的华羽，今世的珠灵，始终都不能与你一起，你我只能期盼来世……才能再相见……”语声说至最后已然泣不成声，阵阵凉风袭来，水旁倩影一闪而逝。

倚弦与耀阳看到一个个身影踏浪远去，这才双双抢到哪吒身边，虽然明知并不能帮到哪吒什么，可是见了像他这么倒霉的人，谁都会动恻隐之心，更何况是他们这两个向来认为自己没什么好运气的人。

哪吒的身躯仍是一动不动，但不知何时，两行泪水顺着眼角缓缓淌下，难道昏迷中的他也能感受到方才珠灵的伤心与悲痛？还是因宿世沧桑触动思感深处的悸动，而感怀倍至潸然泪下呢？

兄弟俩倏然呆住。耀阳忽然觉得有些忧伤，哪吒其实比他们兄弟俩还要幸运，起码有个女人愿意为他牺牲自己，而他们什么也没有。尤其是倚弦，当他见到方才珠灵哀伤泪下的样子，不由自主想起了绰绰，心中也是蓦然一痛，不敢肯定自己究竟怎么了。

正当二人沉浸伤感之际，浑然不觉前方河面上正有一物凫浮而至，近前一看，竟是那个蓝脸怪人巡海夜叉。只见他鬼鬼祟祟向河滩边潜游过来，一副贼头鼠目的模样，着实惹人憎恶。

原来这巡海夜叉见哪吒被主人伤至昏迷不醒，便对“乾坤圈”与“混天绫”动了贪念，于是趁主人与珠灵走后，潜回九湾河准备来个顺手牵羊。

巡海夜叉慢慢浮出水面，紧张地左顾右盼一阵，才敢向哪吒靠近过去，双目紧紧盯住他身际的两样至宝，丑陋的面孔愈显狰狞可怖。

河面水流的异动让耀阳与倚弦反应过来，别过头一看，见是巡海夜叉，不由吓了一跳，还以为敖丙又折回来了。兄弟俩慌忙四下观望，好在并没有见到敖丙的踪迹，再一看那巡海夜叉仿佛完全见不到二人似的，两个铜铃大小的眼睛骨碌直转，一个劲死盯着哪吒身际的红绫与钢圈。

兄弟俩对望一眼，一个想法同时在脑中浮现出来，难道这个巡海夜叉也跟市集上的普通人一样看不见他们兄弟俩？当他们想到连传说中的龙族也无法发现自己的存在，兄弟俩顿时兴奋起来。

二人交换了一个默契的眼神，慢慢站起身来，轻手轻脚地从哪吒身旁走开，一前一后将巡海夜叉包围住了。

可怜的巡海夜叉根本没有想到身旁竟凭空多出两个煞星，依旧一边缓缓靠近哪吒，一边想着如何将“乾坤圈”与“混天绫”拿去轮回集做交易，甚至想到得意处忍不住小声狞笑起来。

耀阳很快打出行动的手势，跃起一把拖住夜叉的硕大双腿，倚弦则凌空跳起，侧身大力撞在夜叉一时无法动弹的身躯上，这一招屡试不爽的无赖打法果然一击奏效，毫无防范的夜叉立时被撞得轰然落水。

巡海夜叉只觉大力忽至，双腿竟不听使唤，迈不出半步，只能硬生生看着自己落入水中。巡海夜叉还以为是自己被哪吒的结界所困，吓得在浅水中奋力挣扎。

耀阳差点被夜叉搅动的护体结界震开，气恼之下吸了一口气，使出周身力气愈加紧箍不放。倚弦见耀阳显然有些撑不住了，“七真妙法指”下意识挥拭而出，“傲寒诀”随之发动。

“啊……”夜叉惨呼一声，护体结界竟被倚弦一击砸开，他只觉一股冰寒之气立时透体而入，禁不住打了个寒战，怪异至极的元能势如破竹席卷入体，吓得他冷汗浃背，绝望暗忖道：“我命休矣！”

耀阳的双臂感应到冰寒元能的侵入，不由也玩兴大发，松开夜叉的双腿，一本正经使出“七真妙法指”起手势，口中法咒朗朗诵动，心神在不自觉间恍然一动，炙热元能呼之欲出，“天火炎诀”应指发动。

夜叉全身凝寒，神志已经愈渐模糊，此时忽觉热能袭体，虽然烧得身躯炙痛难忍，但寒热交替之下仍觉过瘾之极，却不敢做出任何异动，生怕引起哪吒怀疑，甚至索性闭气装死。

倚弦惊诧地看了看夜叉，忙拦住耀阳道：“看他一动不动的，不会是死了吧？”

“不会吧！”耀阳赶忙收手，重重踢了夜叉一脚，难以置信地看了看自己的双手，疑道：“我们应该没有这么厉害才对，难道‘无极秘境’真的改变了我们的体质，让我们变得越来越厉害了吗？”

倚弦皱眉道：“不知道，反正自从我们出了‘无极秘境’，自身各种变化好像都很多，而且这些似乎跟我们从《玄法要诀》上学会的方法完全不一样，但是如果要找出究竟哪里不一样，我偏偏又说不出来。”

其实，倚弦说得是蚩伯死后的那段时间，他们基本上每天都在研修《玄法要诀》，尽管当时没有实修的能力，但每每都必然有所领悟，所以对于法道修持的方法也算得上半个行家，然而现在却对自己束手无策。

耀阳连连点头道："是啊，就像刚才我使出'天火炎诀'，虽然看起来好像挺顺手，但是总感觉跟没有把握似的，反倒比不上以前跟蚩伯学得那么利落受用，不知是不是因为没有师父教导的原因呢？"

"也许吧，但谁又肯来教我们呢？"倚弦耸耸肩，羡慕的目光挪到哪吒身上。

"咦，奇怪？"耀阳惊道，"那个死鬼巡海夜叉呢？"

倚弦循声向刚刚巡海夜叉"浮尸"的地方望去，果然已经空无一物，这才醒悟过来，忍不住啐骂道："去他爷爷的，竟然装死！"

就在此时，耀阳与倚弦同时感到心神无缘由一阵浮动，不约而同对望一眼，以往的经验告诉他们，有人来了！

二人向前方虚空天际望去，只见蔚蓝澄静的天空中，不知何时飘来一朵祥云，上面端坐着一名道人。

只见那道人背负一柄松木符剑，右手扶着一支云絮飘扬的拂尘，头戴日月冠，清髯直垂胸前，身着一袭淡青色道袍，予人一种淡之又淡、似真似幻的云气缭绕感，分外衬出轻逸飘洒、仙风道骨的神韵。

耀阳与倚弦看得羡慕之极，不由想到如果有一天自己也能修炼到这种境界，那会是何其自在写意。二人想着想着，一时间竟忘了闪躲。来人落下云头，转瞬已至身前。

兄弟俩见已经来不及再躲，只能屏息静气站在一旁，不敢发出丝毫异动，生怕被这位玄法高深的道人发现，坏了他们的逃亡大计。

清髯道人步履轻盈地行至哪吒身前，清澈静溢仿佛不沾尘世炊烟的炯炯目光落在此子身上，皱眉喃喃道："看来贫道还是来晚了一步！"

语罢，他凝神查探哪吒伤势，片刻后掌底袍袖轻挥，一道柔和的玄光自掌心射出，缓缓罩住哪吒的身躯，将数道玄光纳入他体内。

第二十二章　意外收获

良久，清髯道人口中猛然喝道："痴儿，还不快快醒来！"

哪吒果然应声一震，蓦地睁眼见是师尊太乙真人，连忙翻身拜倒在地，恭声呼道："弟子拜见师父！"

耀阳闻言一震，心道："原来这道人就是石矶口中所说哪吒的师父太乙真人，看他方才施展的玄法，肯定是难得一见的玄法高手，说不定能与妲己、闻仲他们相提并论。嘿，如果他们能够互相打起来，一定好玩之极！"

就在耀阳胡思乱想之际，倚弦却在暗自为自己兄弟俩的处境担心，在这三界六道神玄魔妖四宗都对他们虎视眈眈之际，偏偏让他们遇上这样的玄门高人，一旦他们的灵体行踪被这名道人发现，后果便实难预料……想到此处，倚弦心中不由直打鼓。

不过让兄弟俩感到庆幸的是，太乙真人竟也仿佛感应不到他们一般，只是慈爱地摩挲哪吒发际，道："吒儿受苦了！"

哪吒一怔，道："难道师父早已知道弟子会遇到危难不成？"

"但凡常人的相格命途，皆暗合天地阴阳至理，只要推衍演算得法，自然可以寻得命理契机，知晓一些过去未来之事。"太乙真人解释道，"为师这次前来，正是算准你有两次劫数，现今已过小劫，但是还有一次性命大劫……唉，仅凭为师之能也无法预知其中凶险，而且近日三界正值多事之秋，为师还有要务在身，不能时常守护在你身旁。所以，吒儿切记日后行事当谨慎三思，千万莫要惹出杀身之祸！"

哪吒茫然不解地点点头，道：“弟子谨记师父教训。只是，弟子有很多事都弄不明白，还望师父予以开解！”

太乙真人点头应道：“你说吧。”

哪吒的双眼中露出迷惑困顿的神情，颤声道：“师父，弟子记得在昏迷中依稀见……见到那个白衣姑娘，不知为何心中忽然涌起悲伤酸楚的感觉？为什么她看到我会如此悲伤？为何她要舍命救我，并且为了保护我情愿嫁给那个敖丙呢？究竟为什么敖丙要杀我？灵珠子又是谁？我跟他、还有她之间到底有什么关系？为什么弟子什么都不知道……”

耀阳听到这里，才肯定这个哪吒原来并不知道自己前生的事，心中忽然涌起想将从石矶处听来的话尽数告知他的冲动。倚弦听完哪吒这番话，首先想到的是那日在奇湖小筑见到绰绰的情景，心中不由暗忖道：“难道我与婥婥姑娘也有什么扯不清的关系？”

太乙真人摇头兴叹道：“吒儿，不是为师有意隐瞒，只因此事实在关系重大，为师只能暂时隐瞒你！再则，就算你知道也未必是好事。”言语间，他那不粘尘世半点俗尘的眼内，虽然显出一丝有若慈父般的怜爱光芒，但语气却极其坚决，自有一种不容辩驳的威仪。

哪吒闻言一震，心有不甘地呼道：“师父……”

太乙真人微一皱眉，安慰道：“不用再说了！这一切到最后你自会明白！”说完，太乙真人话题一转，道：“好了，你将近来修炼玄功所遇疑难不解之处尽数说来，让为师一一为你解答！”

哪吒一怔，扫望四周环境，不解道：“师父，在这里好像不太好……”

太乙真人双目电芒流转，环视四周一片宁静的九湾河，道：“原本不该如此仓促，只是为师近日诸多要事缠身，怕有很长一段时间不能授受法道诀要予你，所以随缘就地以授，以备你不时之需。再说此地山清水秀，正是最适合玄法修行的场地。放心，一切为师自有分寸！你先将为师传你的《阴阳法要》默背一遍。”

哪吒点点头，不再有所顾虑，朗朗背诵道：“盖阴阳者，天地之道，变化之本，生杀之始，神明之府也。始自天地混沌之初，无中生有，有无相生，玄妙至极，不可言道。然究其根性，莫不是生长杀藏、成化易变之机。是为原生无极，终生太极，谓之阴阳法要也……”

其实太乙真人这么说，也不是没有道理的，虽然这一篇《阴阳法要》是每一位北明元宗弟子必修之入门诀旨，可是这通篇六章的文字都是极为晦涩难懂的叙述，如果说到真正了解，恐怕没有明师指点是少有人能够明白的。

真正能知此中大道至理者寥寥可数，然而一旦领悟了其中至理，那么日后修习玄法定能事半功倍，成就非凡。这也是太乙真人用这个来考究哪吒的原因。

在旁侧不敢稍有异动的耀阳与倚弦暗自苦笑不已，想不到他们兄弟一番好意最后竟成了窥探人家师徒传法的盗贼，偏又有苦说不出，只能硬撑下去，希望这师徒俩能够快些离去。

兄弟俩此时正听到哪吒念起《阴阳法要》，出于对玄法的浓厚兴趣，他们虽然感到开篇这一段隐晦难明，但两人却总觉得仿佛在哪里听到过似的。一再细想之下，两人不由对望一眼，差点同时低呼出声：“轩辕图录一！”

太乙真人满是期望的目光看着哪吒，问道：“你对这篇法要大旨有何明悟？”

哪吒面红耳赤地低下头，期期艾艾地答道：“弟子对这《阴阳法要》从头到尾都……都不甚明了。”

太乙真人摇头叹道：“你也不必过于自责，这是为师预料中事。只因你本身天赋异禀，所以修法的过程有别于其他同门，是以先行法后合道的方式逆修而成，故而对这些根本法要不太熟知！现时或许不打紧，但若是持之日久，玄法境地必将止步不前。”

哪吒急忙问道：“师父，那该如何是好？”

“吒儿莫急，且让为师给你一一解说！”太乙真人负手而立，缓缓讲解道，“《阴阳法要》共有五篇，皆是按照这篇大旨中‘原生无极，终生太极’的要义推演而成，分为‘生、藏、成、易、变’五个层次，为师就先给你讲解这第一层‘生’!”

太乙真人一顿，接道:“混沌之初，万无空有，无阴、无阳、无上、无下，也无内外左右之分。然其后从无至有，有无无有相互转化之机，终成其相，一有一无，一阴一阳，循环往复。从一而二，合二而三，三衍万物，始称其为‘生生不灭’!”

“故而，唯有明白‘生’生不灭之机，佐以天人合一之法，方能促使灵元合修、道法臻玄。而修道之人将久蓄成势的元能，尽敛于体内三丹渊海内，闭而封之以‘藏’，经六六之劫乃‘成’，渡七七劫方‘易’，直至九九劫一过，元极灵‘变’、阴阳归真。玄法终至大成!”

话到此处，太乙真人问道:“吒儿，听明白了吗?”

哪吒闻听太乙真人详解法要，与脑中平素所悟一一串联起来，顿觉思感清晰，直如醍醐灌顶、当头棒喝，将他以往修习玄法的不解与误解之处一一导正，一时间欣喜交加，欣然道:“弟子明白哩!”

“痴儿，你我本是师徒，又何需如此拘礼!”太乙真人扶起哪吒，随即从袖袍中拿出一册玉简，递给哪吒道，“此册乃是为师特地为你制成，其中所载均是阐述‘生藏成易变’五法要诀的捷径，你应当好好参详才是!”

哪吒感激无比，当即双手接过玉简，磕头拜了三拜，贴身放好玉简，心中的兴奋之情自是难以言表。

其实，此时受益匪浅的不但是哪吒，连在旁的倚弦与耀阳听完以后，都有一种豁然而通的感觉。只因以往他们接触的《玄法要诀》与“轩辕图录”，看起来虽有相通之处，但因二者言词不通的缘故，只能让兄弟俩对个中境界心思神往，却始终摸不着边际。今日借着太乙真人这番由浅入深的阐释，才令两人真正感悟到二者的共同之处。

“轩辕图录”博大精深、奥义非凡，看起来虽是短短百余字，却足以涵盖上下数千年一切玄门法旨的纲要，正所谓“举凡万法，一通百通”，只要能将玄理德法琢磨剔透，自然可以通晓万千玄法之基理，举一反三、学以致用自是不在话下。

尽管《玄法要诀》及不上前者精奥大气，但贵在分门别类的叙述，详细阐明了玄、法、术、道四门诸部的修炼途径，乃是当年蜀山剑宗宗门弟子亲传“一典三籍”之一，可见其绝非寻常之物。

耀阳与倚弦借着太乙真人的点化不但有所明悟，心念更在这一瞬时好似进入一种静寂空灵之境，仿佛又回到了九壁“轩辕图录”前，再次进入那遥远的亘古虚空之中，接触到混沌之初、宇宙之始的无上玄妙。

在恍兮惚兮的状态中，倚弦与耀阳立在巨幅图壁前，思感中流溢出往日观摩《玄法要诀》的丝丝领悟，灵体内的归元异能立时随之欣然涌动，令二人心中充盈出一种追本溯源、返璞归真的震撼与喜悦。

正当二人沉浸在思感畅悟之中，太乙真人口中蓦地发出一声清吟，掌中拂尘丝丝竖起，充沛的元能流溢而出，有若烈日玄光一般蓬散而开，随着他手臂的急速旋、拧、点、挥，在空中勾划出数道银色光弧，布成一副玄异符印，向哪吒身后扣去——

攻击的目标赫然是倚弦与耀阳的灵体所在！

兄弟俩正处于心思激荡的状态，忽感一阵柔缠如绵的异力狂涌而至，隐带丝丝罡电劲能，呈巨网状向他们贯顶罩下，只瞬间工夫便将两人笼扣起来，困在这方圆丈许的结界范围之中。

耀阳与倚弦恍然醒悟过来，体会到此刻自身中激荡往复的归元异能，明白一定是异能流转惊动了这位玄门高人，所以才会被他先行以结界困住。

二人触碰到灵体周围刚柔并济的结界，不由面面相觑，心中均暗叹这次完了。太乙真人所布之结界，远不同于他们从前所遇到的任何结界，乃是以北明元宗无上妙法“罡元冲虚诀”配合拂尘中的“天蚕冰柔丝”交织而成。

太乙真人震声喝道：“你等是何宗何人门下，竟胆敢在此偷窥，速速现形求饶，否则莫怪贫道不客气了！”

话虽如此，但太乙真人心中却是震撼已极，虽然他看似不费周折便将对方制服，但对手隐遁身形如此之久，自己竟然一直无法感应到。而且他自认灵通的玄门妙法竟也不能令对方现形，怎能不让他心存顾忌。尤其此时的道心中隐隐透出一种不安，更令他不断加强玄法结界的压制，紧紧护在哪吒身前，呈现出极少有的忐忑难安的神情。

果然等不到片刻功夫，一股至强的光能在结界中突现，开始不甘压制的蠢蠢欲动，在它上下左右的窜动之下，太乙真人感应到前所未有的一种力量——准确的说，应该是合二为一的至强元能，在他所布的结界中蠢蠢欲动。不论太乙真人如何调摄本身元能去压制对方，但到最后都显得无能为力。

“轰……”一声闷响过后，如神龙般盘旋而出的紫青光华，将太乙真人的结界撕了个粉碎，并在他们师徒立身处的地面卷起层层巨大的元能涟漪，硬生生将师徒俩逼退五丈开外，整个场面情景极是奇诡。

太乙真人心中惊骇莫名，只因为这两股元能之强，竟能同时兼有阴阳同两种禀性，达至如斯地步，实乃平生仅见，由此可以推断对方能有此成就定然不是无名之辈，然而这人究竟有何企图呢?

他心中虽然暗自揣测，手上却不敢有丝毫疏忽，全身彭湃玄能急速扑出，配合玄法秘咒的施展，右手化成一圈圈震波，与那股元能劲气相互激荡交击，轰然炸起满天尘土，如雪崩山裂般的声势煞是惊人。

漫天烟尘中，那两股元能骤然散去，瞬时间变得无踪无影了。

太乙真人只觉道心一空，知道对方已经成功遁走，不由长叹了一口气，暗忖道：“他们究竟是什么人？为何会有如此强悍的魔极元能？蓄意潜伏在吒儿左右，又究竟有何目的呢?”

身后的哪吒好奇问道：“师父，以对方的强势元能来推断，我们肯定不是他们的对手，但根据现在看来，他们好像并没有什么敌意，他们会是谁呢?”

太乙真人摇头不语，正冥思苦想之际，脑中蓦然闪过一道灵光，心神一震，禁不住喃喃道：“莫非是他们……”

一念及此，太乙真人的脸上浮现出复杂的神色，道：“吒儿，为师有要事必须前往八景宫玄都洞拜见祖师爷。你快快回家去吧，记得勤修玄法，莫要生事!”

哪吒点头应道："师父放心，弟子省得!"

太乙真人脸色变得异常凝重，驾起云头直朝八景宫玄都洞而去。

落日西垂，浮霞万里，染红了半边天际。

姿势极为粗俗难看的耀阳翻滚数下，爬到倚弦身边，一脸怪笑道："嘿，小倚，刚才真是痛快，想不到那个太乙老头也在咱们手里吃瘪了。"

说着，他偏头望向万里霞空，眼中流露出无限向往的神色，道，"我真的很想知道，归元异能究竟能让我们达到一个什么样的境界?"

倚弦回味起方才归元异能在体内澎湃翻涌的动人感觉，道："我觉得，刚才太乙真人给俊小子讲解的《阴阳法要》，肯定跟'轩辕图录'有些关联。再说如果没有太乙真人从旁讲解，我们也不可能体会到异能流转的那一瞬间。"

耀阳点头表示赞同，然后搔搔头道："是不是只要我们也能掌握'生藏成易变'五种变化，就能随心所欲使用体内的异能呢?"

"生、藏、成、易、变?"倚弦深思片刻，疑惑不解道，"不知道这五个修炼方法与《玄法要诀》玄、法、术、道四门诸部又有什么区别呢?"

耀阳想了想，笑道："所谓的'生'，应该很简单才是。小倚，你看——"语罢，他凝神静气，心念一动轻诵法咒，"七真妙法指"施展开来，体内异能随之涌现，听凭思感的传导缓缓流溢而出，右手食指处窜出一小撮异芒流转的紫色焰火。

"生……火?"倚弦苦笑不得道，"你难道没有觉察出有什么不对吗?我们这种修炼方法跟《玄法要诀》上的描述完全不一样!虽然现在我们能够运用法能，但体内始终感应不到异能的存在，就跟没有一样，总让我觉得不踏实。"

"这倒也是!"耀阳饶有兴致地玩弄着指端的紫焰，道，"不过，现在起码比从前强。看来，生死河源头那位老前辈没骗我们，'无极秘境'真的让我们变得跟从前不一样了!"

倚弦一听耀阳说出"无极秘境"，立时紧张地东张西望，然后没好气地念动法咒，运起“傲寒决”，只见一道青色寒光自他指端激射而出，将耀阳指端的紫焰扑灭，道：“还敢说那个‘无极秘境’，不但连累了土老前辈，而且害得我们东躲西藏，还好现在是灵体，否则只怕一早就被人分来吃了……”

话一出口，倚弦愣了一下，口中喃喃念叨着“灵体”二字，仿佛想到了什么似的，呆立原地陷入沉思之中。

耀阳闻言反而极是兴奋道：“如果那只骚狐狸说的是真的，我们成了三界神玄妖魔的猎物，但我们偏偏什么事情也没有，而且可以悠闲地随处玩耍，这不更证明我们的运道已经好极！”

倚弦对耀阳的话恍若未闻，沉思良久，忽而大悟道：“我明白哩！”

耀阳奇问道：“小倚，你明白什么了？”

倚弦抑止不住兴奋的神色，道：“还记得人儿曾经说过，人的灵体一旦脱离肉身，便不再受体脉气血等诸多束缚。我们现在虽然身在阳界，但终归还算是灵体，所以我们感觉不到自身的气血经脉。”

“是啊，那又怎么样呢？”耀阳说着脑中灵光一闪，随即明白过来，道，“你是说，我们现在能够运用法能但感应不到异能，是因为灵体没有经脉气血的缘故！”

倚弦连连点头，道：“对，据《玄法要诀》上记载，道法高深的人以本命灵元为引，种入其弟子体脉上中下三处丹田渊海之后，宗门弟子才能以这一线道引为本，根据宗道正法日益精进，修炼到阴阳归真、还本清源的境界。”

搬出一大段《玄法要诀》的论述，倚弦继续道：“《玄法要诀》通篇的法道修炼，都是以三丹渊海为基础的，但我们现在连气血经脉都没有，又怎会感应到原本应该蕴藏在丹田渊海的异能呢？”

耀阳大字形躺在草地上，懒洋洋的语出惊人道：“不知道能不能将我们剖开来看看，也好明白‘鬼’到底是个什么样子！”

“去你的大头鬼！”倚弦呸了一口，正色道，“如果我们可以恢复肉身的话，说不定就可以正常修炼《玄法要诀》哩。”

“肉身?”耀阳摇头苦笑，丧气道，“小倚难道忘了我们是怎么死的?第一次还好，有妲己那个骚狐狸用什么续气术帮我们缓住阳气。这一次呢，肉身怕是连一点肉末星儿都寻不着了。”

二人想到当日在“虚灵幻境”中肉身自爆的情形，不由相顾黯然。

耀阳打个哈哈，道：“其实也没什么，想一想，人儿说过，人死后因灵体不再适应阳界的气运，会顺应阳清则升、阴浊则降的规律，脱离五行束缚去阴界。但我们现在偏偏可以凭灵体立足阳世，而且并不像传说中的‘鬼’那样，又怕阳光又怕神庙，这不可不说是一个奇迹。既然这样的奇迹都能出现，证明我们的运道真的不坏。”

口中说着话，他有意无意地瞥了瞥沉寂中的倚弦，话锋一转道：“如果这样下去的话，说不准哪天我们还可以琢磨出一套比《玄法要诀》更牛的灵体修炼法诀出来。嘿嘿……到时候，我们即使没有肉身，也一样可以成仙得道哩！再说了，就算不能成仙得道，相信凭我们手中的《玄法要诀》与一身归元异能四处骗吃骗喝……”说到最后，耀阳竟自顾着吊儿郎当地怪笑起来。

“又来了，够哩!”倚弦适时打断耀阳的胡说八道，翻身坐起身，又好气又好笑的骂道，“你小子，怎么每次一到这时候就瞎胡扯，上次在轮回集说是要拿《玄法要诀》去换田地、逛青楼。这次更糟，竟然想到骗吃骗喝上面，真他奶奶的欠扁!”

“哎呀!”耀阳腾地跳将起来，不依不饶地叫嚣道，“扁我，还不知道谁怕谁呢?不过，先要请教倚大军师一个小小的问题——”语罢，耀阳摆出一副虚心求教的模样，看倚弦点头同意，便道，“我们都出来这么久了，怎么还跟不饿一样，难道灵体到了阳间也不会饿吗?”

倚弦怔了怔，搔搔头皱眉道：“这个我倒是没有想到过。不过，我们应该不会是传说中那种靠吸庙院香火来为生的鬼吧。”

耀阳摇头道：“肯定不是！我们刚刚从‘女娲庙’出来的时候，我对那里的香火烟烛就一点也不感兴趣。”

“那会是什么呢？总不会是靠气息和异能吧……”倚弦一边揣测着一

边抬眼观望暮色低垂的天际，忙道，“吃不吃暂时倒不重要，天快黑了，我们起码要先找一个落脚的地方再说！”

耀阳看了看附近的荒郊野外，叹道：“看样子，我们要落草山头了！”说完，脑中灵光忽然一现，歪笑着用肩撞了撞倚弦道，“小倚，还记得《阴阳法要》吗？”

倚弦略觉奇怪地点点头，不明白耀阳为什么会突然提起它。

耀阳作出大摇其头的模样，表示对倚弦的失望，道：“你肯定忘了，最后太乙老头给了俊小子一部玉简，还说是用来解释《阴阳法要》的秘诀！”

倚弦立时明白过来，恍然道：“我知道哩，原来你小子想打它的主意！”

耀阳嘘了一声，四下瞄了瞄，道：“听石矶说，俊小子的老爹是陈塘关的总兵，所以总兵府应该很容易找到。而我们现在百无禁忌，有什么事情是不能做的呢？还有就是，我这种做法只属借阅，绝对算不上偷窃。再说了，你难道不想看吗？”

倚弦不由为之语结，虽然他不太赞成去盗取法要玉简，但心中对《阴阳法要》却非常向往，毕竟刚才因为听了法要的讲解才顿悟很多窍门，所以对于现在人不人鬼不鬼的兄弟俩来说，玄法的进境是最大的动力。

“走哩！”耀阳一把搂过倚弦的肩头，并步前行道，“一想到刚才异能发动的感觉，我就心痒难当。既然已经可以施展玄法，不如我们再试试遁法，怎么样？”

倚弦闻言心中一动，忍不住跃跃欲试，于是点头问道：“还记得《玄法要诀》中关于遁法的记载吗？”

“当然记得！”耀阳笑着背诵道，“……遁者，无有来去之法也。玄之又玄，莫不是虚实阴阳之变，动静五行之分。故而，欲行遁法，先晓五行阴阳之机，方能以玄能引符诀之力贯通元极，导阴阳之气逆五行八法，生克有常，往复交替，遁法始成……”

“一字不差！”倚弦露出惊异的眼光，道：“看不出，你还能背下来。”

耀阳还他一个白眼，道：“什么话，从前花子爷爷教我们的东西，从来没有我记不住的。算了，懒得跟你计较。”说着，话题转回来道，“咱们还是言归正传，试一试遁法。小倚，遁术奇门八法中，你最喜欢哪一种？”

“金、木、水、火、土、风、云、符……”倚弦略加思索道，“自由自在才是最好的，我当然最喜欢风遁术！”

耀阳欣喜道：“果然是好兄弟，选的跟我一样。好，那我们就试试风遁吧！”

倚弦回思起《玄法要诀》上关于“风遁”的内容，决定依样画葫芦先试上一试，于是他凝神静气，双手划出蜀山剑宗万法基本诀“七真妙法指”，口中喃喃诵念“御风咒”，深蕴灵体之内的归元异能再度出现，缓缓溢流周身。

随着咒诀在灵体内的振颤，异能被奥妙至深的“御风诀”同化，逐渐将灵体与体外的天地融而为一。倚弦的内心微微一动，玄异的灵动感应随之而至，他浑然感应到充盈在天地之间的一种力量，一种灵动飘逸、反复不定的亲切感觉。

“风！”倚弦有所感应，蓦然睁开双眼。

身旁的耀阳吓了一跳，大叫一声赶忙跳开一边。

倚弦难以置信地张开双臂，每一寸发肤竟可以完全感应到风气流动的摩擦，与天地浑然合一的身体变得灵敏非常。他的心中立时充满了驾驭风的欲望，双手剑指挥舞出一道低旋的轨迹，然后口中按照“御风诀”喝声道：“敕！”

异能立变，由最初的敛入感应转成内旋外放，元能顺应周遭的风气飘扬而动，纳周遭万千轻风为己用，布成一道柔和的流能结界，由心而起的一片沁凉感遍布周身，令他顿感身轻气盈，灵体更是跃然悬浮在虚空之中。

耀阳早已看得眼都直了，在一旁摩拳擦掌道：“小倚，好样的！这下轮到我哩——”说着，耀阳依法施为，炎热的流能结界迅速集结起来，灵体瞬时悬浮于空。

耀阳伸展按耐不住欣喜万分的骚动心情，在虚空中装模作样地伸展手脚，朝倚弦眨巴眼睛道：“小倚，不如我们比比看，谁最先到陈塘关，怎么样?”

倚弦正跃跃欲试，闻言立时应声道：“好，谁先到就算赢。”

“一言为定!”耀阳哈哈一笑，念动遁咒，体内异能纷涌而出，驱使体外那层流能结界以一种正逆相生的规律急速流转，令他徒生灵身与外界的风融化为一体的感觉，而后旋飞而起，在虚空中划出一道鱼跃的弧线，朝思感中的陈塘关方向遁去。

“哟欧！陈塘关见……”听到耀阳兴奋莫名的呼喝，倚弦怎甘落后，兴高采烈地驱动遁法随后追去。

二人就这样一前一后直奔陈塘关而去。

陈塘关，夜幕低垂。

晚秋的寒风呼啸而过，万家灯火齐明，过街上再无行人。

总兵府外，油布灯笼在风中洒出微弱的光芒，映出朱漆大门前一对张牙舞爪、惟妙惟肖的巨大石狮，更给这占地极广、独具一格的总兵府邸平添几分威煞气势。

但见一阵幽风掠过，兴致勃勃的耀阳与倚弦落在府内的花园中。

收了风遁之法，兄弟俩大摇大摆的在总兵府内四处闲逛。转了半晌才发现府内暗藏蹊跷。连绵不绝的房屋楼舍或是临院而建，或是掩隐于树木花草之间，看似杂乱无章，实则给人一种极具杀机的感觉。

其中若隐若无的流动玄能更让耀阳与倚弦心惊不已，总让二人生出心烦意乱、浑身不自在的错觉。虽然府内的仆役丫鬟、侍卫兵士处处可见，却似乎毫无所觉一般，让他们想不通这是什么道理。

他们自是不知这陈塘关总兵李靖自幼访道修真，拜于“昆仑道宗”渡厄真人门下，修习玄门正道，但因道心难种被其师遣下山入世济民。于是，李靖投身殷商辅佐纣王，官拜陈塘总兵之职。

其实，李靖来此陈塘关做总兵并非偶然，只因总兵府内有座破天阁，谁也不知道存在此地已有多久时间，说是为防魑魅魍魉骚扰此地，才有上古高人在此设立玄门大阵，而李靖正是奉命守护破天阁的玄门弟子。

由此可见，此阵势的威力可见一斑。可是这两个怪胎好似很受用这种感觉一样，不但没有影响他们的兴致，而且一路走来众多俏侍美婢，还惹得耀阳忍不住围上去品头论足一番，过过口眼之瘾。

“这个不错，那个也行，啧啧……”耀阳一边走一边手脚齐动，乐在一旁喃喃点评，满脸堆着不怀好意的笑容，“小倚，你说哩?”

对于耀阳时不时的发问，倚弦苦笑摇头不已，但又拿他没办法，只能小声规劝道：“拜托，老大，想女人也不看看是什么地方？这宅子透着古怪，害我们找了半天都摸不清楚方向。还是想想用什么法子找到哪吒再说，天都黑了!”

耀阳摆出一副正中下怀的模样，懒洋洋地伸个懒腰道：“找不着明天可以再找，今晚不如就在这里过夜。我们已经好久没来过人气这么旺的地方了。”

倚弦哭笑不得道：“人气旺？瞧被你说得，难道我们真是鬼不成?”

正说话间，二人行至府中一道回廊尽头，因为专注交谈的原因，二人根本没有注意到转角处的厢房正迎面走出一位婢女。

回廊靠边的倚弦一时猝不及防，恰恰与那名婢女撞个满怀，他立时反应过来，心念骤然一惊，防卫的异能瞬时流溢遍体。却不知为何，一股吸力由外向内袭来，紧接着他感觉全身凭空出现一种熟悉的沉重感，再也无复灵体的轻盈空灵。

倚弦倏然一惊，果断地朝四周环视一圈，见被撞到的婢女不知去向，不由对身前东张西望的耀阳说道：“小阳，那个婢女怎么不见了……”

话一出口，倚弦一把捂住自己的嘴巴，难以置信地惊呆了，为什么自己说出来的竟是一口难听至极的女子嗓音。

耀阳听了他的话先是打了个冷颤，盯住倚弦看了又看，半晌才反应过来，苦苦忍住笑意，指着倚弦捧肚子又蹦又跳，道：“小倚，你不会是怕被人抓，钻进人家女孩子的肉身里面躲起来了吧？哈，想不到‘鬼上身’你也会玩？难道《玄法要诀》上有记载不成？我怎么就没有见到……”

倚弦闻言一呆，皱眉道："鬼上身?"他连忙低头去看自己的灵体，竟发现自己不知何时已经穿上了一身水绿色的婢女装，倚弦再将"自己"的纤纤小手放至鼻前，一股淡淡的脂粉味立时钻入鼻孔。

倚弦惊得一下跳将起来，叫道："这……这怎么回事?"转头再望向耀阳，顿时气不打一处来，原来耀阳早已在那里笑到打跌，夸张到在地上抽搐打滚起来。

倚弦一个箭步冲上前，一脚向耀阳踹去，想给他一点小小的教训瞧瞧。谁知"自己"的花拳绣腿根本无法触及到耀阳的灵体，小脚毫无阻碍地穿过耀阳的身体，反而被耀阳顺势带了一把，他那笨重的女人躯体差点站立不稳跌倒。

他在异能感应下能够看到耀阳，然而受困于阳界五行的肉身却无法触碰灵身。

无奈之下，倚弦只得低声下气道："小阳，快点帮忙想个办法让我从这里面出来，我总不能老是呆在女人身体里面吧?"

说到这里，他不自主想到女子身躯与男子的不同，"俏脸"不由窘得通红。

耀阳好不容易停止暴笑，打趣道："小倚，记得上次咱们在皇宫假扮宫女时，你是千万个不愿意。这次倒好，索性真正做起女人来了。别问我，我也不知道这是怎么回事?"耀阳注意到倚弦俏脸生青，憋笑着故作善意道，"小倚，你这个样子不方便走动，不如就在府里随便找个地方躲起来，千万不要被人发现。就算被发现，你也千万不能开口说话，否则就你刚刚说出来的话一准露馅。到时候……我恐怕也帮不了你了。"

倚弦无能为力地点点头，脑中盘桓着该怎样尽快脱离这名婢女的躯体，因为《玄法要诀》上有记载说，但凡人的神志受异力压制日久，定然对其人的本元神识有所伤害。

第二十三章　天阁藏珍

就在这时，耀阳与倚弦最想见到的人偏偏远远奔了过来。

耀阳大喜，低声嘱咐道："他虽然见不到我，但万一被他的玄能感应到就糟了。所以还是小倚你负责跟踪他!"倚弦大呼倒霉，连忙假装刚刚从厢房走出来一般，缓缓往回廊上行去。心中暗自思忖跟踪哪吒的方法。

正当他心怀忐忑的时候，右臂猛然被人一把抓住。他心中咯噔一下，回头看时，那人正是哪吒，不由大惊失色，心想："这次肯定要露馅了……"他求助地望向身旁的耀阳。耀阳耸耸肩，摊开双手做了一个无可奈何的动作。

哪吒充满迷茫与期盼的眼神望向倚弦，道："哑姑，陪我聊一会儿，好吗?"

"哑姑?"倚弦与耀阳的心中同时一喜，既然可以不说话，那么自然也就不怕暴露身份了。耀阳挥舞手势让倚弦答应他，倚弦只好点头应允了。

哪吒无比欣喜地拉起倚弦的手，出了回廊，直往总兵府内的后园行去。

隔了好长一段距离，耀阳蹑手蹑脚地跟在他们身后。看着倚弦极不情愿的"倩影"，他不时暗中偷笑，知道偷取法要玉简的事情肯定有戏了。

空旷的夜空中，悬挂着一轮皎洁的明月。深秋的夜色，并没有太多的云气漫布，一切都显得清晰空透，点点星辰和弯弯的明月互争夜辉，形成一幅极美的画面。

如果只看这些的话，确实是一幅幽静非常的清空月夜图。可惜现在摆在倚弦面前的，除了这些以外，还多了一位他绝对不敢直面的人——哪吒。在这样的情况下，他与哪吒静静对立，使得原本清幽的夜色，平添了几许压抑的气氛。

哪吒一路将倚弦带到后园的湖中小亭，却一直没有说话，只是凭栏仰望远空中的夜月，似乎在沉默中静静地想着心事。

过了良久，只听哪吒略带童音又低沉的声音道："记得从我出生到现在，总兵府中除了娘亲以外，就是哑姑你对我最好！虽然你又聋又哑，但是我还是喜欢跟你说说我的心事……"

倚弦闻言一震，想不到他误打误撞竟上了这样一位善解人意的婢女的肉身，心中着实有些于心不忍，但他又必须努力做到不露声色，倒是耀阳在湖旁悠闲地躺着，远远的对着倚弦打出你办事我放心的手势。

倚弦忍不住在心中暗骂一句，然后摆出一副倾心聆听的模样，继续听哪吒唠叨一些陈年往事。

"……记得从小爹爹就不喜欢我，总是骂我、打我。府里的人也都把我当怪物看，根本没人愿意跟我做朋友。但是今天发生了很多事情，有一个人……或者说一个不算是人的家伙无缘无故竟然要杀我，他的法能很强，我根本不是他的对手。然而就在他准备对我下手的时候……"

"谁知她出现了！"哪吒回忆着发生的事情，眼中迷茫的神色愈加浓厚，"但不知道为什么，那个她竟……竟然甘愿为我死、为了我嫁给那个混蛋！本来我受伤昏迷不醒，可是当她一出现，我就恍恍惚惚醒了。就像……就像我们早已约好了一样。"

哪吒摇头不解道："我朦胧地见到她以后，心里的感觉真的好生奇怪，好像又是高兴，又是悲伤，又有期待，又有不安……我不知道，为什么会这样？我为什么会对她有这种感觉？她又为什么为我付出这么多？为什么师父又不肯告诉我……？"

话到此处，哪吒走到倚弦身边，伏在他肩上已然泣不成声。

倚弦见他真情流露，心下恻然，不由自主便想起了婷婷，一手安抚着哪吒的发际，禁不住喃喃道：“难道这就是宿世的情缘?”

哪吒身躯巨震，一手抓住倚弦的肩膀，问道：“你……你怎么跟师父说的一样?”他心神激荡下，竟然没有发觉，一直不能说话的哑姑居然开口讲话了。

倚弦顿时被惊出一身冷汗，心思荡漾之下竟忘了以哑姑的身份应该是说不出话的。连湖旁的耀阳也被他如此难听的女声所震，心中暗暗叫糟，急得翻身立起灵身，苦思应变的对策。

哪吒终于发觉哑姑的不对劲，猛然后退数步，摆出一副防御的架势，喝问道：“你究竟是何方神圣，竟敢擅闯总兵府邸?”

倚弦额上冷汗直冒，好在脑中灵光一闪，急中生智地笑道：“哪吒师弟不用紧张，为兄乃是师父太乙真人派来，助师弟渡过此次难关的!”

哪吒年纪虽小，毕竟从师玄门正宗，自然绝非寻常易与之辈，冷笑道：“我凭什么相信你?”

倚弦脑中急转，早已想好一套说词，不慌不忙道：“师父今日回到洞府之后，随即便招来我，说是陈塘关附近有不明人物现身，并与师父恶斗一场，当时师弟你也在场。而且师弟大劫将至，又与神宗龙族的三太子发生冲突，师父他老人家实在不放心，所以特地让为兄前来助你!”

哪吒见他说得有板有眼，警惕的神色稍见缓和，又问道：“师兄尊姓大名，为何从未听师父说过?”

倚弦从容答道：“为兄别名小易，入门较早，师弟不知是因为我家有老迈双亲需要照应，所以师父准许为兄在家侍奉父母驾鹤归西，方能上山修行。只因最近天降异兆，宗门多事，所以师父才会嘱我暂时前来相助于你!”

哪吒至此才肯相信，道：“既是如此，师兄一定要小心了，这名唤作哑姑的婢女自小看着小弟长大，你千万不要伤害到她才好!”

倚弦连连点头，看到哪吒如此轻易便信任了他，令他不由顿生愧疚之心。正当他感到矛盾羞愧之时，回头想看看耀阳，却发现后园景湖四周已经空空荡荡，那小子不知什么时候竟然溜掉了。

哪吒又想起方才倚弦的话，讷讷问道："师兄方才说什么宿世情缘，小弟不是很明白，还请师兄开解一二？"

倚弦看他眉宇间隐带犹豫与迷惘，心中不忍，于是就将日间所闻择要讲与他听。哪吒听后呆愣了半天，浑身战栗，紧握拳头，神情凄苦地道："怪不得小弟心中的感觉无法平息。如若真是这样的话，那敖丙也忒过分了，我哪吒即使与珠灵姑娘没有什么关系，也一定要为她讨回公道！"

倚弦见到他如此冲动的样子，极为后悔因自己一时冲动，将个中缘由告诉了哪吒。如果他因此有什么不测的话，那一切岂不都是自己一手造成。于是连忙规劝道："师弟莫要心急，这段时间且让为兄与你好好参研一下《阴阳法要》，届时再一块去东海找那条臭长虫理论，如何？"

哪吒自是知道去找龙三太子抢亲是一件要命的大事，所以听到倚弦的话后激动万分，向倚弦投来感激的目光，说道："以后只要师兄有事，吩咐一声，小弟一定照办！"

倚弦听出这简简单单一句话中的分量，心下羞愧，一时说不出话来，只是拍了拍哪吒肩膀以示安慰。

好半晌，倚弦想到如若再与哪吒相处下去，肯定会露出马脚，于是说道："师弟，你今晚回去好好休息，明日午间咱们再在这里见面！"

哪吒欣然应允。

当倚弦四处找寻耀阳的时候，耀阳其实已经一路向府中深处行去。

只因就在倚弦露出马脚之际，耀阳体内的异能兀然一阵浮动，令他不由自主打了个激灵。这是自"无极秘境"出来以后他们所独有的一种感应，表示有法道高手侵入他们的异能感应范围之内。

警兆一现，耀阳回首一看，果然在离景湖五丈开外处有所发现，一道淡淡的青影虚掩在湖旁的树后，向湖心小亭的倚弦与哪吒观望了许久，随即便一闪即逝了。

耀阳好奇心大起，加上本体灵身的缘故，想也没想就跟了上去。前行的青影全然不觉，在飘离后园之后，便不再施展法术遁走。现出的身形是一名容貌魅丽的妇人，搔手弄姿的款款向府内深处走去。

耀阳窥视这名妇人，虽然面孔看来眼生，但他的心中却无端生出熟悉的感应，有一种似曾相识的意味。他摇摇头，继续跟着她往前行去。

穿过多层房舍，耀阳渐渐发现不对劲，原来这府内附近不但房屋愈渐稀少、不见人迹，而且他越来越清晰地感觉到一股强大的压迫力，这是他们踏足总兵府最先感应到的那股玄能所引发的，这些更加激起他强烈的好奇心。

绕过府邸内最后一排房舍，耀阳顿觉眼前豁然开朗，他面前出现一片植满花草，方圆数十丈的坡地，这片花草乍看之下毫无奇特之处，看似普通的野地一般，但耀阳体内的归元异能何其玄妙，甫一靠近便感应到一股奇异的流能环荡其中。

耀阳不由细观这一块杂乱无章的花草地，才发现这些花草居然是被人刻意植种所成，团团花草或横、或竖、或斜，或呈弧线状横七竖八地植入土地中，不同形状的轨迹勾勒出某种符咒形状的巨幅图形。

耀阳暗自心惊不已："难道这是一种法阵?"

花草坡地的正中处辟出一块空地，一座奇形塔楼矗立其上，楼匾上横书"破天阁"三字。这座塔楼近十余丈的高度，分作五层，雕梁画柱。塔楼的四角卷檐分别向外折出，平添几许怪异之处。

只见那妇人凝视坡地片刻，莲步轻移，踏足其上朝破天阁行去，身际元能力量四溢，一身青衣有如流水般舞动，所过之处青芒隐现，脚下花草贴地起伏不定。

耀阳怎么也想不到这妇人居然会知道这阵法的通路，而且看这架势还是一等一的高手。于是也乐得捡个便宜，紧紧盯住她脚下的步子，脑中思感翩动，将她所有的入阵之法一一记在心里。

穿过花草坡地，妇人心神一震，忽然顿住身形，高抬螓首，斜对着五层塔楼，冷然笑道："哎呦，还真瞧不出来，这小小的总兵府居然还有圣宗高手在此盘桓。既是如此，何妨出来一叙!"

耀阳闻言一惊，心中暗道："乖乖，这里还有什么圣宗高手?这倒好，有好戏看了!”当下也不着急，舒舒服服地坐了下来，一副坐山观虎斗的悠闲模样。

塔楼没有传出半点声响。

“难道阁下见不得人不成?”语罢，妇人的一双眸子猛然射出淡青色的妖魅芒光，青衣鼓舞生风，身形如闪电般朝塔楼顶层弹去。

耀阳抬头望去，只见破天阁顶，果有一人迎风而立，白衣飘舞，虽面貌不甚清晰，但借其人身后的皎月莹光，可以看出此人应是一位女子。

面对妇人流星般的攻势，那名女子居然毫不在意，“咯咯”脆笑数声，娇躯翻身凌空，带起漫天白光与风怒之声，急风暴雨般俯冲反攻，迎向冲卷而至的澎湃劲气。

“波……”两股元能轰然交接，闷响连连。

刹那间，距离二人不远处的耀阳看得呆住了，体内异能感应到她们发出的强劲元能劲气，那种感觉恍若置身于惊涛骇浪的层层围攻之中。

青白交击的异芒中，青衣妇人突然发出一声激越高亢的厉音，如冰河迸裂般“砰砰”作响，挟音而出的妖能竟然使得塔楼四周的假山巨石纷纷崩断，漫天粉末如白雾般纷扬洒落，雨点般的碎石翻卷四射。

耀阳哪曾见过这等势头的威力，只觉脑中轰然作响，心中紧张万分，同时也在暗暗奇怪，为何发生了如此激烈的争斗却仍无总兵府的人前来干涉。

他哪里知道自身出于归元异能的天赋异禀，自然可以感应到两名女子之间的争斗变化。寻常人如果处于这层花草坡地之外，即便见了两人飞来飞去的模样，也不会听到任何异样的响动。只因那层法阵已经构成一道屏障结界。

白衣女子身形凭空向上狂飚，白衣飘飘，双袖挥舞，道道莹白魔能从她指尖激射而出，仿如箭矢纷飞、银蛇乱舞。将疾冲而上的碎石尽数穿透，化为粉末，簌簌飘扬。稍大一点石块，亦纷纷炸裂，轰然塌落。

青衣妇人眼见攻势尽数落空，也不生气，依旧俏颜如花的笑道：“久闻防风氏‘绕指柔风’天下无双，今日一见果然名不虚传。你方才如果被那些石块轻轻擦上一下，你就得立即将伤口剜出，如果稍有迟缓，就会变得和它们一样！”妇人抬起纤纤蔓指，随手指了指漫天的粉尘。

“这难看的丫头是魔门的人？”躲在暗处的耀阳轻“咦”一声，望向青衣妇人，忖道：“这骚女人的声音怎么这么耳熟？”

白衣女子自空中缓缓飘降，落于青衣妇人身前三丈开外，身形曼妙直如月中仙子。借着莹月余晖，耀阳这才看清楚她的样貌，不由吓了一跳，原来那白衣女子除了一双冰冷清澈的眼睛之外，其余五官居然全都挤在一起，成了一堆，仿佛被巨力揉搓过一般，实在不堪入目！

白衣女子对青衣妇人的话既不反驳也不承认，只是冷冷道：“阁下的体内元能与身上这具臭皮囊驴唇不对马嘴，别具蹊跷，极为繁杂，理应是‘妖宗’的朋友才对。不知今晚到此有何贵干？”

“妹子果然好眼光！”青衣妇人眼中闪过一丝冰冷阴狠的妖芒，桀桀大笑道，“不过，妹子此言差矣，难道这陈塘关的总兵府已经被你防风氏买下来了么？姐姐闲来无事到此逛逛，难道还要向你们请示不成？”

听到熟悉的怪笑声，耀阳脑中灵光一闪，差点惊叫出声，暗道：“原来这骚娘们是与臭虫敖丙鬼混的石矶！”

白衣女子怒喝道：“你究竟是何人？”

“我是何人并不重要，倒不如让姐姐我来猜猜妹子的身份，如何？”石矶话音一顿，玉手轻挥，妖能将空中飘散的石粉凝聚成形，幻成一把白石摇椅，然后轻轻倒卧上去，一边摇晃着身子，一边说道，“‘绕指柔风’乃圣门防风氏的秘传绝学，而防风氏一族得此传承者寥寥数人，宗主羿姬有两位爱徒‘风月双娇’。妹妹‘风魔女’婥婥热情如火、风情万种。姐姐‘月魔女’姮姮艳名远播，但是性情冷若霜月。如此看来，妹子理应是‘月魔女’姮姮才对！”

“婥婥姑娘的姐姐？”耀阳闻言愣了愣，再一细细打量那名白衣女子，仍然是一副令人难以恭维的面孔，不由对石矶的话产生了怀疑。他在轮回集见过婥婥，自是知道她的气质美貌可算生平仅见。但是如果要以艳名远播来形容眼前这名白衣女子，未免太过名不副实。

白衣女子见身份被对方揭穿，不由大惊失色，心中揣测到对方的身份定然极不简单，甚至对方来此的目的也是大有文章。果断的思量令她眼中寒芒更甚。

白衣女子姮姮当下淡淡道："阁下还算高明，凭我刻意收敛的几分'绕指柔风'便推断出姮姮的身份，实在让人佩服！"稍微一顿，姮姮冷笑一声，道："我虽然不清楚你此次前来究竟目的为何，但你现在已经犯了我族门禁忌，不论是有心还是无意，今夜无论如何我都会留下你！"

"禁忌？你难道将陈塘关当成是你防风氏的族地了吗？"石矶冷哼一声，面不改色地冷笑道，"哦？妹子想留住姐姐的话，怕是最好称称自己到底有多少斤两！但如果只是夸夸其谈，玩些吓唬三岁娃娃的手段，那么我也算看明白了，为什么防风氏会成为魔宗势力最弱小的一宗。哈哈……"

姮姮心中气极，闻言昂首一声清啸，肩上无数发丝冲天而起，眼中寒芒大现，道："我且再问你一遍，你为何潜入此地？目的为何？"

石矶并不正面答话，道："姐姐觉得好生奇怪，妹妹为何一定要我说出一个来这破天阁的理由。姐姐其实也很想知道，妹子为何一直守在此地，甚至不惜屈尊在李靖府中做一个婢女，难道只是为了终日做些反客为主的行当？"

姮姮被石矶反唇相讥的话激得心中一惊，暗忖："她怎会知道我一早便潜伏总兵府内？莫非她已经得知破天阁的秘密？"想到这里，她脸色大变，眼中杀机立现，道，"不知你的法能会否跟嘴皮子功夫一般厉害？反正今夜李靖不在府内，加上这方圆十数丈有这个法阵结界护持，你我就放手一搏，待我向你证明一下防风氏的实力！"

话音未落，姮姮双手十指银芒暴涨，一声凛然长吟，身形冲天飞起，在月光下急速飞旋，爆起银白色的耀眼炫光，倏地化为一道巨大的元能光刃，轰然如雷霆般朝石矶横空劈斩过去。

石矶早有防备，纤足轻点白石摇椅，凌空腾身而起。满嘴贝齿忽地变作虎牙豹齿，秀丽的脸容也变得凶厉可怖，双袖飞卷，素手盈盈一握，一柄弯月石刀凭空出现，凌空迎击对手的元能光刃。

“轰隆”一声巨响，两人的身形一触即分。月光下望去，二人之间的元能劲气如漫天飞雪，如纷扬樱花般银光点点，缤纷错乱。

耀阳自玄法初成一来，还是首次见到法道高手对决，不由看得目瞪口呆，好在花草坡地的法阵结界将石矶与姮姮的元能碎波尽数挡住，否则以耀阳所处的距离，即使是冥身灵体，只怕也难挡个中威势。

石矶在厉啸声中疾电穿行，掌中石刀电斩姮姮。姮姮足不点地，向后飘飞，不急不缓地轻挥罗袖，“呼”地一声，一条银白丝绫无声无息地飘扬而出，如浮云一般缓缓散开，朝着石矶急速卷去。

石矶右手纤指轰然旋转，弯月石刀纵横劈斫，刀身妖芒所到之处，均是牵制姮姮掌中银白丝绫的关键位置所在。

姮姮自忖来陈塘关已有百余年的光景，此时见到石矶掌中刀势，心中略作思量，已然明白对方的身份，淡笑道：“原来你是陈塘关百里外骷髅山的石矶。平日见你多半龟缩洞府之中，还以为你真是潜心天道正法的好妖，却想不到原来早有图谋不轨之心。今日就莫要怪我不客气了!”

语罢，姮姮双臂上的银白丝绫骤然一收，令石矶的刀芒尽数落空，然后再又电射而出，螺旋飞舞，卷成一道玄光气幕，将石矶围在其中。

姮姮手中所持之物称作“柔月丝绫”，乃是上古防风氏宗主后羿以西海极阴冰蚕丝、瑶池玄银鱼鳞片、寒谷愚果等三十六种天下至柔至阴的神物交织而成，即便是以魔门祝融氏至高绝学“三心元火”炼上数日也烧它不毁，可见此物绝对非比寻常。

石矶桀桀怪笑，右手五指法诀舞动，掌中石刀划出一式“玉石俱焚”，荡出无数道碧光怒射，疾旋破舞，形成一道巨大的光刃轮，闪电般劈向将自己围裹自身的“柔月丝绫”。

“轰隆”闷响过后，玄光碧芒逆向飞转，火星迸飞溅射，四周发出“滋滋”异响，仿佛周围的空气都被螺旋气芒绞得粉碎一般。

光影渐渐淡去，青白二道身影再度显现出来，她们竟相互纠缠在一堆，“柔月丝绫”虽然紧紧缠住了碧芒石刀，但还谈不上占据主动，只因二女元能一个柔中带刚，一个刚中带柔，原本就是相互克制的路数，现时像这般僵持，只能是一方坚持不住临时退出，方能结束战局。但这样一来，败的一方必定身受重伤。

耀阳掌心满是汗水，虽然姮姮也是他们兄弟俩一向厌恶的魔门中人，但毕竟婥婥曾经帮过他们兄弟俩一把，他自然偏向姮姮这一方，此时感应到姮姮身陷险境，偏又不知该怎样去帮助姮姮，心中不由焦急万分。

此时，石矶口中喃喃念诵法咒，从她鼻中竟缓缓爬出一条怪虫，状如蜈蚣，长约十寸有余，躯身分节，全身赤褐，头部有如刀形，模样极为诡异，正是骷髅山的异毒怪虫——“赤蜈”。

赤蜈自石矶面上弹射而出，直往姮姮射去。

相隔咫尺，事出突然，姮姮又正与石矶相持，避无可避之下，只见那条赤蜈射落在姮姮白玉般的颈部，沿着领口顺延而下，一口咬破胸前粉白的肌肤，一边吸食血肉一边探头试图钻入她体内。

姮姮耐不住躯体剧痛，低吟一声，檀口鲜血喷涌，手中丝绫白芒登时收敛。

石矶的石刀飞扬卷舞，碧青光芒暴起，乘势破除了“柔月丝绫”的层层捆缚，格格笑道：“妹子，还不撒手?”

姮姮脸色惨白，一双冰水似的眼眸怒火如焚，咬紧牙关，凝神聚气，身形缓退，一边以元能将赤蜈一寸寸逼出体外，一边挥舞“柔月丝绫”挡住石矶的反扑攻势。她此时势同骑虎，一旦撒手，不死也必重伤，所以只能继续僵持下去。

耀阳看到这一幕早已怒恨交加，开口咧骂道：“骚娘们，竟敢玩阴的!”脚下步子踏足花草坡地，径直闯入法阵结界之中，却不等他再有所行动，东南方忽然传来一声浑厚的吟诵之声：“玄天道地，广法无极!”

如钟鼓般沉稳的法音轻唱响彻在塔楼四周，一声高亢入云的惊天啸声也随之传来。

石矶眼见可以灭除对方，此时闻声知是玄门高手来临，只能心不甘情不愿地恨声道：“小丫头，今夜算你命大，下回若再命犯我手，休想再有这般好运!”

语罢，石矶狠狠瞪了姮姮一眼，收了掌中石刀，唤回赤蜈，快步行出法阵结界外，径直化作一道光影遁去。

姮姮冷眼观望石矶离去，娇躯拧动之间，已然与耀阳擦肩而过，行出法阵之外，不多时，身形便消失不见。

耀阳但觉香风扑面，妙曼的倩影从身旁飞掠而过，心中顿时生出不一般的感念，他忽然相信了石矶的话，姮姮跟婥婥一样，应该是一位别具性情魅力的绝美女子。

他呆立原地，忍不住浮想翩翩，全然忘记了自己尚且置身法阵之内，二位玄门高手已经从天而降。

望着哪吒的背影行进内院，倚弦这才松了口气，沿着湖旁回廊往回走，四处找寻耀阳，谁知遍寻整个后园都见不到。虽然倚弦觉得奇怪，但想到耀阳有灵体护身，而且耀阳识得他现在这具肉身，回来自然可以找得到他，也就没有过多担心。

他现在只想找个地方躲起来，好好研究应该怎样脱出这具躯体。他低着头在内府三转两转后，找到一个较为安全的地方——柴房。想来此时已经接近深夜，柴房理应是无人造访之地。

想到这里，倚弦心中一阵兴奋，于是随手在内院的墙角处划了一个倒三角的记号，这是他和耀阳以前躲避追逃的独特联络方式，然后躲回了柴房。

做好一切以后，倚弦将自身的思感神识全部关注这副躯体之上，脑中反复追忆《玄法要诀》中关于灵身魂魄的记载，苦思解脱之法，然而《玄法要诀》乃玄门正宗的法道典籍，又怎会有这些鬼魅小术的法门，所以任他如何尝试却始终不得其法。

虽然找不到脱出肉身之法，但倚弦却发现一个令他惊喜万分的现象。正如他最初对灵体异能的推测，当归元异能遭遇具有气血经脉的肉身，果然呈现出稀有的凝聚力。他可以感应到潜伏在上丹渊海的异能，但不知是否因为女子经脉有别于男子的缘故，他暂时无法调动异能循行。

倚弦正反复沉思时，心中忽然生出一阵异常浮躁的感觉，只想当即冲出房外，仿佛有什么事情等待自己去做一般，而且这种感觉愈来愈强烈，正当倚弦按捺不住的时候，柴房门“砰”的一声被人撞开。

门口出现一名身着白衣，身形曲线玲珑，但面目却极为丑陋的女子，跌跌撞撞地闯了进来，嘴角和胸口都沾有血迹，胸口处血液更是丝丝往外渗出，正是方才遭石矶偷袭而受伤的姮姮。

倚弦脑中腾的一热，竟毫不迟疑的一下冲上前去，将那白衣女子搀扶进来。就在两人身体相触的刹那间，各自不由感到心中一震，也均感对方身体不由自主的轻轻一颤，二人暗自诧异不解。

倚弦扶姮姮在铺满干草的地上坐定，但见这白衣女子竟不理睬自身的伤口，只是用她那一双晶莹剔透皓如水晶一般的美眸目不转睛地注视自己。倚弦被她看得浑身不自在，尽管他明明白白地感应到对方一身高深的元能，但心中偏偏有一种极其熟悉的感觉。他心下虽然感觉怪异，但随即想到自己现在的身份，连忙用手指指向她的伤口，一面示意她要赶紧疗伤，以免被她看出什么破绽。

姮姮看懂他的动作，摇头叹道：“看来受伤以后，圣功对我的影响太大，居然会对哑姑你产生这样奇怪的感应。算了，我还是先疗伤吧!”语罢，一双纤纤玉手缓缓贴在胸前，泛起强烈的银白光芒隐入胸口伤处，渗出的鲜血终于凝结，但伤口却没有立即复原，看见伤势很严重。

姮姮张开妙目，轻轻呼出一口浊气，瞥了一眼傻愣愣呆在一旁的“哑姑”倚弦，看到他这副样子，还以为他是在为自己担心，心中不由一阵感动，对他做了一个“我没事”的手势，轻拍身旁干草示意他一起坐下。

倚弦确实在为这个陌生女子担心，但是更被自己的奇怪感觉搅得心中难安，不知其所以然。当他看到姮姮的动作才蓦然惊醒，想起自己现今的身份，心怀忐忑不安的情绪依言坐了下来。

倚弦木然坐在白衣女子身旁，但觉一缕淡淡幽香不断钻进口鼻之间，一直痒到心里。像这样接近一名女子，是他生平从未有过的际遇。他忍住了深吸几口的贪婪想法，但还是忍不住斜目向身旁女子望去。

月色清冷，树影摇曳，淡雅的月光悄无声息的穿窗而入，斜斜洒落在姮姮脸上。她的面目虽是丑陋，但从她双眸中透出的寂寞与悲伤，令她仿若旷谷幽兰般的气质脱颖而出。让倚弦不由想起芳魂已渺的幽云，登时心中大痛，泪水险些涌将上来。

就在此时，姮姮感应到倚弦的心绪变化，轻咦一声，伸出左手，纤纤柔荑如兰花般舒展开来，压在倚弦脉穴之上，喃喃道："哑姑，你没事呀，怎么心脉会忽然出现异常情况呢，真是奇怪!"

软玉温香，肌肤相触，肉身虽然不是自己的躯体，倚弦还是压不住小鹿乱撞的心，连忙扭头侧脸屏住呼吸，生怕粗气喷吐，唐突了身前佳人，半晌后方徐徐吐了一口长气，心底羞躁恼恨，也不知骂了自己几千百句。

就在这种心境下，倚弦的目光不由自主又落在姮姮玲珑剔透的手掌上，心下难免又是一阵浮想翩翩。却不知在他眼中拥有谪仙落尘般气质的丑陋女子，此刻心中也正翻江倒海般起伏跌宕，久久不能平息。

不知为何，前生命运幻景里的种种虚象又再浮现，令此时的姮姮陷入自记事来从未有过的恐慌与迷惘，一双秋水剪瞳般的眼眸突然变得茫然迷离起来。

姮姮自小便被立为魔门防风氏的"神器御女"，居于弈射山的风月宫中与世隔绝，潜心修行本族圣功，以接任守护宗门神器的法职。所以一直以来清心寡欲，出尘脱俗，极少思及男女之事。

可是随着法能的提升，她在百年前阴错阳差解开了师尊置入她们姐妹心中的封印，才从与她心念相通的妹妹——"风魔女"婥婥那里得知，原来她们姐妹实为一体双修的魔身，但宿世以来都注定受一段情缘所困，是以心中震骇非常。

记得那一日，妹妹婥婥心中忽然情波跌宕，汹涌澎湃，差点不能自制，遭到体内"无情魔修"的反噬，稍一不慎便有形神俱灭之危。情况紧急之下，姮姮只能动用密修百年的"祈慈天诀"稳定婥婥的心神，助她将灭情道修至极境，同时也取回了属于自己的三世记忆。

透过那一半残损的三生印记，她看见万千幻象、浮光掠影，隐隐约约的一名男子面容模糊出现，仿佛无数碎片纷乱而急速地拼接，又迅疾迸散开来。许多杳渺往事犹如夏日雨荷缤纷开放，又如天际流星稍纵即逝。那种感觉熟悉而陌生，欢悦而惊恐。

“原来这便是所谓的三生之缘？”素来心静止水的她忍不住叩问苍天。

……

倚弦看着身旁呆滞无神的姮姮，也不由焦急起来，轻轻推了一下她的香肩。

姮姮醒过神来，秋波转处，见到身旁一脸焦急默默陪伴自己的哑姑，心中不由一酸，喃喃道：“你倒是好心肠，像极了我爹爹。可惜爹爹犯了族规，被师尊关起来，再也见不着了……记得那几天夜里，我找遍了整个羿射山谷，但始终没有寻到，还偷偷哭了好久。师尊说，要成为神器御女，就必须绝情寡欲，心无旁骛，对凡尘万物不能有一丝留恋，甚至说就算她老人家羽化登达摩诃界，也不许我流一滴眼泪。还记得有一次我偷偷跑下弈射山，忍不住与山下孩童玩耍，师尊随即赶到，将那个村落一百零六人，不分男女老幼全部都杀死了……”

说到后来，姮姮再也止不住心中委屈，怔怔地落下泪来，情绪激动之下，体内魔能不受控制，双目神情紊乱，脸色苍白。

窗外，一阵秋风吹来，倚弦鼻息之间尽是姮姮那清幽淡雅的体香。她那柔软的发丝如绿柳拂波，在倚弦的脸颊、脖颈轻轻擦过，麻痒难耐，令他猛一激灵，忍不住战栗地呼了一口浊气。

倚弦虽然极想安慰她，但却知道自己不管现在的身份是哑姑，还是倚弦，都绝对不能这么做，因为他不敢确定对方的身份，暗忖道：“爹爹、师尊、弈射山谷、神器御女……唉，也不知她是何宗何派？不过她师尊动辄便草菅一百多条人命，应该是妖魔二宗吧？但她心地善良又不像……”

倚弦看着姮姮的痛苦模样，心里感到莫名难过，忍不住握住姮姮的玉手，感受着手中玉人的迷人气息，他心中骤然迷乱起来，仿佛有什么东西在心中一闪而过，却无法捕捉，看着姮姮发起愣来。

姮姮体内的“祈慈天诀”应运而生，紊乱的心神慢慢冷静下来，避免了走火入魔的危险，然后抖擞精神对身旁的倚弦说道："哑姑，陈塘关再也不是久留之地，你最好还是早走为妙，好自为之吧!"

语罢，姮姮轻叹一声，翩然起身，出了柴房径直去了。

望着空空荡荡的柴房，倚弦好半晌才霍然醒悟过来，想起这么久耀阳还未回来，再联想到姮姮的伤势，心中一阵紧张，连忙跳将起来，向外奔去。

第二十四章　五行合一

随着衣褛破空声响起，二位玄门高手掠空飞至法阵之中。

耀阳立即感应到半空中填满来人的凛冽气势，吓得立在阵中，不敢发出丝毫异动，生怕被对方看破灵身行藏，徒遭杀身之祸。

只见领步前行的是一位头顶金亮红缨帅盔，身披黄晶战甲的魁梧中年男子，肩上金麾哗哗作响，双目神藏不露，战甲上隐有金色流光旋转流动，一触及法阵结界之力，便“嗤嗤”爆起簇簇金炎，衬出此人气势强横无比，令人望而生畏，颇有几许大将风范。

他的身后还有一位老者，看年纪已近古稀之年，满头鹤发挽个道髻，颚下三缕白髯随风飘扬，身着一件青色长衫，满绘黄色云朵，胸前更绣有一紫色玄异图符，老者长相奇特，肤呈褐色，仿若石雕，五官平平，额头异常高凸，慈悲祥和的一双眼眸仿佛透悉出天地寰宇间无边的智慧，更有看破世俗的洒脱与淡泊。

耀阳躲在暗处，嘿嘿笑忖道：“真是一波未平，一波又起。这个穿山甲一样的家伙难道是陈塘关的总兵李靖，而那个凸头鹅又是谁呢？没想到一个总兵府竟会同时冒出神玄妖魔四宗的人，看来这个破天阁还蛮奇怪的!”

金甲男子环视法阵四周，见一片狼藉，谓然叹道：“李靖奉师尊之命镇守陈塘已有二十余载，一直相安无事，想不到我出门才几日，破天阁便遭妖魔觊觎……唉，看来我李靖的安稳日子也快到头了!”

此人果然是昆仑渡厄真人的得意门生，官拜陈塘关总兵的李靖。

青衫老者摇头抚须道："破天阁能在妖魔环伺的情况下，安存数千年已属异数。虽然这一切均在意料之中。破天阁虽有五行大阵守护，但凡事还是要小心谨慎为妙。依贫道看来，此事最好先行通报宗门，早做防范，以免被妖魔有机可乘。"

"数千年?"耀阳吐了吐舌头，不敢置信地再望了望眼前这座塔楼，忖道："明天不如把小倚拖来玩玩。"

"谢广法师叔指点。李靖明日便会遣人就此事通报师门!"李靖揖礼道，"不知师叔此次离开云霞洞，前来陈塘是为何事?"

青衫老者正是北明元宗五龙山云霞洞的广法天尊，闻言笑道："还不是因为受了龙王的邀请，来参加龙族四日后三太子敖丙与蚌灵族珠灵公主的龙宫婚典!"

耀阳气愤填膺，差点叫了出来，心道："他奶奶的，那条臭虫怎么可以厚颜无耻到这种地步，强抢别人的女人竟还敢这么招摇!"

看着李靖一副欲言又止的模样，广法天尊轻哂道："想那敖丙虽然脾性恶劣、行事暴虐，但毕竟也是神宗龙族之人，而且这次是老龙王亲自下的请帖，所以于情于理都很难推脱。"

说到这里，广法天尊忽而像是想到某样重要的事情，道："对了，你可知这几日前天地三界曾出现过一场异变?"

李靖惊问道："略有耳闻，但并不清楚，还请师叔告之!"

听到此处，耀阳不由心中一震，忍不住向说话的两人靠近了两步。

广法天尊肃然道："数日前，冥界轮回道发生异变，神玄二宗各个神宫仙殿、玄洞秘府同时感到人界秩序大乱。不久，天帝的颁旨敕令神玄二宗，点派弟子下山卫道，同时捉拿此次大乱的罪魁祸首——魔星……"

李靖心神俱震，忍不住说道："这……这怎么可能，妖魔两宗怎会仅用千数年的时间就造就出这等魔星，那将是怎么样的修为才可办到?"

广法天尊充满智慧的双目中露出罕有的忧虑，道："'归元魔壁'出世了!"

李靖不愧是一代大将，深吸一口气，压住内心连番震惊的滔天巨浪，问道：“之前，李靖一直认为‘归元魔壁’只不过是一个传说而已，没想到世上还真有此物，难道是大魔头刑天与蚩尤他们……”

广法天尊紧锁双眉，摇头道：“据玄冥帝君所讲，继承‘归元魔壁’阴阳魔极力量的是两个少年！”

耀阳一听果然与他们兄弟俩有关，连忙屏息静气，不敢再有动作，心中震惊非常，想不到神玄二宗视他们兄弟俩为魔星降世，不由心中忐忑难安，暗暗叫糟。

李靖听后稍做思忖，顿时喜道：“如果真是这样那就好，只是两个毛头小子，就算打从娘胎开始修炼，也不可能有所成就。就凭这一点足以让我们彻底将其消灭！”

耀阳听李靖说要“消灭”自己兄弟，恨得咬牙切齿，忖道：“好你个穿山甲，竟敢说要消灭我们，逮着机会一定让你好看！”

广法天尊闻言再次摇头道：“此言差矣！祸兮福兮，谁也无法预料。”

李靖虎躯一震，问道：“那该怎么办？难道就没有办法了吗？”

广法天尊转首遥望西垂残月，不急不缓地说道：“也不尽然，现在还未确定那两人究竟是否妖魔二宗的传人。自从上次神魔大战后，天帝、冥帝、女娲娘娘及其玄门三宗悉心培养出二十八名星宿神将，均是心智超卓、资质绝佳、意志坚韧的弟子，他们现今已然尽出，务求捉拿到那两个少年！”

广法天尊不无担心地补道：“最近这一段日子，乃是动荡不安的非常时期。妖魔齐出，四处游说各大诸侯，企图扰乱人间太平。而且此处现在也成了妖魔觊觎之地，李靖，你肩上的担子可不轻啊！”

李靖双目金光暴射而出，肩后金麾无风自动，飘扬荡起，手指破天阁，沉声道：“师叔放心，李靖定会守住破天阁秘地，绝对不会容许妖魔之辈得逞！”

广法天尊叹了口气道：“我知你不易，陈塘关现在情况如何？”

李靖闻言眉头紧皱，道：“纣王失德，天下诸侯早就心生不满，现今狼烟四起，东伯侯和南伯侯阳奉阴违，表里不一，都在伺机反殷。前几日纣王下旨，命我造弓备箭、操练兵士，以备不时之需。同时严密监视边界上徐、筚、巢、吴四侯，以防其乘机作乱。”

广法天尊道：“天机已现，新君在西。西伯侯姬昌多年来修政亲民，将西岐治理得国富民强，天下难民皆以去到西岐为愿。所以，你不妨秣马厉兵静待时机，等姬昌一呼百应之际，同时起兵反商！”

“谨遵师叔法旨！”李靖欣然领命。

看到这里，耀阳已经全无窥探的心情了，缓缓撤步出了法阵，小心翼翼往内院行去，心内更是焦急。试问有广法天尊、李靖、妖魔二宗、神玄二十八星宿神将这些高手全都为他们兄弟俩而来，他哪里还敢有什么悠闲的心态四处闲逛，他只是想着快点通知倚弦，兄弟俩好好思忖一下对策。

耀阳回到总兵府内院，看到墙角记号的时候，倚弦已经在那里等他了。

倚弦不敢让耀阳去柴房，只好带他来到刚刚与哪吒谈话的湖心小亭。两人都将彼此所遇到的事情一一说出。一时间兄弟俩只觉形势复杂严峻，不由都沉默下来。

倚弦自恃兄弟俩有灵身护体，倒是对被人追逃不太在意，想来想去都只是在思索自己对姮姮、婥婥两姐妹的奇怪感觉，偏偏又想不通这到底是为什么。就在这时，倚弦忽觉肩上一重，耀阳的手搭在了他的肩上。

耀阳大大咧咧的说话声随后传来：“没想到一个晚上发生这么多事，不过也不用担心，想咱们兄弟自从遇到蚩伯的那天起，又何曾有过好日子？遇到的高手一个比一个厉害，可是一直到现在我们还不是都活得好好的！”

倚弦不好说出心中所想，只能强打精神，道：“不错，所谓兵来将挡、水来土掩，干嘛怕他们哩。咱们这几天不如先躲在总兵府中，记得花子爷爷不是说过‘最危险的地方就是最安全的地方’。其实也可以趁这几天，想办法将哪吒的《阴阳法要》和咱们的《玄法要诀》好好研究一下，增加日后逃跑的机会。”

话至此处，倚弦忽然想到了姮姮。

倚弦记起答应过哪吒的事，瞄了耀阳一眼，不好意思道："小阳，有一件事不知该不该告诉你，刚才因为形势紧急，所以我……答应哪吒去帮他搭救珠灵了！"

耀阳闻言一怔，随即笑道："我还以为什么事情让你这么难开口，这算什么？先不说咱们有机会学了俊小子的《阴阳法要》，多少都应该有些回报。就算冲他臭虫老三那副鸟样，咱们混世双宝就不可能放过他！"

倚弦的心情喜忧参半，道："我知道只要我说出来，你一定肯陪我去做。可是龙族身为神宗一支，去到他们那里搭救一个弱女子，对我们来说，实在太过危险，而且就只剩下十天时间了。唉，就算侥幸成功了，也不能因此连累了哪吒与珠灵。如果要是不成功，咱们再做打算吧。"

耀阳打个哈哈道："如果成功，就表示咱们兄弟有建功立业的潜力。不成功的话，那就是说明咱们没有功成名就的能力，省得再出去丢人现眼。总的说来，这未尝不是一件好事。"

"对了……"耀阳贼笑道，"小倚，咱们明天不如去破天阁逛一逛。"

倚弦想到有可能再看到姮姮，心弦免不了一动，哑然失笑道："你又在打什么鬼主意？不过，去看看倒还是有必要的。"

"好，一言为定！不过，现在有一个非常紧要的问题……"耀阳抬头望月，回过身挠挠头道，"我们今晚在哪里睡觉呢？你知道哑姑住在哪里吗？"

倚弦耸肩摇头，苦笑道："整个总兵府，我最熟悉的就只有——柴房！"

第二日清晨，耀阳与倚弦从柴房里出来，来到破天阁的坡地法阵前。

耀阳领着倚弦步入阵内，依照昨晚石矶入阵的方法左迂右转，不多时便绕到破天阁前。倚弦翘首仰望这近有十余丈，矗立几千年的宏伟建筑，心中不由感慨倍至。

耀阳警惕地东张西望了一番，不停催促倚弦快点上楼。两人拾阶而上，步入破天阁的第一层，除了贴近塔壁的一道旋转梯以外，楼内一片空荡。

他们甫一踏入塔楼中，就感到一种敦重厚实的压力扑面而至，倚弦的感觉尤为强烈，只觉肉身猛地一紧，差点经受不住跌倒在地。

二人讶异地对望一眼，稍作停顿后，兄弟俩接着顺旋梯登上破天阁的第二层，发现楼内建筑的一棱一木居然都是一个样子，就连旋梯都沿着同一个角度盘旋而上。唯一不同的是各层楼给他们的感觉不同，或狂暴热烈、或灵动飘逸、或细腻柔和……个中感觉玄奇灵异，惹得两人惊异好奇之心大起。

直到登上顶楼之后，秋日清爽的空气登时钻入二人鼻息，晨辉照射下的陈塘关跃然跳入他们眼中。破天阁位列陈塘八景之首，站在顶楼俯望陈塘关每一处景色，格外予人一种胸襟开阔、心旷神怡之感。

可是，现在身处高楼的耀阳与倚弦却丝毫没有为之兴奋，他们的眼睛没有去欣赏阁外的陈塘美景，而是落在顶楼中央的一团奇形石堆之上。

那石堆约有一丈方圆，外形奇特，棱角分明，静静堆放在楼阁中央。

令兄弟俩感到震惊的是，石堆内里似蕴有某种力量一般，让他们的思感神识不由自主被吸引到上面。看到耀阳贼兮兮的眼睛落在石堆上，倚弦眉头一皱，忍不住说道：“你可千万不要胡来，免得发生什么意外。几千年来，连无数妖魔都拿破天阁毫无办法，可知这楼绝非寻常之地！”

耀阳收住正想迈前的右腿，打个哈哈，笑道：“怕什么，你小子不用这么担心，咱兄弟现在可是灵身护体，连大名鼎鼎的太乙真人都奈何不了我们，何况这只是一座死楼？不过……”

耀阳欲言又止，倚弦奇道：“不过什么？”

耀阳道：“小倚，你有没有觉得这一路走来，‘破天阁’总会给我们各种极其奇怪的感觉？算一算，刚、柔、急、厚、动，足足有五种之多！”

倚弦点点头，苦思半晌恍然呼道：“难道这就是五行灵元，《玄法要诀》记载：‘五行者，金木水火土，四方万象之本也，论贵贱断生死，成败易定。夫相生者，依次推之，金生水，水生木，木生火，火生土，土生金。相克者则反之，金克木，木克土，土克水，水克火，火克金。”

耀阳接着念道：“‘金主义，其性刚猛，凛冽刚硬；水主智，其性聪善，细腻柔和；木主仁，其性直和，灵动飘逸；土主信，其性重厚，沉厚墩重；火主礼，其性急恭，狂暴刚烈。’想不到这‘破天阁’居然是依五行特质而建。”

“‘轩辕图录’有载‘五行化物，以应四时，顺逆阴阳，生克有常’。《玄法要诀》也有‘以阴阳化合五行，万法乃成’的说法!”倚弦突发奇想道，“小阳，不如我们调动体内异能，吸收一点五行灵元，说不定就能达到一定境界呢?”

二人想到此中关键，心中都不由兴奋不已，停下脚步，盘坐在“破天阁”顶楼之上，开始调动体内异能，试图融合他们所感应到的五行灵元。

兄弟俩将心神全部投入到那不同质性的流能中，凛冽冰硬的金、灵动飘逸的木、细腻柔和的水、沉重敦厚的土、狂暴刚猛的火等等相生相克的细微之处，逐渐映入他们的思感之中，愈加清晰。

顿时，他们置身的破天阁，乃至周遭的一花一草，仿佛如同深广玄奥的海洋般毫无遗漏地展现出来。在这莫可度测的瑰丽画卷中，耀阳与倚弦的神识沉浸其中，把握着五行流质相生转化中的每一个细微变化，于是更加奇妙的事情发生了。

耀阳感觉思感神识已经脱出魂灵魄体的掌控，仿若心神散于身前的世界，随着眼前流能的变化缓缓流转而动，五行相生之变巨细无遗地反映在他神识之中。虽然此中过程令他受益匪浅，但循环交替、生生不息的五行灵元渐渐脱开他的思感控制。

致命的危险一触即发。

倚弦此时也不好过，因为他的神识魂魄现在受困于肉身，思感虽然不由自主随着五行流能的变化而变化，但他因肉身的拖累，反而清楚发现自己的神识已经受眼前若有若无的五行流能所束缚，只能跟随转动而无法自主。

如果继续持续这种状态，那么他们的魂魄在五行灵元的循环中将会很快臻至化境，尽归于虚无，而最后溢出的神识则会被“破天阁”散发出的五行流能所吞噬，落至灵元俱灭的下场。

二人此刻无疑于身处泥沼，不挣扎就是坐以待毙，挣扎却只会让自己陷得更深。

旭日东升，朝阳的光辉斜照在耀阳与倚弦的身上，二人快要坚持不住。倚弦冥思苦想好半响，忽然产生一种明悟。

其实，不管是讲述怎样施法的《玄法要诀》或《阴阳法要》，仰或是体内蕴涵的“归元异能”，以及各种各样的咒法玄功，无不来自于天地自然，无不来源于自身灵识的同化，天人合一便是此理。

“五行者，金木水火土，四方万象之本也，论贵贱断生死，成败易定。夫相生者，依次推之，金生水，水生木，木生火，火生土，土生金。相克者则反之，金克木，木克土，土克水，水克火，火克金！”

想到此处，倚弦脑中灵光一闪，心中狂喜：“只要把握五行相生转化时那一瞬间的玄妙，巧妙利用体内的异能激出相克之势，应该就可脱身而出了！”

耀阳原本无计可施，哪知静寂的思感神识豁然一通，脑中灵光闪过，也自浮出这一段关于五行灵元的描述，兀自明白了破解之法。

二人在不知不觉间心意相通，各自施展异能封闭了体内五行流能的相生循环，紧抓住五行相克的交替瞬间，一念觉起，脱出百般辛苦的挣扎。兄弟俩终于脱出破天阁五行流能的控制，对玄法的认识又加深了一层。

再度凝视之下，居然发现破天阁已然变换了一个样子。

五层塔楼虽均为一色木质构建，但却隐隐透出玄白、青绿、紫黑、赤红、淡黄等五种不同色泽的淡淡流光，炫目已极，还有五种不同性质的流能与周围的花草法阵遥相呼应，散出阵阵淡淡流能笼罩整个总兵府。

劫后余生的耀阳与倚弦不由绽放出来自心底的笑容。两人相互交流了一阵子方才的经验，然后看了看天色，才发现居然已经接近午时，倚弦想起哪咤还在湖心小亭等待自己，忙拉着耀阳一起回到内院。

远远望去，湖心小亭中的哪吒果然等得不耐烦了。

倚弦二步并一步地跑了过去，本不想再作欺瞒哪吒的事情，但碍于自身身份，诸多事情难以启齿，加上耀阳从旁怂恿，所以只能昏天暗地地瞎说一气，才算稳住了这个性烈胜火的少年。

哪吒年少心性，哪里看得出倚弦在鬼话连篇，先从怀中拿出玉简，道："师兄，这就是师父给我的法要秘诀，你先过过目吧！"

倚弦见他如此相信自己，心中愧疚感更甚，但现在骑虎难下，也不便直接回拒对方，只能信手翻了翻，随口问道："师弟看了几日，有何收获吗？"耀阳见倚弦心不在焉地翻看玉简，在旁急得直挠头。

哪吒闻言面现愧色，道："这几日始终心烦意乱，根本无法静心修持法道，真是愧对师父的教诲了！"

倚弦正经历类似遭遇，对这感觉深有体会，拍了拍哪吒的肩头，道："师弟，你的问题小兄知道，这也不是一时半刻可以解决的。"

话一至此，倚弦实在不忍心再骗下去，一把将玉简塞入哪吒手中，道："今日小兄正有一件师父交代的事情要去办，所以不能帮师弟解说法要秘诀，不如留待下次吧。"

哪吒轻咦了一声，有些失落道："我还盼着师兄肯告知我宿世情缘之事……不过，还是师父吩咐的事情要紧，看来只有等下次才能再请教你了！"语罢，哪吒向倚弦这个冒牌师兄揖了一礼，转身走了。

看着哪吒远去的背影，耀阳蹦到倚弦身旁，气得鼻子差点都歪了，道："秘诀明明已经到手，你怎么偏偏又不要了呢？"

倚弦静静站在原地，毅然道："不能要！"

耀阳知道倚弦少有的犟脾气上来了，只能无奈地摇头叹道："我们刚刚琢磨到五行灵元的奥妙，如果再加上《阴阳法要》的帮助，绝对可以将异能提升……"

倚弦打断他的说话，道："想要其实也可以，除非……"

耀阳苦笑道："除非什么？难道你不想提高自己的玄法进境吗？"

倚弦脸色凝重地说道："不是我不想，而是不能那么做！你难道忘了花子爷爷的教诲，凡事不能做得太过分，一定要为自己留条后路！我们如果真的做出骗取哪吒手中秘诀的事，万一有一天被神玄二宗的人发现，我们岂不真成了妖魔二道的帮凶了！"

耀阳想一想倚弦所说并不是没有道理，问道："那你刚才说的除非是指什么?"

"等会儿再告诉你!"

倚弦故意卖个关子，领步前行，出了后园，径直往内院行去，然后进了柴房，依照刚刚领悟的五行逆转之法，首先将异能循行于哑姑的肉身经脉当中，直至数个周天过后，才骤然逆转异能，从容抓住正与反循环的空隙，灵体顺利脱开肉身的控制。

耀阳进得门来，一眼看到倚弦正好整以暇的站在仿若熟睡的哑姑身旁，让他狠狠吃了一惊。惊讶过后，耀阳马上摆出一副献媚的模样，拍马道："哇……倚大少爷果然天资聪颖，什么时候竟无师自通灵体互换之术，小弟对大哥的敬仰简直有如巍巍乎高山，汤汤兮流水，令人……"

"拜托闭嘴!"倚弦对耀阳的奉承实在无法忍受，出言打断道，"要想我骗取哪吒的玉简秘诀，其实也容易!"

耀阳嘿嘿怪笑两声，似乎对自己的手段颇为得意，道："快说，快说!"

倚弦举步向外走去，道："只要我们去找珠灵，帮俊小子找回宿世的记忆，只要咱们帮了他一把，再骗了秘诀也好有个交待。"

"你是说，我们要去——"耀阳失声道，"东海龙宫!"

陈塘关往东数十里外，九湾河入海口。

阳光普照，海风习习。

耀阳与倚弦还是第一次见到大海，望着波涛汹涌的潮起潮落，兄弟俩兴奋莫名。

耀阳与倚弦按照从前的经验，携手慢慢沉入海底，海水将他们包在其中，却没有奇湖湖底被水系结界如山岳般紧压的痛苦，但随着愈往下沉的身体，他们越感到海水慢慢变得重了起来，二人呼吸也越来越困难，几欲窒息。

兄弟俩大吃一惊，暗忖："难道阳界的水和冥界的水不一样，灵身护体居然还能被水淹?"二人思索对策，自然而然想到了五行遁法中的"水遁”，但毕竟从来没玩过，难免犹豫踌躇起来。

正当他们萌生退意，准备上岸重新酝酿一番之际，二人体内的归元异能不经他们调动，便适时出现帮了二人一把，在二人体外形成一层薄薄的无形光罩。

光罩与罩外的海水一起一伏，似乎转化着空气一般，触摸到这层若有若无的结界光罩，耀阳与倚弦发现自己又可以自由呼吸了，慢慢体会到归元异能如何在体内流转，他们才终于舒了一口气。同时发现灵体在水中已经可以自由活动，让两人不由大呼痛快。

二人正兴奋之际，护身光罩已然带着他们遁入深海之中。

海底别有一番风景。

万里黄沙平静的铺在海底，许许多多的珍奇植物生长其中，奇形怪状的礁石、五颜六色的巨大珊瑚东一簇，西一堆的遍布其间。碧绿色的海藻随波荡漾，别有一番滋味。怪鱼、海兽平静地穿梭在珊瑚、礁石之间，随处可见。

此时，四面八方的水路涌来各式各样的水族异类，熙熙攘攘的往同一个方向赶去。原来过几日便是龙三太子的婚典，四方水族以及神玄二宗的人都陆续赶来，前来观礼的众人各显神通，辟波分浪，密宝法诀层出不穷，将整个海底映得五颜六色，姹紫嫣红。不但让耀阳与倚弦大开眼界，而且还帮他们省去了寻找龙宫的烦恼。

兄弟俩随着观礼的人群在海底走了不过十余里，前方是一片海底暗礁层，宛如平地山峦一般连绵起伏，竟然已经拦断了去路。

忽然间，海水像是被什么东西分开似的，一股巨大的潜浪将二人冲得站不稳脚步，倒翻了好几个筋斗。随着几声闷雷般的声响隐隐传来，一个巨大的水流漩涡霍然出现在众人眼前。

连绵如山的暗礁前，巨大的水流漩涡长宽各有十来丈，高达七八丈左右，中心涡点处是一股流动的螺旋极能，面对众人以顺时针方向缓缓转旋而动，异能闪烁出的流光异彩时隐时现，构成一道门户的模样。

几声怪兽鳌吼从漩涡中传来，四周的海水震荡不已，层层潜波暗纹将四周众人推开来去。一只长约八丈、高三丈的三首龙鳖首先从漩涡中拉出一辆巨大的墨绿色珊瑚战车。这战车仿佛战船一般，车下并无滑轮，却似浮舟一般，可以在水中滑行。

众多虾兵蟹将随着战车自漩涡门户中一涌而出，仿佛要将整个海底填满一般，将漩涡四周围的密密麻麻。其后更有十六位生相奇特的水族将领骑着形形色色的巨大海兽在最后压阵。

一位身材修长魁梧，两只龙角自顶上金冠斜斜伸出的英俊男子翻帐而出，踏浪近前，举手投足爽脆有力，予人一种卓然非凡的气概。只见他双目开合之间神光电射，环视众人，扬声道："敖扃奉吾王之命前来迎接各位，并在此感谢各位前来参加我龙族三太子的婚典！"

众人听后不由一阵骚动，原来这敖扃不是别人，正是近年来名声鹊起的四海龙王之弟波王侯。骚动过后，众人齐齐嚷声道谢。然后随着波王侯敖扃的珊瑚战车向龙族"水晶宫"行去。一路上波王侯不时与众人谈笑风生，尽现其交际手段之活络。

耀阳与倚弦这才恍然，原来这是龙族的迎宾使者来了。

耀阳凑近倚弦耳边，暗骂道："那使者忒不懂事，没事摆这么大的场面来吓人。而且这龙族的人叫什么名字不好，偏偏不是'熬饼'就是'熬酒'，真让人费解！"

倚弦忍住笑意，嘘了一声，示意他不要再乱讲话。

兄弟俩虽然看不惯敖扃的架势，却无不惊叹他座下战车的奇异之处，巨大的墨绿珊瑚雕琢成整体战车的形状，精巧别致、坚固耐用。还有那十六位水族将领身上众多珍稀饰物更让只见过一盘金铢的耀阳与倚弦大开眼界。

众人进入旋涡护门之后，发现眼前是一片平坦广阔的海底平原。

不远处，层层高达十丈的蓝色珊瑚生成高大的城墙，将一座由无数巨型水晶堆叠镂刻而成、晶莹透明的宫殿拱卫其中。宫殿四处镶嵌着鹅卵大小、难以数计的夜明珠，放射出耀目的莹光晶彩，在不知名的异宝玄能联系下，组成一道巨大的圆形透明光罩将整个海底宫殿笼罩其中。

大殿正门上方，碧蓝色的异种珊瑚牌匾上，由无数细小浑圆的珍珠镶嵌着三个大字“水晶宫”。四处海水反射的浮光掠影照在“水晶宫”上，将内外映射出七彩光影，煞是好看，更显出龙族圣地的奇特神秘。

波王侯领着众人来到珊瑚宫墙外，将手轻轻放在一片巨大的珊瑚体上，龙体元能迸发流溢，巨大的珊瑚从中分开，一片由珊瑚礁凝结而成的御道出现在眼前。

波王侯道：“这片珊瑚在海底生长数万年，更由我龙族前辈高人依水性刚柔合一之理，辛苦培育千年，可依密法自由变化随心。而且这‘珊瑚奇阵’可是‘水晶宫’防御的第一道屏障。各位可以观赏一二。”

那层水晶光罩远处看去毫不奇特，走近再看才发现，它不但将四周万钧海水阻挡在罩外，更像是结界一样将众人隔在“水晶宫”之外。

内里值守的水族将领见波王侯过来，连忙行法打开光罩。光罩上显出阵阵波纹涟漪，向八方扩散，一个巨大的拱门出现在众人面前。

波王侯带着众人进入“水晶宫”内，立即嘱人安排众多客人的居住之所，刹那间千数水族宾客四散开去。

耀阳与倚弦早已看的眼花缭乱，眼前新奇的一切都让两个没见过世面的奴隶小子叹为观止。

耀阳贼眉鼠眼的对倚弦道：“小倚，看不出这龙族的家当还不少，要不咱们哥俩随便去抢点宝贝，也算是替俊小子出口气。而且下次去轮回集，咱们起码不用那么窝囊，这些都可以用来做本钱，然后去逛逛‘冥月楼’……”

不等他说完，倚弦一个响头敲了过去，道：“正事要紧!”

两人在嘻笑声中远远跟在众人身后进入了水晶宫。

进入水晶宫后，二人发现在保护光罩内的水晶宫竟然完全没有水，不由大感好奇，为此耀阳带着倚弦在宫内四处乱走，走马观花地看了诸多美景，仍然找不到头绪。忽然见一队数百虾兵蟹将拥着一人走了过来。

兄弟俩以为是什么龙族高手出现，忙躲在一片珊瑚丛后面。耀阳好奇地伸出头，想看看到底是什么人这么大气派，只瞟了一眼，便乐得笑了起来，道："小倚，你赶快来看看，有见过这么矮小的人吗?"

倚弦好奇的抬起头一看，原来那一队虾兵蟹将本就比较矮小，但中间拥护着的是一个身高不到四尺，长的缩头缩脑，头戴官帽，身着朝服，背后还背了一个可以将身体完全藏进去的龟壳老人，原来是鼎鼎大名的龙族龟丞相。

耀阳望着一众人远去，取笑道："小倚，我敢跟你打赌，整个龙宫一定没有比这龟老头更矮的家伙了!"

倚弦不以为意地笑了笑，目光流转，竟在混杂的观礼人群中真的发现一个更矮的身影，然后指着那人对嬉皮笑脸的耀阳说道："比龟老头身材更矮的人多的是，你看那旁边不就有一个?"

耀阳顺着倚弦的指向的人影看去，果然，一个畏畏缩缩的三尺侏儒在人群中穿梭来去，时不时探手扒摸的习惯和那熟悉的背影都让兄弟俩同时一愣，想到了一个人。二人再定睛仔细一看，那不是土行孙是谁?

土行孙自恃神玄二宗无人识得自己，一直混杂在观礼人群中，四处寻找猎物，虽然不少神玄二宗的贺客身上都有不少稀罕的宝物，但土行孙哪敢在众人眼前公然行窃。

他忽然想起龙王富有四海，水族所藏之宝物一直在神魔玄妖四宗称冠。所以倒还不如寻机去龙王宝库顺手"借"几个宝贝。于是，他借着多年的行窃经验，偷偷摸摸朝最有可能藏宝的龙宫内院行去。

耀阳与依弦自恃灵身护体，丝毫不担心会被宫中那些水族兵将发现，只和土行孙拉开一段距离，悄悄跟在其后。

一路上，宫内守卫森严，众多虾兵蟹将，更有许多不知名又身形奇怪的水族兵将在四处游走巡逻。

穿梭在龙宫美景之间，二人一边欣赏，一边跟在土行孙身后。突然，来到一处偏殿转弯之处，前面土行孙的身影突然消失不见。

二人正感诧异之时，脚下步子却没停歇，转过拐角处，才发现这里竟有着的金丝镶嵌的一扇大门，赫然是一处受人严密坚守的库房。

此时，金丝大门前，横七竖八地躺着一班鼻青脸肿的虾兵蟹将。

耀阳碰了碰倚弦的肩头，惊诧道："不会吧，老土哪有这么厉害？这么一会儿就能摆平这么多虾兵蟹将?"

倚弦正要回答，却听到旁边一个虾兵揉着脸，跟正巡逻过来的蟹将军道："将军，紫菱公主又来宝库了……虽然陛下下了严旨，不让公主再来宝库。所以我们拦也不是，不拦也不是……要不，麻烦你去通报一下龟丞相?"

一个身躯横大，上臂两只蟹钳巨大无比仿如剪刀的蟹将没好气道："软脚虾，你这个笨蛋，紫菱公主可是陛下最心爱的女儿。私来宝库，也不是什么大罪，最多申斥几句罢了。何况龟丞相也有交代过，公主来宝库看看，不是什么大事。咱们就多一事不如少一事。"

说着，蟹将军言语变得严厉起来："不过，今天的事谁也不许说出去，公主殿下一高兴，兴许还能在陛下和侯爷他们面前给咱们说几句好话，到时候，咱们也就不用再待在这里尽干些吃力不讨好的活儿了。"

众虾兵连忙齐声应道："是!"

耀阳听到这里，偷笑几声，道："想不到龙宫里也有人欺下瞒上。不过，也真是的，那紫菱公主贵为公主，没事老跑宝库来做什么?"

兄弟俩仗着灵体冥身从一群虾兵蟹将之间穿了过去，挤进虚掩的大门，往宝库内行去。

行不出几步，只见一片浑然天成的水晶壁上，显现出三扇只容二三人进出的小门。兄弟俩闪身进入其中一扇大开的门户，顿觉眼前宝光四射，许多此生见所未见、闻所未闻的奇特宝物散落摆放在众多珊瑚架子上。

第二十五章　初入龙宫

除了珊瑚架上各式各样的珍玩宝物，耀阳与倚弦发现地上还乱七八糟散落着众多珍奇异宝，而且周围架子上的盒子、匣子也被扔得到处都是。

耀阳双目放光，眼中看着几个形状奇古的粗大兽角，两只手却到处抓那些晶莹圆润足有尺许长的异种珊瑚，一边爱不释手一边惊叹不已："小倚，这龙宫里真是什么宝贝都有，嘿嘿……"

"再多也拿不走，咱们还是先求自保吧！"倚弦知道两人灵体自保有余，但如果还企图背着宝物偷溜，肯定会被人发现，于是对这满屋的黄白之物大失兴趣，只是注视四周，才发现这些散落的宝物似乎是有人一路行来随手翻落丢下，连忙拉了拉正到处找宝贝的耀阳，沿着一路散乱的痕迹往内行去。

行不出几步，二人发现这满地散落的宝物都是从水晶匣子中取出，因为架子上随处可见一模一样的空匣子。耀阳捡起这些匣子，拿在手中仔细研究那些水晶匣子，而倚弦的目光却在四处搜寻土行孙的踪影。

果然在库内一处角落里，土行孙猥猥琐琐的身影完全扎在一堆珠玉至宝里，双眼放出贪婪的目光，口中喃喃偷笑，低语道："辟水金晶角，碧玉珊瑚，还有百宝夜明珠……哈哈，这些可都是做法器的好宝贝。待会儿再去隔壁的法器宝库走一趟，这次可真的发了，哈哈……"

倚弦拉了拉耀阳，向土行孙那边一指，相互交换了一个揶揄的眼色，二人忍住笑意慢慢潜到土行孙身边，一左一右，同时拍向土行孙的肩头，在他耳边大叫一声道："老土！"

土行孙拿出随身皮囊往里塞宝贝，心情正在激动之时，忽然听到耳边这么熟悉的招呼声音，忙回头四下观望，却看见周围根本没人，心中一惊，双目透出惊怖无比的神色。

耀阳看着土行孙惊惧的怪样，玩心大起，于是再拍了拍他的肩膀，有意拖长了声调道："……老……土……原……来……你……还……没……死……"

土行孙哪里受得了这么一吓，冷汗直冒，哇哇大叫起来。

此时，横过一排供放水晶匣的沉香木架，一个润软稚嫩的声音震声喝问道："什么东西，胆敢在此大喊大叫？"

土行孙被这个声音再一吓，马上清醒过来，身形急忙往地下一钻，连到手的珍宝都不敢再拿，直接用"土遁"逃离了宝库。

耀阳与倚弦也被这孩子气的声音吓了一跳，看土行孙这么快便借土遁逃走，不由感到有些啼笑皆非，因为他们根本来不及拉住他细问轮回集一别之后的经历。

紧接着，沉香木架后转出一名白衣胜雪的翩翩仙子。只见她肤若凝脂，气质清雅，秀丽脱俗的脸庞上，眉如淡柳笼烟，眼似明月清波，仿佛尘世间一切应有的美貌气质都集于她一身。

只是此时原本完美无瑕的容颜，被怒气冲冲的悻悻表情所冲淡，像足了小孩子发脾气一样，卷翘上扬的嘴角，嚣张跋扈的煞气，将一切都破坏殆尽。她看着四周散落的珍宝，再看了看四周并没有人，嘴里呱呱叨叨道："哼，刚刚是谁在这里大呼小叫，让我逮着了，非扒你一层皮不可，什么东西？"

语罢，她又开始四处翻找自己想要的宝物。忽然只听她一声大叫，道："糟了，糟了……"话音未落，她的身形面容马上变得模糊起来。片刻间，一位青春逼人的十六七岁少女出现在二人眼前，头上长着二寸长、晶莹透明的小小龙角，与方才的仙女摸样倒有五六分神似，只是样子少了一份典雅稳重，但却显得更加刁蛮可爱。

耀阳与倚弦互望一眼，眼中都充满惊讶之色，同时猜到这位刁蛮少女一定便是几个虾兵口中提到的紫菱公主。

紫菱公主生气的将双手插在仅堪一握的小蛮腰上，嘴角嘟嘟地撅起，道："臭父王，坏父王，明明知道人家幻化成祖姑姑的样子不能持久，却偏要把'幻颜珠'藏起来，还不让人家进宝库。哼，我今天不把你的宝库给砸了，我就不配做这个紫菱公主！"

语罢，她一边生气，一边双手插腰，伸出一只圆滑晶润如粉藕似的小脚，对着四周的珊瑚架、水晶架与沉香木架一阵猛踹，再无一丝一毫的淑女模样。

耀阳与倚弦看得目瞪口呆。

紫菱公主一边踹，一边还觉得不解气，最后索性跳将起来，将双脚狠狠踩踏在那些可怜的珊瑚架上，架子立时断作几截。

或许因为重重踩了几下，她感到有些累了，懒洋洋地靠在身后的水晶壁上，突然眼睛一亮，忍不住大声笑了起来，道："我怎么忘了快要做嫂嫂的珠灵姐姐呢？'幻颜珠'原本就是她们蚌灵一族进贡而来的。嘻嘻，我现在就去找灵姐姐要几颗……"

说完，紫菱公主轻松飞快地跑出了龙王宝库。

耀阳与倚弦听到此处，不由心中大喜，这下不愁找不到珠灵了，于是跟在紫菱公主身后，出了龙宫宝库。

碧烟苑。

坐落在水晶宫东南角望月崖一块悬空的巨岩之上。苑中楼台俱由白色珊瑚与巨大的沉香木构建而成，高五层，玲珑剔透，异香扑鼻。这里是水晶宫女眷居处，被列为禁地之一，听闻也是昔年龙族圣女——嫦娥的居住之所。

耀阳与倚弦跟着紫菱公主通过层层守卫，直接走进碧烟苑内。

紫菱公主在苑内左出右入，终于在其中一处宫殿外停住了脚步。轻轻推门而入，这里幽雅恬静的环境令人心旷神怡，水晶窗外有蔚蓝海水环绕，暗海中是一片火红珊瑚林，如同火焰般延伸至广阔无垠的深海。

耀阳与倚弦顺利潜入殿内，在水晶窗前的梳妆桌旁，一道淡淡的美丽身影映入耀阳与倚弦的眼帘，正是他们要找的珠灵。

珠灵虽是一身红色喜装，但面容憔悴，神情幽怨万分，眉宇之间更透出伤心绝望的神情，让耀阳与倚弦在旁看得惋惜不已，在心里更将敖丙臭骂了千百遍。

珠灵看进门的是紫菱公主，道："公主殿下，怎么这么有空?"

紫菱公主说话飞快，道："灵姐姐，你就不要开我玩笑了，敖丙虽然是我哥，但是做的事情可不关我事。现在四方水族、神玄二宗的人都已经陆续赶来，唉……这次我帮不了你了。其实……我是来找姐姐要几颗'幻颜珠'玩玩的。"

珠灵轻声笑道："'幻颜珠'不过是取海底千年幻幽草的变色藻叶与万年珍珠合制而成，只是龙族王室中女儿家用来驻颜养容的物事，水晶宫又怎么可能会缺少这种小玩意呢?"

紫菱公主嘟起小嘴，道："哼，父王不知道是怎么想的，总不愿意让我变成祖姑姑的模样。还把'幻颜珠'收了起来，害得我在宝库里翻了好久都没找到。灵姐姐，你就给我几颗好了。"紫菱公主双手摇着珠灵的玉手撒起娇来。

珠灵怜惜地摇摇头，玉手法能一挥，殿内应势飞出一个黑木匣子，她探手取过匣子递给紫菱公主，道："这里有十二颗'幻颜珠'，够你用一阵子了。以后没了直接来找我就好了，试问四方水族谁敢不给我们龙族小公主的面子呢?"

此时，窗外碧浪波涌，两位美人的幽幽体香阵阵传来，钻入耀阳与倚弦的鼻息，二人不由随之心荡神驰。

紫菱公主欣喜万分地打开匣子，取出一颗三彩晶丸，迫不及待的一口吞下，然后静坐调息片刻，一团三彩异芒开始在她身体周围萦绕盘旋，身形容貌顿时有了明显的变化，果然慢慢幻化成最初美貌绝伦的模样。

耀阳与倚弦在一旁看得傻了眼，他们虽然见过众多高深玄法，但哪曾见过仅凭一物便可随意变换容颜的事情，不禁同时惊叹不已，对那"幻颜珠”产生了浓厚的兴趣。

紫菱公主跳将起身，抖动着她一身素白长裙，转了好大一个圈，刻意收敛以后的模样变得庄严成熟，仿佛连身形也好像高了几分，于是兴奋地向珠灵问道：“灵姐姐，你说我像不像我家祖姑姑?”

珠灵笑道：“虽然现在你的样子像极广寒仙子，甚至言谈举止、衣着打扮也极力效仿，但是你表面的仪态气质虽能蔽人一时，但一开口就不像了。”她虽在打趣紫菱公主，但美眸中却始终深蕴一股化不开的哀怨。

紫菱公主听后，俏脸一红解释道：“我和当年的祖姑姑都是公主，我想自己现在不像祖姑姑，那是因为我现在还没有遇到像祖姑父那样的男子而已!”

珠灵闻言一惊，环顾四周一圈，责备道：“这些话你可不要乱说，这番话如果传到你父王耳里，只怕又要关你禁闭了!”

“哼，我才不怕哩!”紫菱公主撇了撇娇俏的樱唇，道，“祖姑父当年为了能与祖姑姑在一起，不惜叛出魔宗防风氏，还用‘乾坤弓’、‘震天箭’射下魔帝刑天的九颗太阳，解救天下苍生向神玄二宗表明心意。可是那群老顽固、老笨蛋居然还不同意祖姑父与祖姑姑相爱，还说什么神魔之恋天地不容，好可恶！如果……”

不等她的话说完，倚弦与耀阳就看见一个身穿铠甲、长头尖脑的虾兵扣门而入，对紫菱公主当头跪下，恭声道：“公主殿下，陛下传公主去听浪轩议事。”

紫菱公主收起嬉笑顽皮的神态，恢复成庄严成熟的模样，淡淡道：“知道了，退下吧。”

虾兵退出后，紫菱公主转头对珠灵说道：“灵姐姐，父王召我，我要走了，暂时就不能陪你了。”

珠灵笑道：“没事的，多少年来我已经习惯一个人了。”

看着紫菱公主出殿，倚弦与耀阳开始思忖如何才能与珠灵说话，既不惊吓到她，又能问出更多关于哪吒金身的问题。然而就在这时，殿外一阵笑声打断了兄弟俩的思路。

“哈哈，灵妹，我来看你了。”

循声望去，只见敖丙那贱胚得意洋洋地从外走来，满脸堆满淫笑，十足一个市井无赖的德性，看在兄弟俩眼里只恨不得上去暴打他一顿。

珠灵戴上了一层面纱，将美绝人寰的面孔遮掩起来，冷冷望着敖丙道：“大婚之期未到，你来这里做什么?”

敖丙微眯双目，色眯眯的眼光在珠灵妙曼的身体上巡视，肆无忌惮至极点，同时嘿嘿奸笑道：“我自然是来陪灵妹的!”说着一把扑过去准备搂抱珠灵。

珠灵扭身闪开，怒声道：“敖丙！你休想!”

倚弦与耀阳看到此处，怎会不知敖丙此来的目的？耀阳早已按捺不住，“七真妙法指”已然箭在弦上，却被倚弦拉住了。倚弦打了等一个机会才动手的手势，耀阳才清醒过来，想起敖丙的能力，只能悻悻地暗呸了一口。

敖丙一边将珠灵一步步逼进内室，一边柔声劝解道：“灵妹何必这样呢？反正再过几天你就是我的人了。”

珠灵冷哼一声道：“无耻!”

敖丙淫笑道：“灵妹你尽管骂吧！我敢保证一会儿你就舍不得骂了，说不定还会求我……哈哈!”

随着敖丙的步步进逼，珠灵无力反抗，她知道自己的法能根本无法与他相抗衡，躲让是唯一的方法，急道：“敖丙，你再这样无礼，我就大声喊了，你妹妹紫菱公主马上就会过来，我劝你你最好快点走!”

敖丙露出得意扬扬的笑容，道：“既然你这么说，我也就没有必要再骗你了。其实紫菱是我派人来调走她的，一时半刻肯定回不来，而且现在碧烟苑的兵将已经全部撤除，你就是叫破喉咙也不会有人听得到，我看你还是乖乖地从了我吧!”

旁近的耀阳与倚弦更是气歪了嘴，偏偏找不到丝毫下手的机会，急得如同热锅上的两只蚂蚁一样，只能对敖丙怒目而视。

珠灵面色一变，随即勉强挤出一丝笑意道：“太子殿下，还有几日就要婚典大喜，你何必急在一时，再说如果我因为反抗有个什么损伤，过几日的婚宴岂不会丢了龙族王室的脸面。”

敖丙闻言喜道：“灵妹，你既然知道自己早晚是我的人，又何必坚持呢？”

珠灵正欲反驳，却忽然感到全身泛起一种异样的酸软，连张嘴的力气都失去了，身体软软地倒了下去。

敖丙疾步上前搂住就要倒地的珠灵，一把扯下珠灵的面纱，呆呆地望着她那绝美的面孔，好半晌才回过神来，迫不及待便将一张臭嘴堵在珠灵的樱唇之上，一双禄山之爪早已开始在珠灵冰清玉洁的身躯上四处游走。

珠灵此时心中悲愤欲绝，闭上双眼，悲凄无助的泪水顺颊而下。

倚弦与耀阳看得目眦欲裂，心中怒火暴涨，二人相互对望一眼，掌指间已经掐好法诀，异能流泻而出，“天火炎决”与“傲寒诀”一触即发。

就在这时，一个虾兵推门跑了进来，正好看到这种场面，忙又急忙退了出去，大声禀报道：“启禀太子爷，海字卫虾兵有事急报！”

敖丙此时欲火高涨，忽然被人打搅，心下大是不爽，怒吼道：“你他妈滚进来！”

虾兵战战兢兢地爬了进来，跪在敖丙面前大气都不敢粗喘，小声道：“启禀三太子，您有贵客到了……”

敖丙飞起一脚，将那虾兵踢飞数丈之外，怒道：“本太子现在有事，吩咐过你们，谁也不许打搅我，你到底是没长眼睛，还是没长耳朵？”

虾兵爬起身抹去嘴角的鲜血，颤声道：“禀太……太子爷，您的贵客来了。”

敖丙怒目圆瞪，喝道：“什么鸟人也敢称是本太子的贵客？”

虾兵哆哆嗦嗦地答道：“他说他叫杨……”

敖丙闻言面色一缓，打断虾兵的话，喝道：“还不给我滚！”

虾兵哪里还敢多留半刻，急忙跪礼向外退去。

“慢着！”敖丙忽然又唤住了那名虾兵，吓得虾兵立刻瘫倒在地，不停地叩头讨饶道：“太子殿下，卑职以后再也不敢犯了，请太子殿下饶了卑职这次吧!”

敖丙冷哼一声，喝道：“住嘴！本太子是让你回去好好招待那位贵客，本太子随后就到!”

“小的立刻去办……立刻去办!”虾兵连滚带爬地跑了出去。

敖丙转身狠狠地亲了珠灵一口，有些不舍地说道：“美人儿，我现在有急事要去办，你莫要心急，过几日我再来陪你。”说完推门而去。

倚弦与耀阳对望一眼，都在奇怪究竟是什么贵客能让这条臭虫此时舍珠灵而去呢?

耀阳望着敖丙离去的背影，好奇地说道：“姓杨的……会是谁呢？小倚，咱们不如跟这臭虫去看看，说不定有什么意外收获也不一定哩!”

倚弦回头看了看陷入昏睡中的珠灵，略一思忖点了点头。

兄弟俩跟在敖丙身后出了碧烟苑，沿着错综复杂的水苑宫径向东行去。

不多时，另一座宽阔雄伟的宫殿跃然入目，正是龙族太子所住之地——东皇殿，水晶光罩下的宫殿一角是一块露天珊瑚岸台，丝竹宣乐之声远远传来，数十名袒胸露乳的艳丽舞女妖魅曼舞，地上遍布双色地毯，显得富丽堂皇。

敖丙身形一动，如风般的身形已然飞上平台。

耀阳与倚弦却不敢施展遁术，生怕异能发动引起敖丙的感应，只能相互默契地点点头，寻了珊瑚台阶迂回而上，站在一株巨大的珊瑚台一角，隔了数丈观望台上情况。

珊瑚台不远处的席台上，正有二人侧身倚肘，兴致勃勃地观赏眼前这场艳舞，其中身形高大的年轻男子一身龙鳞战甲耀目生辉，熟悉的面孔笑意盎然，赫然是杨戬。而土行孙猥琐的身影居然也出现在杨戬对席，瞪着两只绿豆小眼，一边吞咽口水，一边色眼眯眯地看着场中美女。

倚弦与耀阳看得不由震惊非常。一来是因为土行孙跟在杨戬屁股后面，让他们备感惋惜，心中更涌起对土蟞的愧疚之情；二来敖丙身为神宗龙族王室、未来的四海之王，竟然与妖魔二道的人相互交好，这怎能不让他们心生震惊。二人不自觉又向前拉近一段距离，很想听听这几人究竟在做什么勾当。

杨戬见敖丙前来，忙长身而起，扯起土行孙同时揖了一礼，然后道："小弟今日奉师命东行办事，恰巧经过东海，方知哥哥吉日将至，可怜小弟身无旁物，暂时并无贺礼奉上，实在感到惶恐不已！"

敖丙哈哈大笑，挥手让众女退下，笑道："戬弟这话可就见外了，你我兄弟一场，应该知道我的为人才是。难道我还看重那些凡俗之物吗？再说了，我家老头子的东西我都还没挖完，戬弟再送小兄贺礼岂不是浪费？"

"那怎么行！就是因为你我兄弟一场，小弟岂能在大哥婚宴在即却没有一点表示？"杨戬肃容道，"既是如此，哥哥现在如果有什么需要，或是有什么不方便办的事情，只要有需要小弟的地方尽管说，鞍前马后、刀山火海小弟都在所不辞！"

敖丙心中一喜，脸上流露出感动非常的神色，上前握住杨戬的手，道："小兄确实有一件颇为棘手的事情不能解决，只是……"敖丙说着瞥了土行孙一眼。

杨戬会意，转身对土行孙道："土行孙，你第一次来龙宫，不妨先到处观赏观赏，不过切不可惹是生非。如果待会儿不见我去寻你，你便自行离去，只要记得在东海口等我，切记莫忘了宗主的吩咐。"

土行孙一副唯唯诺诺的表情，应声离席，转身便下了珊瑚台去了。

看到这里，耀阳与倚弦才明白过来，揣测到土行孙一定是因为失去爷爷的依靠，不敢再待在轮回集，才会被闻仲利用的。

敖丙见土行孙远去，欣喜道："戬弟不愧是为兄的好兄弟，其实也没什么大事，只是想请兄弟帮忙去乾元山走一趟。"

杨戬略一低首，思索道："乾元山乃北明元宗高手太乙真人修真之地，小弟愚钝，实在不知哥哥此举究竟是为何意？"

敖丙再次旁顾左右，轻声道："只是想请兄弟去金光洞，将前世灵珠子的金身毁掉而已。"

"哥哥说笑了！"杨戬闻言面色骤变，失声道，"相比太乙真人地仙级数的玄门高手，小弟的修为着实低微，怎堪如此重任，所以还请哥哥不要为难小弟!”

在旁偷听的倚弦与耀阳面色巨变，想不到这敖丙心肠太过狠毒，他与灵珠子本是同宗门下，抢了人家的女人还不算，竟然还想捣毁对方的金身，简直是罪不可恕!

敖丙如同智珠在握一般，笑道：“你我相交百余年，小兄又怎会陷害戬弟哩，你大可放心，那太乙真人早已被我派人请来龙宫参加婚宴，现在金光洞只有两名童子和一对扁毛畜生而已，相信此事只要戬弟出手，定可一举成功！试问魔门年轻一辈的高手中，又有几人修为可以与戬弟相提并论!”

杨戬依旧面露难色道：“不是小弟不愿去，只是听闻灵珠子当年身为神帅，一身修为高绝盖世，比之神玄二宗众多成名高手亦不遑多让。虽然现在他的魂灵魄体已去，身内却仍残留他的神能，外加太乙的玄门至宝抑或法阵封印，小弟实在感到心有余而力不足!”

敖丙再度阴魅一笑，自腰间掏出一样拇指形状、黑黝黝的长圆形之物，放置在席桌上，面带微笑道：“戬弟可否识得此物?”

杨戬小心翼翼地拿起那物，端详半晌，微微动容道：“莫非这就是‘摩元筒’?”

看到杨戬这副模样，倚弦与耀阳俩人心中大骂杨戬意志不够坚定，这么简单就被敖丙打动，他们根本不知敖丙拿的这件宝贝对魔宗任何人都有着莫大的吸引力。

敖丙得意道：“不错！这便是上次神圣大战时，家祖意外所得，据说乃是一位羽登摩诃界的圣门前辈所遗。里面所记载的都是一些圣门炼制圣器的法阵卷籍，相信戬弟应该会感兴趣的!”

话到此处，敖丙看了看正对摩元筒爱不释手的杨戬，适时说道：“小兄已经把关于破解太乙结界的方法摄进此筒内，只要戬弟答应帮为兄这个小忙，此物便是你的，他日若能炼出圣器，名扬天下之时可不要忘记为兄啊!”

杨戬手握摩元筒，仿佛在思忖什么，一语未发。

敖丙也不着急，在一旁自斟自饮，胸有成竹的模样颇为悠闲。

良久，杨戬才站起身来，揖礼道："小弟愿意一试!"

敖丙大笑起身，道："事不宜迟，戬弟不妨速去速回，小兄这就送你一程!"

于是，二人一前一后步下珊瑚巨台，远远去了。

目送敖丙与杨戬远去，耀阳叹口气道："想不到咱们可以想到的，臭虫也都想到了，而且现在又有杨戬那个家伙插手，我们应该怎么办才好?"

"现在去通知俊小子，已经迟了!"倚弦皱眉思量片刻，道，"不管怎样，咱们必须想办法阻止杨戬，无论如何都要试上一试，谁让我们欠了俊小子一个人情，现在只能见一步行一步吧!"

然而等兄弟俩商量完毕，这才发现敖丙与杨戬施展遁术，早已去向不明。他们人生地不熟，哪里知道乾元山在什么地方，不由同时慌了神。

还好耀阳机灵，紧急关头想起婥婥留下的三眼怪蜂。倚弦舒了一口气，双手暗捏印诀，嘴唇缓缓念动真言，打开腰上小囊，三眼怪蜂立时飞出，也许是因为许久不曾吃食的缘故，围着耀阳与倚弦绕了两圈，直到倚弦破指喂血，它才肯飞到杨戬方才卧坐之处盘旋数圈，而后对着倚弦嘶鸣数声向外飞去。

倚弦见小家伙直冲水晶光罩，连忙将它唤回，再次藏回囊中。兄弟俩循原路出了东皇殿，径直往水晶宫外行去，好在现在正是四方水族络绎前来贺庆之际，二人不费丝毫周折便出了水晶宫。

正当兄弟俩行出宫门外时，忽听外面有虾兵大声报礼道："蜀山剑宗弟子幽云仙子携礼来贺!"

"幽云?"倚弦与耀阳闻听这个让令人心伤的名字，均不由自主浑身巨震，讶然对望一眼，循声望去——

宫门处，龙族礼卫兵士如潮水般朝两旁分涌开来，一名玄白长裳的美貌女子踏浪行来，衣带飘飞，翩然出尘，身后两个俏丽女童怀抱长剑，御水相随。

当那名女子飘然掠至兄弟俩身前不足丈余，耀阳与倚弦终于看清她的样貌，那秀美绝伦的容貌，仿若深海的双眸，清雅不俗的气质……试问谁能忘却像这般出尘脱俗的美貌女子？此女正是他们心中时常记忆犹新的幽云公主。

立时间，震惊、疑惑与惊喜等诸般情绪翻江倒海般涌上兄弟俩心间。

但是一再仔细凝视之下，两人终于发现此女与幽云虽然样貌酷似，但神态气质均迥然两异。眼前女子如冰玉雕铸般的脸庞，不拘言笑的肃然表情，与幽云公主的凄婉哀怨有着极大的反差。尤其此女不怒自威的凛然姿态更是将二人唤回现实当中。

望着那名唤幽云仙子的女子缓缓行进水晶宫，耀阳与倚弦这才平复激动不已的心情，相视苦笑一番，带着心中种种疑问，并肩遁入浩淼深海之中，径直往岸上游去。

倚弦与耀阳浮上水面，爬上岸旁的礁石。看看天色，正是下午申时时分，二人略微歇了一口气，倚弦施咒放出三眼怪蜂，小家伙见了两人便欢鸣不已。

耀阳好奇的用手戳了戳三眼蜂，笑道："小家伙，你能听懂我们说话吗？"

三眼蜂闻言围在耀阳周围转了几圈，不停甩尾鸣叫，就像是在回答似的。

耀阳乐滋滋撞了撞倚弦的肩头，喜道："小倚，你看到没有，这个小家伙还蛮有灵性哩！"

倚弦摇头道："都什么时候了，你还有心思跟它逗乐子！"嘴上虽然如此说，但他无疑心中好受不少，幽云的影子也渐渐淡化掉了。

耀阳干笑两声，随即摇头晃脑地说道："这就叫作苦中作乐，忙里偷闲。像你这样修为的人，是根本无法领悟到其中玄妙之处的！"

一切准备就绪，倚弦催动法咒，让三眼蜂追寻杨戬留下的气味在前引路，兄弟俩以风遁术随后紧跟，向乾元山方向进发。

乾元山，群峰环立，山高万仞，深谷沟壑，云横雾锁。其中南侧最高峭的一座山峰宛如利斧所劈，险峻万分。三眼蜂带着耀阳与倚弦从山间云雾中倏然穿过，闪电般朝南面那座山峰飞掠而下。

耀阳与倚弦随后朝下俯冲，风声呼啸而过，耳边突然听见嘹亮的鹤鸣声，清雅悠远，在空谷中久久不散，二人心中一震，知道目的地已经到了。于是二人收敛体内异能，缓缓立足在山巅之上。

只见稍远处的云雾缭绕中，一座金光四射的九角洞府跃然入目，洞府上方“金光洞”三字更是耀眼醒目，鹤鸣声便是从此处传出。

三眼蜂欢声鸣叫，展翅朝着金光洞飞去，两人紧随其后。转眼便来到金光洞外，洞口处九块岩角高高翘起，岩角下无数碧绿色石玉风铃叮当作响，数只玄门异兽的图腾印记在九块岩上盘绕出一个特异的结界阵势。

此时，三眼蜂一直在洞外环绕盘旋，鸣嘶不已就是不肯入内。两人这才想起三眼怪蜂乃是魔宗异物，而此处又是玄宗之地，定然有所抵触。再者已经到了金光洞，也就不再需要它引路。倚弦默念法咒收回三眼怪蜂，继续与耀阳向洞内走去。

洞府不大，玲珑别致，因为是有道之士修行起居之所，甚为简朴，只是几张石榻而已。稍往前行，洞中央处矗立八根冰凌玉柱，晶莹剔透，玄光闪烁，数道符录雕刻其上，形成一道玄门独有的结界阵势。中间置有一座丹炉，丹炉下方早已移开本来位置，露出一黝黑洞口，旁边两名束髻童子业已昏迷在地，还有两只怒目展翅的仙鹤，呆立不动，正在鸣啼挣扎，显然是一副被人强制封印的痛苦模样。

这不由引得二人不约而同向丹炉行去。到了近处，兄弟俩才发现，丹炉下方一处以玄门道符勾画出的结界此时已被破坏，一处洞口显现出来。借着洞门外投进来的微弱光线，两人看到几缕森白寒雾从中徐徐飘出，却浑然看不清里面的情况。

耀阳兴奋道：“看来这里就是封印哪吒……不，应该是灵珠子金身的地方了！”

倚弦点点头道："看样子杨戬已经进去了，咱们现在虽是灵身护体，但也要随时保持警惕，这可不是寻常一般地方。好在你我体内的归元异能可以调用了，只要攻其不备，咱们根本不用怕杨戬？"

"不错！"耀阳笑道："不过，这次可不能再像上次对付夜叉傻大个那样了，应该全力出手才对，毕竟杨戬是闻仲老贼的徒弟！"

倚弦自是知道此中利害关系，二人商议一番后便笑着步入洞中。

兄弟俩沿洞前行了许久，森冷愈甚，若非两人灵体不惧严寒，只怕早已耐不住这刻骨酷寒。愈往深处雾气茫茫，洞中通道也逐渐转小。

再往前走了片刻，出现在二人面前的是一个看似虚渺的洞中洞，其实是一个由坚如铁石、凝固不散的玄能冰雾所笼罩的圆形罩体。此时的冰雾罩体早已被人硬生生劈出一丝缝隙来，荧光闪烁的薄淡雾气离散其中，四处飘荡。不用猜测也知道是先一步抵达的杨戬所为。

俩人互望一眼，交换了一个肯定的意见，然后同时行进冰罩，踏足雾气之中。

行了几步，倚弦始终觉得有种怪怪的感觉，忽然停步随手一招，虚抓一把雾气，再张开手掌细细观看，雾气沾体即化，竟变成一点一点的细小粉末，最后又挥发在雾气之中。

耀阳好奇的把大头挤到倚弦身前，低头道："小倚，你在看什么哩？"

倚弦拍了拍手，摇头笑道："没什么，只是觉得这雾气有些奇怪，居然是一点一点的雾化粉尘，不过也没什么，咱们往前走吧，千万不能让杨戬抢了先！"

二人继续前行，眼前豁然开朗，一处天然冰岩洞天映入眼帘，一股炎热气息扑面而来。兄弟俩大感惊奇，想不到一个外表并不出奇的罩体，竟暗藏如此玄妙的洞天府地。其实说此处是一个洞，还不如说是一个小谷来得贴切。

冰岩洞中央处是一座巨大的水池，雾气蒸腾看不真切，炎热之气正是由水池发出，外冰内热，极为矛盾，让兄弟俩疑惑不已。

如若此时换做妲己、闻仲之辈就定然不会有此疑问。只因两旁石壁上冰层虽厚，但仔细瞧瞧就会发现那岩壁化分黑红两色，两色岩层各有九层相互交叠，此洞又是中宽旁窄，正是传说中“冰火九重洞”的独特现象！

耀阳与倚弦小心翼翼向水池行去。

水池四周水雾缭绕，池中一朵巨大莲花乍隐乍现。隐约似有道道红芒闪烁吞吐，阵阵淡香飘洒逸散，宛若仙境一般。

二人就在这蒸腾雾气中四处张望，希望能找到杨戬的身影。

就在此时，一道旋风从池面上空蓦然卷下，暴虐地将浓浓雾气撕开。水面蒸腾而上的雾气，也纷纷贴着水面向四周急速流动。水池原样清晰显现出来，两人顿时看得瞠目结舌。

原来在这几丈方圆的水池上，居然绽放着数以千计的玄银色莲花，在旋风中高贵典雅的摇曳不停。只是这些还不足以令两人震惊，他们真正注意的是那平卧在千百莲花之中的男子。

只见他的脸形线条分明，身穿一件如火焰般血红的天麟战甲，眉眼之间透出刚毅气质，配以雪白细腻的肌肤和熟睡中嘴角挑起的一丝笑容，显出其人独特的魅力，只是硕长而隐蕴无穷力量的身躯不知怎的却虚若幻影一般，就好似乃洞中浓雾凝幻而成。

“这便是灵珠子的金身？难道也是灵体？”面对这具虚幻莫测的男子躯体，倚弦与耀阳不由在心中有此疑问。

就在两人还不敢确定是不是灵珠子金身之时，一声闷吼从他们洞中传出，洞中旋风舞动的空气，也随之变得异常沉闷，压力倍增。

两人倏然一惊，抬头望去，见杨戬正在自己头顶约五六丈的旋风中心处，双手置于头顶处交叉叠舞，额间的赤红魔眼中涌射出一道犀利魔能，将四周雾气揉集成团急速转动，才形成了那道愈来愈强劲的旋风。

随着杨戬的闷吼，旋风加速旋转，水池中万千莲花顺着某种玄奥的轨迹游动起来，万莲之中隐藏的金光结界应势而现，抵制住杨戬的旋风魔能。

不用再猜，耀阳与倚弦已经确定莲花之上便是灵珠子金身，也猜想到杨戬此时已经开始着手破除结界，情况紧急，已经不由两人多想，他们鼓起体内薄弱的元能，一把跃进池中。

池水中的结界力量汇聚到耀阳与倚弦身上，压力剧增。不过好在杨戬也在加紧攻袭结界，所以他们所受之力已不到结界威力的一半，很快便被归元异能独特的融蚀能力攻破，兄弟俩很快就感觉不到池水的压迫阻力，轻松地向金身行去。

万莲结界在兄弟俩体内归元异能的融蚀与杨戬魔功进击的双重压力下，产生了一阵细微的波动。

杨戬虽然看不见倚弦与耀阳，但是结界的异常波动他却瞧得真切，哪还敢多想，双手交错，衣袖鼓舞，全身魔能蓬然射出，狂风巨浪般急卷而下。顷刻间，魔能将水面结界击成片片碎金，消散在空中，池中千万多莲花也飞花散叶，飘落水中。

第二十六章　战神金身

风骤停，浪消散，冰火九重洞再次恢复平静。

已经来到金身旁边的倚弦与耀阳，当然不知道这次是他们帮了杨戬，一看杨戬竟然这么快破除结界，心下不由大骇。二人对望一眼，心中大呼完蛋了。他们虽然已经靠近金身，但根本想不到办法阻止杨戬破除金身的行为。

杨戬自空中缓缓飘下，踏足水面之上，胸口起伏不定，气息紊乱，显然方才破除金光结界时消耗魔能过巨。杨戬稍微调息了一下，便踏波向灵珠子的金身行去。

“难道唯一的办法只能是以自身灵体去挡住杨戬的攻击?”看到杨戬刚刚催发魔能的状况，倚弦想到就算兄弟俩趁其不备同时出手，只怕也不会是杨戬的对手，心中不由泛起无可奈何的感觉，只能急怒交加的眼睁睁看着杨戬走近。

耀阳何尝不清楚这一点，脑中思量良久，再次看了旁近的金身一眼，忽然灵机一动，摆出一副死马且当活马医的样子附耳低语道：“小倚，记得每到关键时刻，只要你我联成一体就可化危为安。我们不如……”于是，他将心中所想一一说出。

倚弦眉头一皱，清楚这已经是没有办法中的办法，只有孤注一掷了。

二人相互对望一眼，果断地携手扑至灵珠子金身之上，催动体内归元异能，依照二人在“破天阁”中顿悟五行玄能的办法，顺利冲开金身封印的禁锢，二人灵体同时融入灵珠子金身之内。

杨戬行近金身，嘴角挑起一丝冷笑，道："灵珠子，记得当年神魔大战之时，你是何等英雄，我圣门群雄死在你手下的不计其数。你应该还不知道这千多年来自身背负罪责，完全是你们自诩正义的神宗门人一手促成！你也万万没有想到千年之后，你会死在我手上吧？"

张狂的大笑声中，杨戬额间魔眸中异芒大盛，到达灵珠子金身不足尺余地方，右手高高举起，五指曲拢成爪状，催出一股魔能，耀出刺眼魔芒，与魔眼中射出的电芒融为一道厉焰射向金身，正是魔门秘传——"噬焰灭度诀"。

谁知灵珠子金身却忽然睁开双眼，翻身掉进水池之中。

杨戬这一击莫名奇妙的落空，射入池水中掀起大片浪花，并将水池旁的冰壁轰下好大一块，冰与火的交击激起水雾蒸腾，杨戬倏地一惊，悚然忖道："难道……难道灵珠子的金身业已与他的元神融合一体？"

杨戬的身形暴退至半空，死死盯住水池中的阵阵涟漪，心中惊疑不定。

原来耀阳与倚弦进入金身体内，深蕴灵体内的归元异能激荡涌出，就好似当初归元魔壁一般分左右而居，相互依照无人能够理解的玄异轨迹流转替换。

倚弦与耀阳感觉到自身灵体完全融入金身之中，同时试着努力去控制金身，却因为二人同时用力不协调，致使金身滚入水池，也正因如此才避过了杨戬这一招重击！

落入池水，紫青结界恰时出现，让两人感觉在水中也并没有什么异常感觉。冰壁倾倒落水的声音二人听得一清二楚，这时自然不敢贸然出去送死，只好暂时窝在水中。

相反此时最为玄异的是，在共居一体的情况下，耀阳与倚弦之间那种偶尔得之的心灵感应，居然就像举手投足一样容易，任何一方只要心思稍动，彼此的想法都会巨细无遗地呈现在各自的思感中，让兄弟俩感到好奇不已。

杨戬知道眼前这万莲炎池乃神宗十大法阵之一，方才虽然侥幸可以破除，但毕竟身居金光洞内，再面对此等法阵，他再怎么胆大也还没愚蠢到做出下水打捞金身的举动，再则，此事不过受人所托，为了一点小利而已，实在犯不着以身涉险。

杨戬思量再三，决定隐遁身形稍作等待，再行决定去留。

池底内，耀阳神识传感道："小倚，咱们与其躲在这里受杨戬的鸟气，还不如练习一下怎么控制身体，出去好好与他拼上一场。不要忘了，上次在太乙那老家伙手里咱们还能成功脱身哩！"

倚弦不由哑然失笑，传感道："就依你所说，我们先试试怎么运用这个金身。"

兄弟俩由于各自灵身均被归元异能禁锢于金身躯体的左右两边，所以只好利用从小形成的默契分别控制金身。二人在池底琢磨好半晌，终于摸到一点门路。这才打定主意浮上水面，伺机而动。

倚弦与耀阳在水面看了片刻，见四处没有杨戬身影，二人才摇摇晃晃从一个昏暗的角落爬上岸来，但由于偶尔的不协调终于又"砰"的一声跌倒在地。

杨戬暗中将一切看在眼中，虽心中不解灵珠子此番行动为何如此，但仍顾忌灵珠子威名，不敢贸然现身上前阻拦。

当他看到金身再次跌倒在地，误以为是因为灵珠子元神与金身还没有彻底融合的缘故，不由现出身形，大笑出声，踏空朝前缓趋两步，双臂一振，额间魔眼异芒流转，强劲魔能蓬然四溢。

倚弦与耀阳登时感觉一股狂风巨浪般的无形魔能劈头盖脸、急卷而下，顷刻间便被压得呼吸不得。二人心中大骇，当下思感互换，凝神导脉，合力运用归元异能猛地将山岳般沉重的气浪朝上推起，借势朝后疾退，勉强冲出魔能的层层包围，但仍被杨戬的魔能震得憋闷难受之极。

两人始知杨戬早已发现自家行踪，心中再也不敢存有丝毫轻率之意，各自凝神聚集异能，凛然戒备。

杨戬施展出这一记"排山倒海"，力势万钧，极是突然，原本以为至少可令这灵身元能还未契合的灵珠子受伤，岂料竟被他瞬间反震回来。

“想不到这灵珠子元能之强，实是匪夷所思!”杨戬目中闪过讶异之色，微笑道，“灵珠子果然不愧为当年天庭神帅，好生能耐!”

杨戬一边说话，一边疾步上前，全力展出方才那一式“排山倒海”，衣裳猎猎鼓舞，气势如山岳汪洋般狂涌而出。

倚弦与耀阳二人顿觉那排山倒海压迫而来的元能又强了十分。金身的任何动作此时都被压制下去，只能随着杨戬逼来的步伐，一步步朝后退走。

仅只片刻后，隐隐可见一道巨大的黑色魔能，在金身头顶匀速旋舞，一点点的将金身弹压下来，洞内的碎冰池水、万千莲花瓣，仿佛被一个巨大的涡漩所吸，就连洞外白雪似的雾气也被卷入其中。

那道魔能越来越强，隐约可闻风雷之声。二人心中的惊骇越来越盛，金身带给他们的痛楚难受也随之加重。但两人性情都极为好强，遇挫不馁，反而激起他们心中更强烈的好胜之心。

倚弦心道：“小阳，今日无论如何都要将金身带离此处。杨戬的修为虽不如闻仲、妲己之流，但也绝非易与之辈。倘若硬拼只怕难以全身而退。再说，眼下先机已失，需得先扰乱其心志，然后才能伺机反击逃脱。”

耀阳毅然答应下来，他感到越激烈便越是来劲，于是与倚弦共同商议了一会儿，便意守丹田渊海，鼓动全身元能，哈哈大笑道：“杨戬，你以为敖丙让你来此，真的只是为了毁掉我的金身那么简单吗？再说以敖丙的个性，那‘摩元筒’真的就那么容易得到吗？”

杨戬闻言面色大变，忖道：“我与敖丙私下交好之事，除了师尊以外，在魔宗之中都极少为人所知。眼下听这转世灵珠子的话语，竟似对我与敖丙交谈之事甚是明了……难道他真有神鬼莫测之能？”想到此处，他一时之间竟心神不定，斗志有些动摇。

耀阳与倚弦等的正是此时，心意相通的二人蓦然间鼓动体内异能，乘隙闪电般跃起，红白流光同时自金身双臂中暴舞而出，“傲寒诀”与“天火炎诀”朝杨戬电射而去。

两种属性各异的流能令杨戬立感不妙，心中更是震骇灵珠子居然能同时施展出迥然两异两种玄法。他的双手急速挥动，一身魔能尽出，与倚耀俩人所催的异能轰然交接。

三股元能在池水上空相遇，轰然爆炸开来，夹杂着水中雪白莲花，伴着乱舞彩光直如雪夜霹雳、狂龙飞舞。“砰”的一声巨响，两边冰壁粉碎迸散，瞬息崩塌。

混乱之中，倚弦与耀阳顾不得金身受创带来的莫大痛楚，施展遁术冲天飞起，向洞外激射而去。

不料刚刚穿过水池，却忽然坠落地面，余势不减的翻滚数下才算停了下来。

金身嘴唇嚅动，原是耀阳忍不住嘟囔道：“都怪你，我说用土遁，你却偏要用风遁，如果听我的，现在还不早出去了！”

倚弦正要开口反驳，却又忽然闭口不语了，只因他想到如被杨戬发现灵珠子体内正是他们二人，那岂不更糟。

耀阳立时知晓他的心意，再也不敢胡乱说话。

二人转首向洞内望去，却见洞中冰石堆积，残花荡水，四周已是一片狼藉，而杨戬却早已不知去向。耀阳不敢出口说话，只是向倚弦传感道：“杨戬那小子肯定是把咱们当作真的灵珠子，怕打不过就跑了！”

倚弦却没有这么乐观，呼出一口浊气，心道：“或许他正在周围窥伺也说不定！”

耀阳扫了一眼洞中环境，再道：“不管怎么着，咱们还是先出去再说，免得待会儿逃都没地方逃。”

其实，杨戬此时早已远遁乾元山外，因为他此次前来本就心有所惧，当灵珠子金身忽然有所举动时他已经萌生退意。尤其后来灵珠子道出他与龙三太子敖丙密谋之事，使他误以为此事还有其他神玄二宗的高手参与，所以在方才混乱中趁机溜之大吉了。

耀阳与倚弦提心吊胆地向洞外行去。才一走到洞口，耀阳赫然发现外洞中除了两只仙鹤仍然毫无反应之外，原本昏迷的两名童子早已不知去向，不由想停下脚步看个仔细。他这一停步倒不要紧，只是控制金身另一半的倚弦一时没有反应过来，仍然继续向前走，因为二人脚步走叉，兄弟俩又结结实实地摔了一跤。

兄弟俩不得不从地上爬起，相互交换了各自的意见，最后都认为两名童子或是遭了杨戬的毒手，或是偷跑通知太乙真人去了。不管是哪个可能性，都表示危险将近。二人于是跌跌撞撞转至洞后，环视四周一遍，二人才敢停下来稍作休息，他们驾驭的金身也在这一路上沾满了土屑灰石，搞得狼狈不堪。

正当俩人哭笑不得、怨声载道之际，骤然发觉眼前不远处，姹紫嫣红的花草丛中，一名身着淡黄云衫的绝美女子正素立其中，静静地看着他们。

两人倏然一惊，原来这名淡黄衫女子竟是龙三太子敖丙的妹妹紫菱公主。可是仔细望去，又觉得不像是紫菱公主，虽然眼前女子与紫菱公主的样貌长相、衣着打扮都宛若一人，但这名绝美女子的柳叶黛眉下一双清澈明亮的眼眸偏透出无限沧桑，凤目眼角却已有了些许鱼尾淡纹，使得她更多出一股风韵独具的成熟魅力。

山风徐徐，绝美女子幽幽的醉人体香吹来，兄弟俩忍不住深深吸了一口，但看她淡黄云衫翩然舞动，夕阳余晖正洒落在她美丽优雅的肢体上，好似给她添上了一层金色光辉，使她周身都绽放出一圈淡淡的光晕。这一切都使她的静立之姿尤显出典雅非凡的绝代风华。

此时此刻，此情此景，都无不让倚弦与耀阳疑似天上仙子下凡，不由都看得痴了。

绝美女子缓步上前，娇躯站定在金身咫尺之处，绝世容颜无比凄美地绽放出一丝笑容，轻举素手温柔地抚摸着金身的脸庞，戚然道：“好久不见，你……还好吗？”声音轻柔无比，又隐含凄楚动人呢喃细语，让人闻之心疼。

倚弦与耀阳呆在那里，不知是否因为面对她的出尘仙姿，他们此时竟做不出丝毫动作，更不知为何，感觉一股热流就这么从眼眶中滑落下来。

绝美女子轻柔的将灵珠子脸庞上的泪水抹去，喃喃道：“……我们应该知足了，你莫要这样……莫要这样……”言语间，控制不住的两行热泪潸然而下。

正当耀阳与倚弦不知所措的时候，白衣女子忽然转身飘然而去，飘渺如云的声音远远传来道：“虽然不知道你们是谁，但我猜到你们应该没有恶意。不过万事小心一点，方才有人一直在监视你们……保重！”

好半响，兄弟俩才回过神来。

倚弦好奇道：“这名绝美女子好像紫菱公主幻化的那个模样，奇怪，难道……”

“你是说，她可能是紫菱丫头的祖姑姑？”耀阳摇摇头，贼眼兮兮地笑道，“管他哩，我只知道那个女人真的太美了，比我们所见过的任何一名女人都美哩！也不知道她是谁，好像又是跟俊小子的前生有些干系，还真想不到俊小子前生倒挺有美人缘的！”

倚弦道：“怎么感觉不太对劲？她应该是没有恶意的，而且她还让我们小心留意，那个一直跟踪咱们的人又会是谁呢？”

耀阳一副满不在乎的样子，道：“先不管这些，天快黑了，咱们还是先把金身带给哪吒那小子吧，然后还是灵身护体，管他什么跟踪不跟踪的人，谁能拿我们怎么样！”

倚弦想来也只有如此了，于是二人再次起程，驾起熟悉的风遁术向陈塘关飞去。

暮色沉沉，天色昏暗，赤彤色的云海汹涌起伏，沉甸甸地挤压着巍峨连绵的山峰与苍莽辽广的大地。高空之上时而亮起一道道雪亮的闪电，闷雷隐隐不绝。

倚弦与耀阳想来居然又耗费了一天时间，而珠灵与敖丙的婚典也就又接近了一天，虽然心中焦急，但是俩人依旧不敢急躁，因为灵珠子的金身虽然强悍，但如果风遁术失灵，从这高空中坠下，那倒不是他们现在敢于尝试的。

正要靠近陈塘关边境，蓦然间，兄弟俩心神一阵莫名浮动，心有所觉的顿住身形，向前方极目望去，只见远处狂风怒舞，云彩纷扬。“呜呜”的风声中，东面忽然传来一阵阵高亢而激越的兽吼，惊雷似的在群山之间轰隆回震，滚滚不断。

一道炽光紫电劈过，云层迸飞裂散。紧接着“轰”的一声，一辆白金飞车呼啸冲出。那异兽飞车极为宽大，富丽堂皇的车身，在暮色中依然炫目已极，让耀阳与倚弦颇觉眼熟。

转眼间，白金飞车已然近前。

耀阳与倚弦终于从拖套飞车踏空而来的那八只飞狮异兽想到了他们的主人，对望一眼，同声惊呼道：“淳于琰！”二人忽然想及杨戬与敖丙的勾结，自然也就明白这个魔头定然也是敖丙遣来。一念及此，两人一阵慌乱，好不容易协调施展起来的风遁术登时消散，金身从空中直坠向地面。

耳边风声呼啸，眼前云雾离散，耀阳与倚弦只感下坠之势甚疾，如果真的摔实，那后果着实不堪设想。想到此处，兄弟俩再也不敢多想什么，忙静心屏息，配合对方再次施展出风遁术。

风遁术终如愿以偿地施展开来，兄弟俩下坠的势头终于得以缓解。

耀阳看着前面不远处的一座山头，心中对倚弦道：“小倚，咱们先去那座山后面躲一会儿，暂时避开蠢鱼的拦截，然后再想办法逃走！”

倚弦点头同意，合力转换风遁的方向转过山头，终于逃出淳于琰的视线，急忙落到下面一片山林内，或许因为有些着急的缘故，他们在距离地面不足三丈时控制不住自身力道，重重地摔在林中坡地上。

但世事并不是都遂人愿，只听一阵裂空之声响起，淳于琰的招牌张狂笑声从他们所在的山林上空传来：“灵珠子，本公子从小就听家父提及你勇悍无双，想不到今日你居然见了本公子便鼠窜而逃，实在让我大失所望！”

声音中仿佛有一种魔魅之力，在两人耳边嗡嗡震响，难受之极。耀阳与倚弦清楚一个杨戬已不是他们所能对付，如果再加上淳于琰与他的手下，那还了得。届时不要说带不回金身，就是自身恐怕也都难保。

他们心中登时慌了神，下意识想着逃跑，一时间早已忘了协调身形，金身立马站立不稳，砰然摔倒在地。

山林地形向下倾斜，金身立时顺着坡度滚了下去。一直滚到山下一处小谷洼地才停住。耀阳心道：“不知道现在跑还能不能成功?”倚弦却道：“咱们恐怕已经没那么容易逃走哩。”

果不其然，他们心念未落，紧追其后的淳于琰已经赶到，车前的八只飞狮脱离飞车，闪电般射空而至，落在两人周围，各自按一方怪异位置站定身躯，只只异兽怒目圆瞪，都是一副要将人生撕活剐的凶狠模样。

八兽立定，一道魔能结界轰然运转起来。

耀阳与倚弦只感到周身天地自然界的五行灵气忽然被隔绝起来，待要施展各种遁法已经为时已晚，只能听任这八只飞狮所布的结界将金身禁锢其中。

尽管没有异兽驾车，淳于琰坐于飞车上依旧平稳如常，在空中盘旋数圈后，终于落下。那四名驾车的美艳女子抬起车上一方洁白玉榻，缓步下车，轻巧地置放在地上。

淳于琰斜卧玉榻之上，将头枕在其中一名妖媚女子浑圆修长的大腿上，饶有兴致地望着被困在结界内的灵珠子金身，猫抓耗子般戏弄道：“灵珠子，本族的异兽结界滋味还不错吧。本公子还准备了我共工氏四大魔将来伺候你，哈……你慢慢享受吧!”

倚弦与耀阳这才看清楚，原来在淳于琰的飞车后还有一只巨大怪鸟，紧随其后盘旋在空中。只见那怪鸟形如巨雕，四首一身，八爪如钩，双翼张开长达五丈，黑羽如漆，颈毛雪白，威风凛凛，鸣叫声更如金石齐奏，刺耳之极。

怪鸟背上载有四人，身姿婀娜，脸容冷艳，竟是四名英姿勃勃的孪生女子。几人样貌衣饰、面部神态均如一个模子刻出，只能凭借她们的着衣颜色与兵器互相分辨。最前的女子一身白衣黑甲，手持分水长戈；左首女子青色战甲，腰悬青绿玉柄弯刀；中间女子一身火红，斜背赭红兽角长弓，弓上缠绕七条蓝莹莹的尖头怪蛇；右首女子一件黄色披风将身躯尽数遮住，只有一只白藕玉手裸露在外，掌心托着一面黄铜圆镜。

这四女正是共工氏的四象魔将，专职护卫宗主，依次名为白虎、青龙、朱雀、玄武。却不知从何时开始竟成了四名孪生女子，想来应是淳于琰喜好女色的缘故所致。

淳于琰的狂笑声中，忽听怪鸟发出一声尖厉刺耳的怪叫，它背上四名女子已齐声叱喝，衣甲鼓舞，跃下鸟背，身形齐齐掠入异兽结界之内。

朱雀与玄武两人已经展开身形分位站定，催施魔能张展法宝向金身攻去。青龙与白虎虽没有进击，却也悬立空中，全身魔能鼓动紧紧锁住灵珠子金身。

玄武铜镜一亮，黄光电射，将四下照得通黄亮堂，更有一股巨力将倚弦与耀阳两人驾驭的金身束缚住，使之动弹不得。

倚弦与耀阳心中叫苦不已，却又毫无办法。

朱雀倏地翻手张弓，闪电似的抓起一条蓝色怪蛇，“咻”的一声，朝着灵珠子金身怒射而出，蓝光电芒，疾如流星。怪蛇“呜呜”尖叫，稳稳当当地射入灵珠子金身之内，金身应声而倒。

淳于琰翻身坐起大吃一惊，一直微眯的双眼蓦地张开，呈现妖魅海蓝色的双眸不敢置信地盯视灵珠子半响，冷然道：“哼，灵珠子，你以为这样就能骗了本公子不成？四将尽管给我打！”

四象魔将俯首领命，各催魔能袭向金身，“砰砰”一阵乱响，四象魔将所有攻击系数打中金身，但是灵珠子却依旧毫无反应，如同死尸一般。

四象魔将一阵惊骇，暗赞此人果然不愧当年天庭第一神帅，如果换作神玄二宗寻常一般高手，在她们姐妹的重击下绝对早已肉身难保，可是这灵珠子居然毫发无损。四人对视一眼，缓缓接近灵珠子的金身，决定一探究竟。

就在这时，灵珠子金身忽然直立而起，悬空尺余高处，昂首狂呼。

一直紧闭的虎目蓦地睁开，两道紫青异色的眼光倾射而出，宛若实质！更有一道红白交间的气浪从他口鼻之间冲天而起，摄人心神。“轰”地一声爆响过后，灵珠子忽然发难，澎湃元能奔涌而出，且阴阳属质各异，一冷一热，刹那间遍及数丈方圆。

四名女将忽遭异变，被灵珠子气势所摄，一时间不由心神巨震，但转瞬业已恢复，同时飞身暴退，但是为时已晚，她们均被金身元能所伤，挡抗元能力量的手臂酥麻难忍，两股绞缠的巨力几乎毫不受阻的侵进她们体内，四女都感喉头一甜，齐齐喷出一口鲜血，踉跄后退。

那几只飞狮异兽的巨躯也被统统震飞，轰隆数声跌落地上，结界应声而破。

原来那条射入金身的蓝色怪蛇乃是出自苦寒阴地的维龙山，位居共工氏七大异虫之首的“蓝晶蛇”。它身具阴极寒气，平常人如被射中定然会化为冰屑，而此时它又被四象魔将中的朱雀糅合共工氏“阴魄弓”之力射出，因此蕴满了阴极异能，立刻打乱了耀阳与倚弦体内来自归元魔壁双极异能的阴阳平衡。

而蓝晶蛇也经受不住二人护体异能的挤压拉扯，转眼间化为灰烬融于金身体内。但倚弦与耀阳绝不好受，失去平衡而不受控制的归元异能此时再也不能形成互汇交通、相抵相成之势。

由于受金身所限，两股归元异能裹带两人的灵体展开一场角逐，或寄予不足弹丸之地积压对方，或割据金身拉扯撞击。此时稍有不慎，兄弟俩就有魂飞魄散之忧，届时归元异能自可破体而出。但那对两人来说无疑是一种解脱，总好过归元异能炼狱般的折磨来的痛快。

然而就在此时，共工氏四名女将恰时出手，倾尽全力攻击金身，她们所修练的“魔元极法”本就是魔门至上秘功，正与兄弟俩灵体内的归元异能份属同性，所以致命的打击相反成了适当的调理，而且四女元能更被兄弟俩自然而然吸收了，致使俩人灵体内的异能鼓胀不已，急需宣泄，所以金身才有了这威力骇人的一击。

淳于琰翻落玉榻立于地面，眉头紧锁脸色也变得不自然起来，时青时白，忽然笑道：“你们尽管出手，他此时定然灵元未能彻底融合，还妄施御敌之术，只要时间拖得长久，他绝非你等敌手！哈……哈……”

四象魔将齐声领命，换位移形，再也不敢大意。白虎翻手现出一弯寸许的白色螺角，张口含进嘴中，吹出一种奇怪的呜咽律音。八只飞狮异兽听到声音后齐齐昂首狂嘶，赤红双目射出骇人异芒，再度布成结界虎视眈眈地盯视金身。

倚弦与耀阳由于方才体内异能稍有宣泄，二人才逐渐恢复神智。却在这时，突听耳边传来“嗤嗤”几声轻响，数道凌厉杀气闪电冲至。他们此时心慌神乱，丝毫没有防备。只是体内异能被杀意所激，蓦地破体而出，倏地化为一道紫青光弧结界，绕体飞舞。

只听“噗噗”连响，似有无数锐气破入他们的护体光弧结界之中。

耀阳与倚弦大吃一惊，急忙旋起身形向旁侧闪，意欲避开犀利的攻势，但为时晚矣，只感巨痛侵身，显然受到重创。体内异能狂涌而出，随之他们同时生出痛苦与舒爽两种感觉。而且在没有二人思感调聚的情况下，体内归元异能居然自行循经度脉，依他们最为熟悉的“天火炎诀”与“傲寒诀”冲荡出两股攻击元能。

一时间，“阴魄弓”呜呜弹射激响，玄魔镜金光绚丽，龙影刃刀芒密雨激射，魔螺铮天裂响，同时抗击金身所发出的攻势。

随着“天火炎诀”与“傲寒诀”的使出，倚弦与耀阳只觉体内的鼓胀感逐渐消失，酥爽的感觉让俩人不由齐声清啸，不由开始推波助澜般鼓动异能进击。

顿时间，山谷内碎石土屑四射飞舞，五人八兽战成一团。只有一旁的淳于琰悠哉悠哉，仿佛胜券在握一般。

双方元能交击，“轰”地一声巨响过后，灵珠子与四象魔将齐齐后退数步。

青龙朱雀惨叫一声，跌落在地，登时晕了过去。白虎与玄武也是衣甲破裂，发鬓凌乱。八只飞狮围在四旁痛嘶怒吼，赤红瞳孔内尽是惧怒之色。

耀阳与倚弦因金身护体，丝毫没有受到伤害。

耀阳哪曾想到事情会演变至此，不由心情大为舒畅，见淳于琰在一旁一副逍遥自在的样子，心情极不舒服，于是哈哈大笑道：“你这条蠢鱼，去看看你那一帮没用的手下，包括你在内，都他奶奶的是饭桶！”

淳于琰确实没有料到灵珠子此时还能重创四象魔将中的两人，又见灵珠子如此猖狂的取笑于他，顿时恼羞成怒，冷哼一声不吐一语，蓦地腾起身形，周身魔能卷起一股狂风向灵珠子金身攻去。

倚弦与耀阳两人只觉四周狂风卷舞，万钧之力当头压下，令二人顿时被逼得手忙脚乱，毕竟方才是瞎猫撞到死耗子，才打退了四大魔将的进攻。他们的本质仍然是毫无任何攻守经验的法道初学者。

白虎、玄武在旁看得大喜，借飞狮作掩护鬼魅般游走偷袭，玄魔镜忽而旋转，忽而收拢，万千魔劲神出鬼没。白虎夺星偷月之手神出鬼没，偷袭电射，逼得倚弦与耀阳躲闪频频，形势愈趋险象环生。

耀阳感觉到体内激荡的归元异能逐渐减弱，心下暗骇，原来异能也有竭尽的时候，于是对倚弦心道："小倚，如果咱们再不冲出他们的包围，只怕大大不妙了。"倚弦也感到力有不逮，无奈回道："就凭咱们两个怎么脱困？从刚才能够活到现在，还不是拜那几个女人所赐。"

二人说话间，已然挨了淳于琰等人两掌三拳，虽然金身受力总被对方的元能震飞数丈，但他们的灵体只是被震得颇不好受，好在并没有多少疼痛的感觉，暂时淳于琰等人还不能拿他们怎么样。

耀阳再次观望四周，轻咦一声，心道："我想，只要咱们把那几只小红猫解决掉，自然就能施展五行遁术走人了。"

倚弦知道他指的是那几只飞狮异兽，烦恼道："可是那几个家伙好像很能挨打，我们怎么才能解决它们？"

耀阳嘿笑道："山人早有妙计，你注意到没有，咱们每次挨打都不会感觉到疼痛，只要这样的话，我们就自然有机会哩！"

倚弦心中一动，立刻知晓耀阳心中本意。二人相互招呼一声，猛地将逐渐转为薄弱的归元异能引入脚底，然后念动风遁法咒，闪电般弹起身形，从淳于琰三人的攻势之中脱出，向身前最近的一头飞狮撞去。

飞狮怒声狂吼，巨翅抡扫，一把拍中金身，但倚弦与耀阳这一撞的力道何其霸道，飞狮兽被硬生生被撞得失去重心，"轰"地一声重重倒在地上。

八兽之间的均衡配合立刻被打破，四处结界不攻自破。

倚弦与耀阳得以脱困，不由哈哈大笑，熟练地运起风遁术，驾驭金身疾冲而起。淳于琰大怒，暴吼一声，并拢右手五指，在空中急速虚划数下。一条宽大水幕蓦地出现，急旋飞转，骤然收缩为一柄长约两尺的水蓝色玉杖。

玉杖手柄居然是一具水晶全裸女子，那女子纤美的十指插入自己高昂的臻首发际，直垂臀部的长发之中，让本已高挺的双乳更显丰硕。虽面上容貌如梦似幻般瞧不真切，却栩栩如生予人一种似欢悦又似痛楚的表情。

水蓝色杖身正是从女子腹下腿间伸出，被女子那一双修长光滑的美腿紧紧缠绕，极为奇特难见。衬以杖身邪魅的水蓝光芒，一种诱人心魂摄人神魄的魔异引力缓散而出。如此淫邪魔器正是魔门十大名器中名列第五位的“姹女魔杖”，也是共工氏历代相传的圣物，淳于琰赖以成名的法宝秘器。

姹女魔杖在空中盘旋两周，怒射飞出，直袭金身而去。白虎玄武也各展法宝向金身攻去。姹女魔杖倏地离散开来，化为漫天水蓝色的流能，纷纷飞舞，挡在金身面前，倚弦与耀阳一阵慌乱，不知此是何物，骇得当场身形一缓。

金身的小腿、背心等处被三十余道大小各异的流能击中，瞬间没入金身肌肤，在皮下鼓动扭舞，缓缓向内钻进。耀阳与倚弦只觉双腿、背心蓦地麻痹，全身乏力，登时失足掉下半空。

淳于琰狂笑道：“本公子的‘姹女幽魂’如同附骨之蛆，滋味不错吧!”

倚弦与耀阳晃晃悠悠地摔落在地。眼见体内异能消散，难以为继，但好在三十余道钻入体内的邪劲此时已然消散。眼前白光一闪，嘶吼如雷，八头飞狮齐齐跃落在两人面前，踏踢咆哮，龙须倒立，闪电般朝两人攻来。

魔咒绵绵，劲能滔滔，登时将金身固于空中，金身双腿也蓦地发出“咯咯”脆响，凝结出一层坚硬寒冰。与此同时，冰层还不住上窜走，眨眼间漫过腰身欲冻结金身。

倚弦与耀阳心中大骇，知道必是淳于琰等人施展了类似“傲寒诀”的魔功，想将金身封印。不到片刻功夫，就听一阵“咔咔”脆响，金身四周三丈方圆内顿时被缤纷涌来的水蓝色光芒耀亮，绚光爆舞。气浪崩飞，霍然将金身冻结成一根冰柱，再也动弹不得，只余下两人思感灵神还未停歇，勉强可以知晓外间的事态变化。

只听淳于琰长声笑道：“灵珠子，妄你号称神宗三十六重天四大神帅之首，今日还不是被本公子手下的小小魔将轻易抓住？哈……”

正当二人无计可施之际，熟悉的蜂鸣传入耳际，两人循声望去，三眼怪蜂正环护金身之前，虎视眈眈地盯视魔宗诸人。倚弦细审己身，才知定是方才受击震荡，灵体有所松弛，才致使包囊中的三眼蜂飞出，只是想不到一个小小的蜂儿竟也有护主之心。

耀阳兴奋地喊道：“小家伙，好样的！”

倚弦心中感激，却不忍见这个一直陪伴他们兄弟的小家伙有什么三长两短，怜惜地念诵驱蜂咒，道：“小家伙，你还是回到你主人身边去吧！”这时，他又想到了婥婥，心中浮现出一股自己也说不清楚的异样滋味。

淳于琰被眼前这只三眼怪蜂以及金身所说的话弄得莫名其妙起来，电光石火间，手中的姹女杖率先穿过空中土屑，呼啸射向三眼蜂。

三眼蜂极赋灵性的几次躲过蓝晶手杖，但它在空中高翔低冲了片刻，最后还是避不开淳于琰的魔能束缚，被姹女杖蓦地错身击中，悲鸣声中，三眼蜂登时被洞穿，鲜血喷射，刹那凝结为嫣红冰晶，纷纷铿然掉落，蜂儿苦苦强撑，哀鸣悲嘶，奋力飞翔。

耀阳与倚弦又惊又怒，失声大叫道：“蠢鱼狗贼只敢对蜂儿下手，算得什么狗屁人物！你他妈的有种就冲我来！”

谁知他们话音未落，玄武掌中玄光镜蓦地暴出一片黄光，化作丝网将三眼蜂紧紧裹住，更生出无数强烈光线刺向它，“咄”地一声，几将三眼蜂射穿，三眼蜂再也抵受不住，扭头向金身处望了一眼，悲声长鸣不再动弹。

“啊……”耀阳与倚弦齐声惊呼，心中悲痛莫名，怒目圆瞪，似是喷出火来，嘶声吼道，“放了它！”

在此危急万分的时刻，空中传来一声娇叱。紧接着，一道七色彩虹自天而降，穿透漫漫云彩，击在玄光镜上。

玄光镜“哐啷”一声掉落在地，玄武惊呼一声暴退数丈。

那道彩虹影霎时消散，现出原形掉落在三眼蜂周侧，原来是一串七色彩环。随后一紫一白两道身影电射而至，紫色光影首先将七色彩环收起，并从玄光镜上放出三眼蜂，缓缓注入魔能为蜂儿医治。

淳于琰收起心中惊疑，朗朗说道：“不知这荒山野岭有何魅力，竟然引得防风氏掌令双娇齐至？两位妹子真个好兴致！”

被冰封的倚弦与耀阳，也都认出眼前这一紫一白两名女子，正是与他们都有过一面之缘的婥婥与姮姮。

姮姮冷哼一声，并不答话。

婥婥一边抚慰三眼蜂，一边转头道：“淳于公子都这么有空带这么多手下来欺负一只蜂儿，这么大的事情，婥婥怎能不来瞧瞧热闹呢？”言语间，她瞥了一眼身旁被封印的红甲男子，心中充满疑问。

耀阳欣喜若狂，想不到救命的人会从天而降，而且还是有交情的熟人。倚弦心中却是百感交集，自婥婥与姮姮两姐妹接近此地，他心中就已隐有所觉。只是不知为何，他心中居然有既想见又想躲两种念头，他也想不通为何两种迥异的想法竟然在脑海里同时存在，这让倚弦难过得差点想要吐血。

淳于琰听到婥婥这番讽刺，立时怒道：“哼！区区一只怪蜂何需劳烦本公子？恐怕婥婥小姐是为了这个家伙来的？”说着用手一指金身，又道，“难道他便是堂堂风月双娇的老相好不成？怪不得……”

“哼，贱胚找打！”一声冷哼将淳于琰还未说完的话打断，白衣姮姮的身形激射而来，御风飞舞，轻盈飘乎，身法优雅，快捷如电，登时引来倚弦与耀阳的喝彩声。

淳于琰却好整以暇站在原地，好似丝毫不为自身安危担心。他身后的玄武忽然出现在他身前，黄袍飞舞，一股浩然魔能汹汹鼓舞，令她四周的空气剧烈震荡起来。

姮姮白衣倏然后卷，猎猎翻飞。周身彷佛被狂风刮拍，摇摇欲坠，脸上也如水波般抖动起来，似乎随时都要随风卷去，宛如风中芦苇般摇摆不定。一道银白长绫破空飞舞而出，朝玄武当头拍下！

玄武正要接招还击，淳于琰却抢先出手，姹女杖适时点在攻来的“柔月丝绫”上，然后呼地拉着玄武倒飞三丈开外，道：“二位妹子，你我同出一宗，怎能因为一点小事便伤了和气，今天为兄就看你们俩的面子，放过这个男子了！”

婥婥娇笑一声，偏头对姮姮道：“姐姐，人家都讲和了，就算了吧！”

姮姮闻言收回“柔月丝绫”，翩然回转身躯，冷脸观望众人。

淳于琰狠狠瞪了金身一眼，带领四象魔将乘坐白金飞车铩羽而归！

只等淳于琰等人渐渐远去之后，姮姮娇躯却忽然变得摇摇欲坠，“噗”的喷出一口鲜血。婥婥大惊，急忙上前扶住姮姮问道：“姐姐，你怎么了？”

姮姮勉强笑道：“妹妹不用担心，昨晚与石矶一战，姐姐受了一点伤，此时只是旧伤复发而已。”说话间，姮姮已然晕厥过去！

婥婥心知姐姐伤势严重，不再多言，急忙扶正姮姮的身躯，鼓动魔能舞起“柔月丝绫”，霎时裹成一个巨大银茧将自己姐妹包裹其中。

倚弦与耀阳趁机调动异能将金身的冰冻封印化开，二人终可恢复行动，但见姮姮为救他们旧伤复发，不由围着“柔月丝绫”形成的光茧团团乱转，不知所措。

第二十七章　神能莫测

夜色渐深，月影东升。

正当耀阳与倚弦还在忧虑未出关的婥婥姐妹时，忽听得一声熟悉的娇媚笑声自半空中传来，耀阳与倚弦只闻其声便觉心头巨震，要命的倩影凭空出现在二人面前，玉面喜色，俏笑嫣然。

兄弟俩早已吓得魂飞魄散，来人正是——

“万妖魅后”妲己。

只见“万妖魅后”妲己身穿一袭玄黑色衣裙，肩上披着一件粉红色云肩，全身衣着仅将双乳虚掩，胸臂半露，柔肌粉腻，掩映生辉，妙曼身材显现无遗，妖艳妩媚之极。

妲己甫一出现，妖魅眼光滴溜溜环视一圈，最后看到灵珠子金身时，眼神骤然闪过一丝异芒，旋即敛逝，对着“柔月丝绫”围成的光茧说道：“我说刚刚淳于公子怎么一脸扫兴而归的样子，原来是因为婥婥妹子到了陈塘关，哟！连姮姮妹子也在呀，真是难得。”

婥婥与姮姮忙于疗伤，闻言也不理会妲己。

耀阳与倚弦见妲己的眼光时不时在金身上瞄来瞄去，心中都有些忐忑不安。耀阳心里直打鼓，以思感对倚弦道：“小倚，这骚狐狸来了，不会又是来抓咱们两个的吧？你看她们称姐道妹，狐朋狗友似的，倒很像一家子人，万一她们三个不管三七二十一，把咱们抓住分吃了怎么办？”

若不是二人的灵体都在金身内，无法动手，倚弦恨不得在耀阳屁股上狠狠踹上一脚，不知为什么，他深信婥婥姐妹不会对自己有任何敌意，当下对耀阳心道："看来骚狐狸还没有发现我们躲在金身里，暂时应该不会有什么危险。"

耀阳哼哼唧唧道："到有危险的时候咱们还能跑得掉吗？依我看，我们还是借机溜吧。"

倚弦无奈回道："谁想待在这里，可是当着这妖女的面怎么个溜法，还请耀大智者教教小弟才行。"

二人虽然在无声无息地用思感交流，但由于他们同时控制金身，各占一半躯体，两人的表情自然而然地出现在金身的左脸和右脸上。

姮姮疗伤完毕，收起"柔月丝绫"，转头恰巧看到金身的左脸，正是倚弦静逸的表情，右脸却是耀阳嬉笑的表情。不明所以的她不由心头剧震，让姮姮觉得金身看上去更多出一种诡秘。

婥婥却没有太过注意金身，因为妲己的突然出现很是让她吃了一惊，心想：这妖女素来不会轻易现身，今天却不知为何出现在此地？但表面故做无事一般，起身道："我道是谁呢，原来是妲己姐姐，听说姐姐做了纣王的宠妃，怎么不在朝歌城享福，却突然跑到这荒山野地里来了？"

妲己微微一笑，做足了表面功夫道："宫中生活太过苦闷，我这不是出来散散心哩，适才恰巧遇到魔门西魅共工氏的淳于公子驾了他那辆八翼飞车悻悻离去，他手下的四大魔将又都受了点伤，一时好奇，不知谁人这般大胆，敢与圣门之人作对，于是便过来看看。"说话间妖媚的眼光时不时瞄向金身。

金身内的耀阳与倚弦给她瞧得浑身不自在，又不敢与之直视，不停躲闪妲己射过来的目光。

婥婥听了妲己的话心中自是不信，敷衍道："原来是这样，我只道姐姐是专程来这里的呢。"

其实，妲己说的倒也有一半实话，当日在冥界轮回殿中，因轮转王的阻搁，加上冥界帝君随后追来，使得她无暇多顾，带着耀阳与倚弦匆忙间随便选了一处轮回道，回到人间。可她也不曾料到自己所选的竟然是孤立于六道轮回之外的“第七道轮回”。

因为她必须以妖能护住肉身的原因，当她回到阳界，却再也找不到耀阳与倚弦的灵体，便一直在这东海边上、陈塘关附近方圆千里之地仔细搜索，试图找到那两个身蕴“归元魔能”的臭小子。

正当她无处可寻的时候，无意中淳于琰驾着战车，一脸悻悻之色往东海赶去。妲己与淳于琰本是素识，便上前打个招呼，却发现他手下的四大魔将所受的伤极像“天火炎诀”和“傲寒诀”所致，连忙询问淳于琰发生了什么事。淳于琰碍于身份，随口敷衍了事。

妲己听他这么一说，只当是发现了二人的踪迹，便飞速赶了过来。谁知来却大失所望，原来淳于琰所说的两个朋友竟然是中正防风氏的掌令二女“风月双娇”——婥婥和姮姮。第三个人虽然不是倚弦、耀阳两人中的任何一人，却也让这身为“万妖魅后”的妲己感到一阵惊讶，因为这人的形貌竟然和千年前神魔大战时天庭四大神帅灵珠子一模一样，于是便想留下来探个究竟。

这时，妲己见金身左闪右躲，不时回避自己的眼神，而且脸上时不时露出的古怪神情让她老觉得眼熟，不由心中疑窦大生，很想问个明白。于是妲己近前两步，一个媚眼向金身抛了过来，暗自运起“魅心术”娇声道：“不知这位道友是圣门中哪族高人？”

婥婥听她如此一问，倒也愣住了。因为她们从出现解了此人之围到现在，还没来得及问清楚这人的来历。而姮姮见妲己居然对毫不相识的人用上妖宗密法“魅心术”，更是一脸不屑之色。

耀阳与倚弦见妲己虽然没有认出自己来，但看她的眼神便知道，这妖女八成又打上自己兄弟俩暂住金身的主意，均想到如果再这样下去不穿帮也难，于是心中生出趁机溜走的想法。

耀阳先用金身开了口，说道：“三位……三位仙子，哈，你们老友重逢，不如慢慢聊，慢慢聊！至于二位仙子援手之恩，小的一定谨记在心，日后定当厚报，今日就先行告辞了。”

二人连忙运起自己体内的归元魔能，施展出风遁术。谁知他们心中一急，便容易出漏子，合作稍慢了一些，“风遁”功诀运行不合拍，结果归耀阳控制的右半身子先离地升空，而倚弦控制的左半身子却往下沉，然后整个身体像风筝一样扎手扎脚往上升，在空中停了一停，一声惨呼之后，像只大螃蟹般左一晃右一晃，跌跌滚滚地向前飞去，眨眼间便不见了。

只剩下三女目瞪口呆地看着这前所未见的飞行之法。

姮姮见金身飞走，素来极为讨厌妲己烟视媚行的样子，更不喜妲己为人，此时自然不愿与她多加交谈，望着金身逝去的背影，心中一动，对婥婥道：“妹妹，我有事先行一步。”

婥婥与她本是孪生姐妹，同出一宗共修一法，早已心念互通，转瞬便知道姮姮想去追那个奇怪的“人”，便微微点了点头。

姮姮施法催动护身秘宝“柔月丝绫”，相互交缠环绕，护住全身，径直破空而去。

妲己见姮姮自始至终对自己恍若未见，心下甚是恼火，暗暗咒骂几句，正想向婥婥说句客套话，然后寻思着去跟踪那奇怪的“人”。谁知婥婥却抢先开了口，笑道：“对了，姐姐来得正好，妹子尚有要事请教。”

妲己笑嘻嘻道：“妹子何必跟我客气，有什么事情尽管问姐姐我好了。”

婥婥想起姮姮和她说过石矶曾夜探破天阁的事，而这妲己妖女向来人面颇广，何不借此机会向她探听一二，便问道：“请问姐姐，可否知道石矶此人？”

妲己给她问得一怔，略为沉思一下，道：“妹子问的可是骷髅山白骨洞的石矶？”

婥婥见妲己知道石矶此人，忙追问道：“正是，姐姐可知此人来历？”

妲己心细如发，将婥婥的神色尽收眼底，不动生色道：“说来这个石矶倒是和我颇有些渊源，我有个结拜妹妹叫柳琵琶，就是石矶的师妹……”说着，意味深长地看了婥婥一眼。

婥婥心知妲己犯疑，故做神秘道："姐姐应该知道石矶的来历吧？"

妲己微微一笑，道："石矶与我妹柳琵琶是师姐妹，她们的师父磐石老妪在第二次神魔大战时便死了，只是石矶此人一向没有大作为，长年隐居在骷髅山白骨洞，深居简出，独自修行，甚少与人交往，就连我也只是从琵琶言谈之中才知晓此人来历。琵琶曾跟她同修一段时间，后来受不了深山清冷，才跑了出来。不过我听琵琶说她所修的乃是五行灵元中的土灵玄法，修为倒也不俗。"

妲己顿了一顿，见婥婥还要发话，赶紧道："我知道的也就是这些。对了，妹妹是圣门中正防风氏后人，怎会与石矶这样的人物扯上关系？"

婥婥装作无所谓的样子，道："妹妹我只是随便问问，因为有一朋友正托我打听此事。"

妲己心中如何肯信，不过她对石矶的事本来没多大兴趣，唯独对刚才那个貌似灵珠子的人念念不忘，当下也不反驳，转过话题道："我倒是对方才那'人'的来历蛮感兴趣，不如妹子给我说说，如何？"

"姐姐是问刚才那个像螃蟹一样飞走的人吗？"婥婥一副恍然大悟的样子，道："妹妹也是刚刚才遇到他，正想打探他的来历。本来还想问姐姐是不是也知道他的来历，原来姐姐竟也不知道。即然如此，妹子还有要事在身，就先告辞了。"

婥婥说完揖身福了一礼，不等妲己来得及反应，身形便幻化成一道蓝光，以迅雷不及掩耳之势破空飞去。

妲己见自己被婥婥摆了一道，气得娇身发抖，银牙紧咬，背后黑发有如箭一般地伸得笔直，双手一挥，怒叱一声，全身妖元倏地爆发，只听"轰"地一声，不远处一座小山丘便被妲己所发妖能炸得粉碎。

尘土飞扬之中，妲己的美目中射出狠毒凌厉的妖芒，咬牙切齿恨恨道："该死的丫头，竟然敢耍本后！你们等着，不给你们点厉害尝尝，本后就不配称为'万妖魅后'了！"在阵阵狞笑声中，她的身形化为一团玄黑光芒，远远遁去。

就在妲己走后，十丈外一块巨石忽然幻化成一道身影，倏地凭空冒了出来，一双诡异的眼睛环视着四周，暮色中依稀可见竟是石矶。石矶远望众人离去的方向，妖冶的脸上现出疑惑不解的神情，喃喃道："奇怪，那控制金身的人究竟是谁?"

"管他是谁！反正这一切都是天助我也！"石矶想到心中盘算已久的计划，口中发出森冷至极的桀桀阴笑，然后她的身形卷飞漫天风尘，顿时消失得无影无踪。

陈塘关，总兵府。

总兵府后院临近的一条大街，此时天色已黑，四周朦朦胧胧，早已亮起点点灯光，街上没了行人。

忽然从半空中传来一阵破空之声，接着便是一阵"啊呀"、"哇呀"之声，一人从空中掉了下来，"砰"地一声重重摔在大街正中，几乎将结实的街道砸出个大坑来。

好半晌，那人才大叫一声，爬了起来，居然是红甲男子，只是灰头土脑，很是狼狈。

他立定身形，拍了拍身子，破口大骂道："他奶奶的好难受！小倚，你就不能配合我一点吗？为什么我要收功降落的时候，你总是要慢上我半拍，起飞时这样，落下时还这样，都把摔得晕了！"

紧接着，他马上又转为另一个较为清朗的声音说道："拜托，老大，叫你看准了再收功的，我还没发动，你就已经先动了，现在能飞回陈塘关已经是天大运气了，摔一下算什么，也没见得摔死你了！"

要是这时有人看到大街上有这么一个人在自己对骂，非以为来了个疯子不可。

从天上掉下来的正是耀阳与倚弦灵体附身其中的灵珠子金身。两人靠着配合半生不熟的"风遁术"从乾元山一直逃回陈塘关，只是在降落时一不小心从空中摔落下来，幸得灵珠子金身坚固无比，才不致有所伤害。

倚弦挥了挥金身左手，说道："好了，不要闹了，我们赶快进总兵府找哪吒，将金身还给他！"

耀阳听到这话，心中忽有感触，自从兄弟两人成为灵体，一路行来，都是跌跌撞撞，自己的肉身都还没有着落，还要忙着帮别人寻找金身，沉默了半晌，死皮赖脸道："金身这么好用，连被魔门那么多高手围攻也不怕，不如咱们别将金身还给哪吒，索性自己用算了！"

倚弦笑骂着道："去你奶奶的，都什么时候了，你还有心思开玩笑？"

耀阳嘻嘻一笑，不再多言，二人遂齐齐发动归元魔能，轻轻跃入总兵府的高墙之内。

这时，天已经完全黑了下来，整个总兵府华灯初上。

耀阳与倚弦因寄身金身之中，可以运用体内能，在漆黑的夜色中依然看得见府中道路。两人轻巧躲避偶尔出现的婢女和侍卫，在总兵府中左转右转，直奔内院而去。

因为他们直接从后院跳墙而入，所以进到内院必须经过破天阁。

当兄弟俩经过破天阁，正欲迈步踏入内院之际，异变猝生——

猛然间，两人同时感应到一股奇绝异能向金身涌了过来。尚未等他们有所反应，金身便自一颤，极短暂地停顿了一下，然后转过身，开始一步步地向破天阁走去。

倚弦急道："小阳，你干什么？去破天阁做什么？"

耀阳也叫了起来道："你是不是晕了头？我哪有往那边走，明明是你自己要往那边走，干嘛赖在我头上？赶快停下来。"

二人说话之间，金身已经转过院墙，走入阁前的花草坡地。

"我也没有要往那边走！"倚弦用尽全力也阻止不了金身向前走的步伐，急得金身脸上直冒汗。兄弟俩这才发现，根本不是他们俩要往前走，而是有一股强绝异能牵扯着金身往破天阁行去。

这股异能充满一种霸绝的气机，似乎与金身有着说不清道不明的关系，金身每往前走一步，那异能给两人带来的感应便愈强一分。任凭耀阳倚弦二人再如何努力，也无法阻止金身向那股异能接近。兄弟俩体内的归元魔能甚至忽然敛去无踪，只能眼睁睁看着他们所寄体的金身往前走去。

转眼之间，一座高耸入云的五层塔楼出现在了两人面前，雕梁画栋，四角诡异倒折，赫然正是——

破天阁！

当破天阁出现在耀阳与倚弦面前，那股牵引金身的强大异能陡然暴涨，破天阁前的那片花草法阵受其影响，居然像波浪一样起伏不定，其中隐伏在阵中的青色异能也像水一样流动起来，在夜色中泛出一片青蓝色的光芒，极为诡异。

金身轻易地穿过破天阁前那十丈方圆花草法阵，直往阁内走去。

耀阳急得哇哇大叫，道："小倚，怎么办？这真是活见鬼了，金身怎么会自个儿跑到这里来了，该不会撞邪了吧？还是除了我们之外，还有别的鬼魂也上了金身，我们没有感应到呢？"

倚弦心中何尝不急，但可没耀阳心眼想得这么多，他知道自己兄弟俩目前根本无法和这股强大异能对抗，当下道："小阳，我们不用再做无谓的抵抗了，干脆跟着金身走，看他到底要去什么地方？"

这是没办法中的办法，两人现在根本操纵不了金身，也只能随机应变了。

金身已经步入了第一层楼。

耀阳想起上次石矶和魔女妲妲激斗的情景，心中犹有余悸，暗暗祈愿："苍天有眼，那妖妇可千万不要在这个时候出现才好！"

便在这时，破天阁楼顶蓦然生出一股强大吸力，将灵珠子金身摄入破天阁顶层。

只见金身飞入破天阁，似乎与破天阁内的莫名异能融为一体，更从头顶处传来一股强大无匹的元能，耀阳与倚弦二人尚未有所反应，体内归元魔能受此激发而出。两股异能激烈相交，如冰火般互不相容，此时压力越来越大，二人灵体就此被弹了出来。

两人刚被弹出金身，耀阳的灵体便给一股异能顶得飘悬在楼顶，怎么也下不来。而倚弦也被一股异能压在地上，丝毫动弹不得。诡异的情景让兄弟俩想到阴阳劫地中“九龙玄武大阵”的怪异。

兄弟俩眼睁睁看着金身渗出淡青色的光芒，慢慢将全身包围起来。过了好半晌，那股异能才突然散化无形，不知去向。耀阳立刻从上空跌落下来，倚弦也猛觉压力消失，站了起来。

两人站定身形之后，对望了一眼，彼此心中都极为骇然，不知发生了什么奇异事情。

耀阳扭头问道：“小倚，这是怎么回事？我们怎么被赶出金身了呢？刚才那是什么鬼能？竟然这么厉害，连我们体内的归元异能也不是对手？”

“怕是没有人知道这是怎么了？”倚弦皱着眉头苦思一会儿，犹豫半晌，道，“不过，刚才我有一种很奇异的感觉，仿佛金身就是那股异能的主人，而我们是强行进入的陌生人一般，所以他才把我们赶了出来！”

耀阳向前走了几步，一双眼睛在金身上溜来溜去：“不管那么多，我们现在赶紧拿回金身，给哪吒送去，再这么下去，天亮了可怎么办？难不成我们顶个金身在总兵府乱逛吗？”

倚弦怕他冒失行事，忙窜到他身边，道：“小阳，你可不能胡来。”

“没事的！”耀阳嘿嘿一笑，推开倚弦，蓄足势子向金身冲了过去。倚弦一看拦不住了，急得直跳脚。只见金身上那层淡淡青光猛地流转变幻，光芒闪烁之处，只听“呼”地一声，甫一接近金身的耀阳便被那股异能猛地弹了开去，再次飘离空中。

倚弦松了一口气，气道：“他奶奶的，小阳，你就不能安分点。你还以为我们是在逃难啊，不管有钱没钱，先摸了他的钱袋再说。这下可好，有本事你就下来啊！”

耀阳被那股异能顶在半空中下不来，赔笑道：“小倚呀，我这不是心急拿回金身吗？你赶紧看看，怎么样才能拿回这该死的金身！”

倚弦慢步走到金身身前，果然他刚一靠近金身三尺距离，那包裹金身的青光又开始流转起来。倚弦感应到那股足以将自己从金身弹出的异能，阻在他的身前。

倚弦尝试着向前走了一步，那股异能似是有灵性般，似感觉到了危险陡然间便增强了数倍，倚弦心生感应吃了一惊，连忙退了回来，阻力立消，再进一步时，那阻力又生，屡试不爽。他这才知道这股异能的出现，只是为了不让人接近金身。

半晌过后，将耀阳顶上空中的那股异能渐渐消失，耀阳落下地来，拍拍胸口吁出一口气，走到倚弦面前问道："小倚，怎么样了?"

倚弦心中更是笃定自己的想法，却也想不通怎么会这样，叹口气道："看来，我们暂时是无法进入金身了。"

耀阳挠头道："那我们怎么办才好？好不容易才把金身盗回来，难道就放在这里吗?"

倚弦想了想，说道："我们先去找哪吒说说，毕竟他和这金身有着莫大的关系，说不定他会有办法哩。"说话间，他猛地觉得心中一动，极其熟悉的感觉从心底油然生起，心神不觉一阵恍惚，便没有再说下去。

耀阳搂着倚弦的肩，道："好啦，就不要苦着脸了，一定会有办法的!"

于是，二人一道下楼，轻车熟路地出了花草法阵，径直奔内院去了。

空荡荡的"破天阁"内，只剩下那尊金身全身青光流转，卓然而立，坚毅俊朗的面容仍然毫无表情，呆望着前方空寂无明的茫茫夜空……

明月当空，群星闪耀，银色的月光淡淡洒在总兵府内院幽曲的小径上，四周静寂无人，偶有虫豸发出一两声嘶鸣，在无人的寂静庭院内甚是嘹亮。

二人缓缓而行，耀阳对倚弦悄声道："小倚，咱们真的要对俊小子说出实情吗?"

倚弦沉默了半晌，道："不知为什么，或许是因为从前骗过他，在我心中已经把哪吒当成一个朋友，看着他什么事都被瞒在鼓里，心爱的人又被人抢走，心里总有种说不出的难受，很想帮他，告诉他关于灵珠子的一切！”

耀阳仰头看了一眼天上的明月，点头道：“我也是。”随即又笑道，“既然要和哪吒说这些，怕是还要劳烦你倚大少爷再牺牲一回，进入那哑姑的肉体，变成一位小美人，和咱们的俊小子说清前后原委。”

倚弦闻言跳将起来，瞪大眼睛，惨呼道：“怎么又是我？这次应该轮到你才对！”

兄弟俩推推拉拉地拐到内院偏房，找到正在熟睡中的哑姑，倚弦轻而易举便进入哑姑的肉身。然后，耀阳与上身后的倚弦来到哪吒住的内院。

此时，哪吒正坐在小院里的石凳上，呆呆看着天空。

自从上次败在龙三太子手下，他的心里总是挂念着最后出现的那名清丽如仙的女子。每一想起她，他的心中总是涌现一些说不清道不明的感触，禁不住黯然神伤。每次回忆起她临别时情深似海、依依不舍的眼神与那凄然欲绝的神情，心中就会感到一阵阵酸楚与痛苦，时时在煎熬自己……

他听见身后传来一阵熟悉的脚步声，回头一看，眉头轻皱，道：“哑姑，你怎么来了？”

倚弦见他一脸心有所思的不在乎，暗自摇头一叹，道：“师弟，是我！”

哪吒一听哑姑这样说话的声音，知道是“师兄”来了，高兴得一跃而起，拉住倚弦的手急问道：“师兄，怎么样，帮我打听到什么没有？”

倚弦知道现在说什么恐怕都不会有用，心中不由一动，想到一个更好的解决办法，按住他的双肩，道：“别着急，听我慢慢说。你先跟我去见一个人！”

哪吒一惊一喜，问道：“谁？仙子姐姐吗？”

耀阳在旁听了，心中暗自好笑不已，想不到哪吒这小子比他还性急，难怪前生有那么多美人缘。想到这里，他心里难免便生出一丝嫉妒心理。

倚弦并不答话，只是拉起哪吒，边走边说道："见了面再说！"

就在耀阳与倚弦二人下楼后不久，破天阁内忽然多出一名女子。身着一袭白衣，随风飘舞，长发飞扬，身形修长，一张丑到极处的脸却无论如何也掩饰不住清雅绝尘的气质，正是"月魔女"姮姮。

只见她对着阁楼上的金身，眼中露出十分奇特的光芒，杀气森森，冷冷问道："阁下究竟是何宗高人，今日为何来此破天阁？"说话之间，姮姮凝神戒备，全身护体结界白光闪烁，仿佛只要金身说错一句话，她便随时就会出手一般。

金身体内的耀阳与倚弦早被弹出，此时再无灵体主持，所以只是一动不动、默不作声地站在原处。

姮姮见金身毫不理睬自己，冷哼一声，道："如果阁下再不说明来意，莫怪小女子无礼了！"她此前一回陈塘关，见金身竟然在破天阁中，不由心中大惊，连忙跟在后面，遂现身相问。可是此时耀阳与倚弦灵体早已脱离金身，金身只剩下一个躯壳，自然不会回她的话了。

这破天阁乃她中正防风氏一族世代守护的圣地，从姮姮作为神器御女第一天起，这一生的职责便是为了守护破天阁，照往日的情形，这时的她早该出手了。可是，自从她和妹妹在途中遇到此人，心中便生起那种仿佛能牵动她几生几世的奇异感觉，虽然这时由于倚弦的离去这种感觉不复存在，但她还是不知道该拿眼前这人怎么办才好。

猛然间，姮姮魔灵异心一动。一股极其熟悉的元能悄然向她逼近，"祈慈天诀"感应立生，已经知道来者是谁，头也不回道："婥婥，是你来了吗？"

一道青光蓦地出现在破天阁之中，紫色衣裙裹着修长苗条的身材，一头乌黑的头发波浪般披在背后，手臂上的七彩虹芒的臂环相互发出清脆的响声，此女正是"风月双娇"中的风魔女婥婥。

婥婥一进来，便见金身站在破天阁之中，美眸不由露出一丝诧异，问道："姐姐，他怎么会在这里？"于是凤眼一转，向金身怒喝道："喂，你到底是谁？好大的胆子，再不说就莫怪我们对你不客气了？"

姮姮当下把刚才发生的经过对婥婥说了一遍，婥婥听完姮姮的话，盯着那金身转了一圈，猛地娇叱一声，双手如太极般地转动起来，带起两团淡紫色的光芒，渐渐形成流转无定的紫色光团，发出一片蒙蒙紫光向金身罩了过去。

姮姮在一旁见妹妹使出"灭情诀"中的"问情法诀"来试探金身，生怕她出什么意外，"祈天慈诀"的元能立即遍布全身，随时准备接应。

婥婥"灭情诀"的魔能刚一接近金身，立刻感应到金身涌出一种无比强大的异能将她的魔能抵住，她的魔能愈强，金身的元能也随之加强，而且这种元能隐隐约约间似是与自身"灭情诀"元能有千丝万缕的联系，让她的心灵产生极大的震撼，当下不敢大意，撤回"灭情诀"的元能，将此种奇怪情景和姮姮说了。

姐妹俩心中百思不得其解，婥婥突然心中灵光一闪而过，道："姐姐，会不会是这人的魄灵魄体已然离体而去，所以他现在只剩下本体元能保护肉身，不让其受到伤害？"

姮姮觉得妹妹说得极有道理，点了点头，问道："那现在该怎么办呢？"

婥婥想了想，笑道："不如这样吧，姐姐，你继续留在这时观察这家伙的动静。而我就先去骷髅山探看究竟，妲已那骚狐狸将石矶的来历说得含含糊糊。哼，我就不信，我查不出那妖女的来历。然后，我想回羿射山风月宫将所有的事报知师父。"

姮姮脸上闪过一丝忧色，道："婥婥，石矶那妖女修为甚高，你千万不可大意，我看你还是先回羿射山吧。要不，我和你一起去骷髅山也行。"

婥婥挽着姐姐的手道："好姐姐，你就让我去嘛，你受的伤还没痊愈，应该趁着这个时候运功复原才对，再说骷髅山又不是什么禁地，我不会有事的。"

姮姮想想也是，婥婥在三界打滚这么些年，自是不必惧怕一个石矶。

而且依石矶此时的能力断然也不可能对婥婥造成伤害，当即只得点头同意了。

婥婥娇笑一声，身形再次化成一道蓝光，破空而去。

姮姮看着妹妹的身影消失在天边，叹了口气，她对这个妹妹很是无可奈何。忽然间，她秀眉紧颦，灵识中的魔灵异心骤然一动，这片刻间，她已经感应到什么，身形一转，已然遁至破天阁上空。

月色下，八只飞狮翼兽拉着一辆白玉飞车带着呼呼风声到了眼前，被四大魔将簇拥在其中的淳于琰，一脸的淫荡邪意，双目中更是透出一副心饥欲餐的渴求，涎笑道："姮姮姑娘，咱们可真是有缘，这么快又见面哩!"

夜风萧瑟，寒星争辉。

整个破天阁沉浸在一片死一般的寂静中，阁楼上只剩下那具灵珠子金身愣愣地站在原地。

忽地，金身又爆出了那层青色光芒，嗡嗡直响的怪声又开始响起来。

"师弟，你上来看看就知道了。"破天阁的楼梯间忽然传来一个声音。

另一个声音犹犹豫豫地道："师兄……不是的，只是你说的话……我接受不了。"

很快，两个人便出现在破天阁内，一个是十六七岁的黑发少年，长眉入鬓，目若朗星，穿了一衣火红云裳，正是陈塘关总兵李靖第三子，乾元山金光洞太乙真人之徒——哪吒。

只是当哪吒听了倚弦所说的关于前世金身的所有事情，心中始终难以相信与接受罢了。此时充满英气的眼眸中透出层层迷茫之色。

身后一人是个身穿水绿衣裳、面目娇好的婢女，乃是被倚弦上身的丫环哑姑。紧跟在他身后的是幽灵一般的兄弟耀阳。几人上得楼来，倚弦指着金身道："师弟，你看，小兄没有骗你吧，这就是你前世的金身。咱们快想办法将他搬走吧。"

哪吒的眼光甫一触及金身，星眸中的迷茫不知不觉成了一片空蒙，许许多多梦也梦不到的人和事忽然从脑中一闪而过，一幕接一幕，闪过时心里清晰无比，闪过后脑中还是迷茫一片，只隐约感觉到那些人根本是不曾见过的，却又那么熟悉，而站在那里的金身，仿佛就是另一个自己，只是不知是前世的自己，还是来世的自己。

这种奇怪微妙的感觉，让他如被某种力量牵引一般，不由自主地向金身走去，甚至远远地便举起手，想要触摸金身。

倚弦想到金身的抗力，稍一犹豫，还是决定不说。果然，哪吒触到金身的身体，却没有出现任何想象中哪吒被异能攻击抛起的画面。

哪吒刚一触碰到金身，就感到双手像是被一股黏液似的元能吸住，金身体内的莫名元能顺着双手如龙归大海般流入哪吒体内。哪吒心神一震，仿佛又有一道霹雳自自己顶门上劈下，所有的一切都在随霹雳而来的闪电中清晰可睹，然而闪电过后，一切却又恢复了黑暗，什么也瞧不见了。

直至此刻，他终于完全相信了倚弦的话，这个灵珠子的金身一定就是前世的自己。

猛然间，他的心神又开始混乱起来，倚弦说过的话，师父说过的话，以及与龙三太子大战时的情景，蚌女珠灵柔情似水的哀怨眼神……这一切都在他的心中混成一片，开始翻天覆地一般搅动起来。

耀阳与倚弦猛然见哪吒全身发颤，脸色时红时白，时青时绿，哪吒的身体和金身同时发散出淡淡青光，不由得面面相觑，不知道哪吒身体里发生了什么变化。

耀阳心中一惊，急忙道："他奶奶的，小倚，你快想办法啊。哪吒现在的情形似乎不太好!"

倚弦知道此时就算拉开哪吒也无多大用处，重要的是让他清醒过来，于是低头略为沉思。《玄法要诀》的把任何点滴内容从心头缓缓流过，却根本找不到合适的办法来帮助哪吒。耀阳与倚弦二人虽天资聪慧，无奈见识浅薄，根本不知道现在的哪吒遇到了修道之士的大忌——走火入魔。

突然间，倚弦心中蓦地一动，脑海中跳出他和耀阳、幽云三人在“风首萤心锁”内遭遇的奇特经历。

看着哪吒脸色越来越白，颤抖得越来越厉害，倚弦心知到了紧要关头，当下也管不了那么多，死马且做活马医吧，伸手抓住哪吒的左手，另一手伸向耀阳，大声道：“小阳!”

耀阳也想起幽云一事，恍然大悟，连忙抓住哪吒的右手，左手紧紧握着倚弦。

三人六手相握的刹那之间，耀阳与倚弦二人体内的归元魔能立时涌出，两人都感应到一股纯正柔和的灵能正互相回旋，这时，经两人的归元魔能一激，那灵能便如水波涟漪般荡漾开来，倏然之间两人的归元魔能汇成一道，沿着三人身体急速运行起来。

耀阳与倚弦仿佛又进入了那熟悉的黑暗虚空，自己的思感随着那流转的元能流转，忽听到有人悲愤莫名地大喊：“我是谁？我到底是谁?”

喃喃心语之人正是哪吒!

“哪吒!”两人齐声大喊，但出乎两人意料，与上次不同，哪吒并没有像幽云公主一样能听他们的话，只是一个人在那里大喊大叫，任耀阳与倚弦怎么呼喊都没有反应，而那三股元能合一的急流也越转越急。

第二十八章　妖人妖计

正当耀阳与倚弦焦急万分之际，心中一震，归元异能暴涨，阴极阳极两股魔能自合流处挣脱而出，互相盘旋，渐渐合为一体，金身上那股元能立时被撞为乌有。

此时哪吒的心神立时似被百桶雪水浇下，一片冰凉，从幻境中立刻醒了过来，全身一阵虚脱，双手早已离开了金身，软软地瘫倒在地上。

耀阳与倚弦也自思感中醒过神来，见状心中大是过意不去，倚弦连忙过去将他扶起道："师弟，这可真对不住了，早知你见到金身会有这么大反应，我就不带你来这里了。"

倚弦心里却一直在奇怪："刚才的情形似乎跟在'风首萤心锁'内所遇不同，归元魔能居然可以双流归一，轻易便达到了'轩辕图录'第四幅图壁上的境界。"

此时，耀阳对倚弦点了点头，表示自己没事，随后低头沉思起来。

哪吒摇摇晃晃站了起来，脸色惨白的微笑着摇了摇头，道："不，师兄，这是我自己不好，不过，我相信你说的话都是真的，这灵珠子的金身定然就是我的前世!"

说完，哪吒伸出的手想再次触摸金身，倚弦见状想出声喝止，但见哪吒面上的坚决表情，他口齿微动，最后还是忍住了。谁知这次和刚才的反应完全不同了，哪吒的手还没有触及金身，金身四周便猛地闪过一片轻微的青色光芒，哪吒全身一抖，伸出去的手立刻收了回来。

倚弦见状忙问道："师弟，怎么啦?"

哪吒茫然道："我也不知道，好像金身体内有什么莫名异能流过我的身体，使得我全身发麻，竟然使不出任何元能来了。"

倚弦想到自己上次触摸金身也遇到这种情况，便和耀阳对望了一眼，隐隐觉得这金身莫名其妙到这破天阁来，恐怕不是阴差阳错这么简单，其中可能大有玄机。

耀阳趁哪吒心神恍惚之下，悄悄小声对倚弦说道："小倚，还是让哪吒先回去吧，他这样子待在这里很危险的，而且这种地方什么妖魔鬼怪都可能出现！"

倚弦点了点头，向哪吒道："师弟，咱们先别说这些，今天你的心情状况不是很好，我们还是先回去吧。不如明天咱们再想办法搬走金身，等你融合金身之后，就去找龙三那条臭泥鳅报仇雪恨，抢回珠灵！"

哪吒神色黯然地点了点头，三人遂步下破天阁。

一路上，倚弦几次欲言又止，不知该怎样安慰哪吒才好，就连耀阳这么好动的人也跟着沉默下来。很快，三人回到内院。

谁知倚弦甫一踏足内院，心中骤然感到一种极不踏实的忐忑，耀阳更是突然止步，双目开始警惕的四处观望。归元异能的感应从来没有失灵过，他们的神识感触到一股熟知的元能力量。

倚弦顿住脚步，心中暗惊："太乙真人！"

哪吒见倚弦止步不前，这才醒过神来，问道："师兄，怎么了？"

倚弦愣了愣，想起自己对他说过的谎言，心中更觉忐忑，于是出言遮掩道："师弟，至于今日我向你透露金身之秘，尤其是金身暂放破天阁之事，你切记不可说与师父听！你应该知道，师父一直不肯将此事告知于你，是因为受天规所限！"

"我知道哩！"哪吒点头道，"师兄既然这么帮我，我自然不会连累你的。"

"也别说连累不连累的话，咱们是师兄弟嘛！"倚弦心中愧疚感更甚，道，"师弟你先回去歇息，我也该走了，明日再一起想想该怎样融合金身吧！"

哪吒缓缓点头，跟倚弦道别后先一步行进内院。东厢书房早已熄灯，看来喜欢挑灯夜读的父亲早已歇息。整个院里除了下仆房中尚有掌灯之外，黑漆漆的寂静一片。

他一把推开自己的房门，房内忽然灯光通明，一青衫道人端坐椅上，头顶日月法冠，身穿八卦道袍，五缕长须飘逸胸前，神情肃然。

哪吒大感意外地吃了一惊，连忙下跪呼道："师父!"

眼前这名道人正是曾哪吒的师尊，北明元宗的法道高手，乾元山金光洞的太乙真人。

倚弦退出哑姑的躯体，与耀阳悄然紧随哪吒之后来到哪吒房外。他的灵觉告诉他来人一定是太乙真人，想必定是为金身而来，所以也便潜来偷听。

只听太乙真人问道："……徒儿，为师乾元山金光洞近日被妖魔恶意潜入，丢失了一样至为重要的物事，此事对你将来关系甚大。所以，为师此次前来，是想以你的元神来行法，查探……查探那样物事的下落。"

哪吒奇道："那样物事是为何物？为何必须要弟子的元神才能查探得到呢?"

耀阳与倚弦心中一动，自然知道太乙真人所说的那样"物事"就是灵珠子的金身。二人一听太乙行法，兴趣大生，忙寻了一处窗格的缝隙，朝内窥望详情。

太乙真人略微犹豫一阵，道："此事事关紧急，而且说来话长，还是等为师日后有空再一一告知于你吧！吒儿，你先盘膝坐下，照我传你的法能灵诀，运气调元，少时灵识若有所见，千万不可妄动神念，一切听我吩咐便是!"

"弟子遵命!"哪吒盘膝运转体内元能，做好了准备。

太乙真人手上拂尘连挥，一丝丝五彩烟云自拂尘上四散而出，紧贴着整个房间，瞬息间便布下一道玄能结界。感应到太乙真人所布结界之强劲，耀阳与倚弦在窗外看得咋舌不已，更是聚精会神地看了下去，不知太乙真人会如何行法查探金身的下落。

太乙真人轻叹一气，也在哪吒对面盘膝坐下，将手放在哪吒头顶的“百会穴”上，轻声对哪吒说：“徒儿，速速闭元守一，气化归神，以神会意，以意还虚即可。”

哪吒轻轻点头，依太乙真人所说，息念止虑，意与神会，心神立时进入冥目神视的境地。

太乙真人见状，默运玄能，“玄牝万灵诀”随即发动，掌中玄能缓缓流入哪吒体内。他将道心神念借玄能流入哪吒体内之际，覆于哪吒思感神识之上，以玄能之力逆转真元，借哪吒元神中若有若无的三世思感，去搜索金身之所在。

耀阳与倚弦在窗外见太乙真人与哪吒身上涌起阵阵毫光，心下不由直犯嘀咕：“但愿这老头千万不要搜着金身才好！”

然而，半晌功夫过后，却听太乙真人轻轻叹了一息，收回置放在哪吒头顶的左手，对哪吒说道：“吒儿，可以了。”

哪吒收敛体内元能，长身立起，见师父面无喜色，便开口问道：“师父，查到那样物事的下落了吗？”

太乙真人拂尘一挥，云烟四敛，收了结界，黯然摇了摇头道：“没有！不过倒也没什么大碍！”他心中却也不急，虽然金身被盗，但盗走金身之人也因破开金光洞中的神能结界，必然触动神宗独有的护持秘法。此一时纵然搜索不到，但只要神宗高人一旦施法，任偷盗之人走到天涯海角，也必然可以追回。

耀阳与倚弦见太乙真人没有查出金身的下落，暗地里松了口气，互相打个眼色，决定抽身离开。

哪吒怎能猜到太乙真人口中所说的物事便是金身，犹豫道：“师父，这样物事究竟与弟子有什么关系？”

太乙真人深深地看了他一眼，微微摇头道：“这件事你就不要问了，时间一到为师自然会和你说的。只是如今，三界乱象已生，天下妖魔横行，你的修为还不足以抵抗妖魔两宗的高手，趁着今日，为师送你一样东西。”

太乙真人右手掐指成诀，光华闪处，一杆长约丈许，通体火红毫光的尖枪凭空出现。太乙真人一手持枪，一手从袖袍中取出一本卷籍，一齐递给哪吒道："吒儿，为了以防万一，为师再赠你一把'火尖枪'，以及一套护身枪法，你一定要勤加修炼，莫要再敷衍了事。"

"多谢师父。"哪吒大喜过望，跪下接过火尖枪道，"弟子一定谨遵师命!"

太乙真人点点头，道："为师还有要事，要先走一步，你好自为之。"

说罢，太乙真人拂尘轻挥，房门顿时自行开启，五色烟云护住全身，飞空而去。

耀阳与倚弦也借机偷偷溜出内院。

次日，哪吒早早地带着火尖枪便来到后园，独自思考关于《阴阳法要》的奥义，并修习太乙真人留下的那套火尖枪术。

不一会儿，倚弦顶着哑姑的身体跑了过来，招呼了一声道："早啊，师弟!"耀阳也随他一起过来，这时围着哪吒的火尖枪猛看，羡慕得不得了。

哪吒一见倚弦，便有些犹豫道："师兄，我们这样子背着师父行事……会否不太妥当？我觉得很对不起师父……"

其实，倚弦也不想再欺瞒哪吒，但事情已经进行到现在，何况当他听过珠灵的哭诉以后，心中更坚定了帮助他们的决心，这时又岂能容许哪吒退缩，赶忙上前肃容道："师弟，你这样想就错了!"

看着哪吒犹豫再三的神色，倚弦振振有词道："首先，我们背着师父做的并不是什么伤天害理的坏事，而是好事，怎么会对不起师父呢？还有你想，龙三那条臭泥鳅那么可恶，竟敢公然霸抢珠灵为妻。而这个珠灵姑娘又是前生一直守护你的人，你岂能对她的处境不闻不问呢？所以，我们现在想的不是对不对的问题，而是如何融合金身，好到龙宫去救护珠灵。别忘了，她可是你前世最重要的人，而今生又为了救你，才答应嫁给龙三的！如果你都不愿去救她，你这一世能安心吗？"

哪吒听倚弦这么一说，珠灵的影子又再浮现眼前，那哀愁深情的眼神让他心中一阵酸楚，掌中火尖枪兀自一紧，他毅然点头答应。

当下哪吒与倚弦讨论如何融合金身之法，虽然他们包括耀阳在内，三人都是天资聪悟之辈，可这些涉及到神玄二宗至高秘法玄诀之事，却怎么也理不出任何头绪来。

倚弦决定和哪吒再到破天阁去看看能否搬动金身。谁知三人来到破天阁，不管哪吒和倚弦如何出手相试，结果还是和上次一样，虽然可以进入破天阁，但只要他们触及金身，那青色异能便倏地闪现，形成一层玄异的结界，让人无法靠近金身尺余距离之内。

三人只能垂头丧气地走回内院。

倚弦猛然间脑中灵机一动，想到一个可行办法，便对哪吒道："师弟，小兄现在想到一个法子，你且放心在这里等着，我去去……马上回来。"

耀阳在旁愣了愣，不明白倚弦到底想到了什么方法，但是当着哪吒的面又不便直接相问，只能跟在倚弦身后出了后园。

望着哑姑的身影慢慢远去，哪吒走回园中，又再修炼了半个时辰火尖枪法。然后他在一块青石上坐了下来，抬起头来呆呆地看着天上白云若雪，冉冉飘过，心中想到的却是那位珠灵姑娘。

如此不知过了多久，哪吒的道心忽而一动，只听有人在他背后温和地唤道："吒儿……"

九湾河口，东海边上。

耀阳问身旁的倚弦道："小倚，咱们真的还要再入龙宫？"

"废话，如今要想找到让哪吒融合金身的方法，只有去龙宫问珠灵，她前生一直跟随灵珠子，所以她应该知道融合金身之法？否则，难道让我们去问太乙真人那老头不成？"

由于已经来过一回，海底景色早已熟识，而且水晶宫的门户在这几日都为四方宾客而开，耀阳与倚弦熟门熟路地找到了珠灵所在的水烟苑，大摇大摆的从一大群看守水烟苑的虾兵蟹将眼前走了进去。

踏足水烟苑的殿宫外，隔着虚掩的殿门，他们便见到蚌灵族公主珠灵正呆呆坐在水晶椅上，秀眉紧颦，双目出神地望着水晶护界外翻滚起伏的海浪，秀美无匹的脸上尽是无限幽怨情思。

耀阳搭着倚弦肩膀，非常小声地问道："小倚，你看这珠灵八成是在思念咱们的傻小子哪吒吧，我们怎么和她说哪吒金身的事情呢？再说，现在她也看不到我们。"

倚弦点点头道："如果就这么无声无息的跟她说话，不把她吓晕才怪哩！"

耀阳思忖片刻，别过身正巧看到远远巡逻过来的两个持戈虾兵，贼笑兮兮道："想光明正大的跟珠灵说话，这还不容易吗？"

倚弦顺耀阳的目光看去，心中顿时明白了他的想法。

二人心有灵犀的相视一笑，静心等待两名巡逻虾兵走过来，然后同时迎向二人撞了上去，异能流转之下，他们顺利融入虾兵的身体，两个虾兵哪里会想到青天白日竟会被"鬼"撞到，连一点反应都没有就神志一昏，人事不知地瘫倒在地。

后面的几队虾兵见了，慌忙朝这边奔跑过来，呼喊道："喂，你们怎么了？"

片刻间，两名虾兵又再爬起身来，同时心照不宣地对望一眼，回身道："没什么，只是路滑跌跤而已！"已然是上身后的耀阳与倚弦兄弟俩。

二人假模假样的巡逻了一圈，寻了一个机会，趁其他巡逻虾兵一不注意，便溜进水烟苑殿门内。

珠灵望着水晶墙外碧绿的海浪，整个人的心神正沉浸在几千年来的往事回忆之中，黯然神伤。此时听到响动，抬头见两个虾兵大模大样地闯了进来，皱眉喝道："谁让你们进来的！"

耀阳见到美女开口，心中一荡，立时嘻皮笑脸地回道："禀珠灵公主，龙三太子驾到！"

珠灵闻言猛然大吃一惊，"啊"地一声惊叫，手上一抖，白玉桌上的一个红玛瑙花瓶倒了下来，骨碌碌掉在地上，摔成了几截。

哪吒忽然听到有人唤自己名字，急忙回身，只见一道人不知何时已站在身后。

只见那道人慈眉善目，生就额头高突的异相，身穿一袭翡翠阴阳道袍，头戴青纱一字巾。哪吒一眼便认出此人正是自己大哥金吒的师父五龙山云霄洞的广法天尊，连忙翻身拜倒，恭声道："弟子见过师伯。"

广法天尊微笑着上前将哪吒扶起，道："师侄不用多礼!"

哪吒起身问道："师伯怎会有空来陈塘关?"

广法天尊微笑道："方今三界乱象初现，你师父接到天帝令旨，适逢要事在身，有些事情尚来不及和你说明，于是便托我前来，助师侄与你前世灵珠子的金身融合，好抵御你目前所遇劫难!"

哪吒闻言不由大吃一惊，讶道："啊？师父……师父已经知我和金身的事了吗?"

广法天尊颔首道："其实你师父完全是对你太过爱惜，所以不忍让你得知此事，即然你已经知道了前因后果，那么，我和你师父的意思都认为还是让你恢复金身，再与敖丙对敌，这样方能多几分胜算。"

哪吒脸上顿时现出惊喜之色，犹疑道："师父让我和敖丙动手？可敖丙是神宗龙族的三太子，神玄二宗不是曾经明令不可以相互纷争积怨的吗?"

广法天尊高深莫测地一笑，道："如今三界乱象已成，天地秩序既将重新排列，已然没有那么多顾虑，你尽可放心，只要你所行乃是正道，不论对方是谁，都有我和你师父在背后支持。你要明白，你可是你师父最心爱的弟子，千万不要让他失望才好。"

哪吒的眼中溢出感动的光芒，感激地道："弟子……弟子……"

广法天尊抬头看了看天，温和道："吒儿，你赶紧去将金身取来，我立刻替你融合金身，现在离敖丙强娶珠灵之日已经不远，况且就算融合金身以后，你还得熟悉一下如何才能将'金身元能'运用自如，不然怎么进龙宫去把珠灵救出来呢？对了，你将金身藏在何处了?"

哪吒嗫嗫道："启禀师伯，金身……金身在破天阁里，不过金身有股很奇怪的异能守护，所以我们根本无法将金身拿出来。"

广法天尊眼中闪过一丝不可觉察的异芒，急道："金身在破天阁？怎么会放到那里面去的？你们……除了你知道金身之外，还有谁？"

哪吒斯斯艾艾地道："其实，金身是我小易师兄取回来的。他跟我说，是金身自己跑进破天阁的。"于是哪吒将当时的情况一五一十都跟广法天尊说了。

广法天尊听完后不禁心中一震，喃喃低语道："难道这金身和那两件东西有什么关联不成？不可能，这怎么可能呢？小易？难道金身便是他窃取回来的，此人又是谁呢？"

哪吒不解地看着广法天尊，问道："师伯，你说什么？"

广法天尊回过神来，忙道："没什么，你说金身在破天阁，那么现在就带师伯前去看看吧。"

哪吒点头应允，领着广法天尊直奔破天阁而去。

广法天尊看着身前这多劫多难的俊美少年背影，嘴角狞笑似地微微抿起，眼中竟然射出两道令人不寒而栗阴冷如冰的厉芒。

虾兵倚弦连忙从边上踹了耀阳一小脚，赶紧对惊慌失措的珠灵说道："珠灵公主请勿害怕，敖丙没有过来！我兄弟只是一时好玩，所以才会如此。其实我们是哪吒，也就是灵珠子今世的朋友，对你并无恶意。"

耀阳故意一声惨叫，装作脚背被踩到，显出一脸痛苦的表情，随即又一脸诚恳地对珠灵道："对不起，珠灵公主，我叫耀阳，这是我兄弟倚弦，我们都是哪吒的好友。"

珠灵看着眼前两名奇怪的虾兵，只见一人眼神热情如火，一人却柔和似水，但两人眼中都射出诚恳的光芒，心中毫没来由地信了他们几分，连忙问道："你们怎么进来的？灵珠子……不，哪吒有没有出什么事？"言语间焦急的神情溢于言表。

倚弦见她对哪吒的关切之情如此强烈，心中感动非常，应道："公主请放心，哪吒兄弟他没出什么事，只是我们已经帮他盗回了金身……”

珠灵闻言不禁轻呼一声，脱口而出道：“你们从乾元山取来了灵珠子的金身？这怎么可能？”

耀阳自信满满地说道：“我们混……盖世双宝出马，还有什么事情不能办成的！”

倚弦白了他一眼，将近来发生的事情摘要向珠灵说了一遍，最后道：“虽然我们帮哪吒取回了金身，可是，我们根本不知道要如何才能让哪吒现有的真身与金身相融合，所以，我们便前来寻找公主，不知公主可否知道有什么方法能让哪吒真身与金身合而为一？”

珠灵听倚弦说完话，呆呆地出了会儿神，半晌，晶莹的珠泪自她脸上滚滚滑落，轻叹一声道：“看来一切都有没有脱出西王母当初对我所说的预言，难道这真的就是天命吗？”

耀阳见眼前美人落泪，暗暗心痛不已，大骂那西王母的什么鬼预言令美人如此伤心。

猛然间，珠灵一把拭干脸上的珠泪，脸上现出毅然之色道：“即便如此，我也要逆天而行！”

当下珠灵对耀阳与倚弦说道：“要想将灵珠子的金身和哪吒的真身融合为一体，不是不可能，只是金身乃九天诸神创造出来的圣体，拥有超卓元能。所谓融合只是为了使金身化实还虚，融入哪吒肉身之中，这样一来哪吒就可以发挥出至强的元能威力。不过这是一件非常危险的事，必须要有一个至少像太乙真人这样修为的高手才能帮助哪吒融合金身。否则，不但不能融合金身，一个不慎，哪吒便有灵元俱灭之虞！”

“和太乙真人同等修为的高手？”耀阳与倚弦同声惊声叫道。

兄弟俩面面相觑，头立刻大了好几倍。试问现在的三界六道，许许多多的妖魔仙神都想把他们找出来。身为过街老鼠的他们又要上哪儿才能找到一个和太乙真人同样厉害的高手出来呢？

广法天尊和哪吒立在破天阁顶楼内，看到了那具寂然不动的金身。

广法天尊甫一接近金身，便看到金身上下隐约遍布的青色气机，循环游走，奔流不息。他双眼中厉芒一闪，右手一掐灵诀，弹指之下，五道灰色的光芒从指间飞出，急射金身之上。

那五道灰光甫一触及金身，青光玄能便应势而起，形成一个气漩，将五道灰光卷入其中，转瞬就将广法天尊所发的灰光元能化得无影无踪。

广法天尊见发出去试探金身的五道灰光轻而易举被金身化去，不由吃了一惊，眉头紧锁，思忖良法。

哪吒见广法天尊眉头紧蹙，忙上前问道："师伯，你怎么啦?"

广法天尊展颜一笑，道："没什么，只是觉得有些棘手罢了!"正说话间，他忽然感应到一股强悍之极的妖能迅速逼近自己，不由心中一动，一个妖娆的声音在他耳边道："哟，这陈塘关是怎么了？竟然到处高人云集，这不是骷髅山的石矶姐姐吗？怎么有兴趣幻化成广法那老不死的模样？难道有什么比较好玩的事情，怎不告诉妹妹我一声哩?"

广法天尊心头剧震，左手迅速往哪吒头后一拍，一股妖能立时将哪吒的神识感应全部封印，令他失去知觉。做完这些以后，广法天尊冷哼一声道："'魅语传音'？究竟是何方高人，请现身一见。"

娇笑连连中，一阵香风过处，一名女子人凌空现身，盘龙云髻，杏脸桃腮，美艳不可方物，一身黑色轻纱更是惹人欲念翩翩。广法天尊一见来人并不是神玄二宗的人，不由松了口气，心中却又更多了几分戒备，口中道："我道是谁，原来是妲己妹妹?"

说罢，广法天尊整个人忽然青光连闪，身形开始扭曲起来，急速变幻之间，已由高大苍老的广法天尊化成一个女人，青衣长裾，脸若冰霜，眼神阴狠冰冷，赫然便是骷髅山白骨洞的石矶。

原来妲己自那日被婥婥耍了一阵，心中大怒，但对金身却更加好奇。她曾是女娲娘娘座下侍婢，对灵珠子当年作为天庭神将之事亦有耳闻，又见婥婥不肯说出金身来历，心中更认定婥婥必有图谋。于是四处搜寻婥婥姐妹的踪迹。

哪知刚经过破天阁附近，便感应到妖能冲天，却见到广法天尊和一俊美少年正对着灵珠子金身大施其法。自是感到奇怪，试想广法天尊乃“北明元宗”的玄门高手，怎么可能会发出妖能？于是心念一动，施展出“妖冥法眼”，才看出原来这个广法天尊乃是石矶幻化而成。

妲己再想起婞婞曾向她追问过石矶的来历，顿时对石矶此时的所作所为兴趣大增，便现身相问。

当即，妲己道：“姐姐有好好的骷髅山洞天福地不住，怎么跑到这里来啦？”她边说边瞟了一眼破天阁，道：“难道说这里有什么东西让姐姐这么好静的人也不得不来？咦，姐姐身后这小子是谁？可生得真俊！”

石矶心下暗自恼怒，但素来知道这妖狐诡计多端，生怕让她窥出破绽，坏了自己的大事，便虚虚实实地道：“妹妹来得正巧，我听说此楼暗藏宝物，所以今日前来印证此说，不过对这座法阵有些一筹莫展，正愁找不着高手相助，所以还请妹妹加以援手才好！”

妲己美目之中闪出妖光，毕竟她曾跟随女娲五百余年，见多识广，一番注视之下，竟然给她看出蹊跷，吃了一惊，玉颜倏变，道：“难道这就是玄门最厉害的‘五行玄门大阵’？”

石矶见妲己竟然识得此阵，心中一喜，脸上却不动声色地问道：“妲己妹妹，你说这什么玄门大阵到底有何玄妙之处？”

妲己吃惊之下顺口答道：“据说，‘五行玄门大阵’乃玄门无上法阵，以五行玄能为主，阵势一旦全力发动，人若被困其中，稍有不慎，立时被五行玄能炼化无形，连元神也将重归混沌，最是厉害不过。不过此阵据传乃上灵盘古所创，非修为到绝顶之人不能结阵，不过此阵早已失传数千年了，怎么可能出现在这里呢？”说到这里，妲己猛然警醒，转过话题道，“怎么，姐姐想破此阵？”

石矶暗骂骚狐狸狡猾，脸上却堆满笑容道：“愚姐我正有此意，不过却不知如何破法，如果妹妹能助我破了此阵，楼内宝物你我平分，不知妹妹意下如何？”

妲己不动声色的微微一笑道：“妹妹我怎敢无故搅了姐姐的好事，姐姐请自便吧。”

石矶暗里将牙齿咬得咯咯响，知道她没安什么好心，却又无可奈何道：“那妹妹慢走，姐姐就不送了。”

妲己娇笑一声，故做讶异道：“妹妹我哪里说过要走，姐姐有事尽管做去，妹妹我呀，只在一旁看看，碍不着姐姐什么的。”

石矶闻言不由大恼，岂容妲己在此破坏她的好事，毫不客气道：“如果不愿相助，妹妹不如就早些离去，莫要阻了我办事！”

妲己笑得娇躯轻抖，道：“这陈塘关总兵府又不是姐姐的白骨洞府，妹妹我要来要去还由不得姐姐发话！再则说不定，有什么地方还能帮得上忙的，姐姐你说是吗？”

石矶心中暗骂几声骚狐狸，知道这妖狐绝没可能轻易放过此事。而且妲己修为不在自己之下，绝计不能以武力赶走她，再说她好不容易才得来这次千载难逢的机会，如果错过今时今日，再想成功恐怕亦是不可能了。

石矶当下心中权衡厉害，咬牙切齿道：“妹妹如果不走，何不与姐姐我联手，事成后，姐姐绝少不了妹妹你的好处。”

妲己故作为难道：“既然姐姐这么客气，那小妹遵命就是，不知姐姐有何吩吩？”

石矶趁机说道：“一切事情等离开总兵府后，你我再做详谈。我此次前来主要是想取走灵珠子金身，不过金身被这破天阁内的五行玄能锁住，无法取出。妹妹神通广大，何不由你将金身从破天阁里取出。”

妲己听到“灵珠子金身”，不禁心中一动，笑道：“妹妹我已经说过了，能帮的我尽力帮。这‘玄门大阵’妹子是没什么胆子去碰的。不过，据妹子看来，这‘玄门大阵’设在此地恐已千年，阵中五行玄能已渐稀薄，况且阵势也未完全施展开来，虽说此阵玄妙莫测，对修道之人有独特感应，但平常凡人入内却可无碍，姐姐不妨去找几个凡人来试试，但绝不可以用法术去操纵他们，否则定然有损无益。”

说罢，妲己运起妖能卷起一道旋风，身形平空隐去，只剩下妖媚的声音阁中回荡：“姐姐尽管施展，妹妹我隐在暗处给你护法。”

石矶明白自己是箭在弦上，已经不得不发了。太乙和广法那两个老不死的虽然前去龙宫赴龙三婚宴，但随时可能会赶回来，于是沉思了一阵，道："那有劳妹妹了，如果愚姐我有所不支，妹妹可千万不要袖手旁观。"当下默运妖能，又幻化成了广法天尊，在哪吒头顶击了一掌，解开了哪吒被封印的神识。

哪吒清醒过来，只觉得方才脑中一片空白，什么也不知道，便问道："师伯，刚才发生什么事了？怎么我好像什么也记不起来似的。"

石矶温和地道："没什么，哪吒，你赶紧叫几个下人来，到破天阁把金身抬出来。"

哪吒犹豫道："师伯，他们是凡人，怎么可以进这里呢？"

石矶微笑道："不妨事，一切有我安排，快去吧。"

哪吒看着"广法天尊"眼中那充满温和自信的眼神，毫不犹豫便下阁找人去了。

隐遁一旁的妲己心思何等敏锐，略一思量，便已经猜到了三分，道："姐姐，这哪吒看来便是当年的天兵神帅灵珠子转世。怎么，姐姐想拿出灵珠子的金身，莫不是想助他将金身和现在的肉身融合？可灵珠子是神宗之人，看这俊小子的修为也是玄宗嫡传，姐姐为什么要这么做呢？"

石矶暗暗佩服妲己心思慎密，道："正如妹妹所说，我要做的正是帮助哪吒融合金身，至于我为何助他融合金身，且等事情完了以后我们再详谈吧。"

一会儿工夫，哪吒带来三个家将。

出乎石矶所料，也不知是不是妲己歪打正着，三个家将居然毫不费力就把金身搬了出来。两妖女都心下暗忖道："这'玄门大阵'果然神妙莫测，不可思议。"

内院厢房中，哪吒闭目盘膝而坐，金身与他面对面地坐着。

幻化成广法天尊的石矶站立一旁，四周早已布下结界，温声道："吒儿，我现在开始替你融合金身，你只管屏息静气，凝神归元即可！"

语罢，石矶双手缓缓挥动，一股浑厚妖能随之涌出，耀出一股妖魅异芒，缓缓凝聚成一个光球笼罩在金身上，然后双手十指急弹，口中念念有词，猛地将手一招，那元能光球包裹金身升到空中凝缩成一团，在半空中循一奇异轨迹旋转不息。

妲己隐身藏在一旁，见石矶施展元能，也不禁心中一惊，看来这石矶果真是深藏不露，如果不是自己亲眼所见，绝不相信她会有如此强悍的元能。同时也暗自纳闷，这金身无疑是那日在乾元山所见怪人，只是不明白，当时金身怎么会说话呢?

妖能光球越转越急，裹在里面的金身竟然化实还虚，变成一团金色虚影。

石矶喘了口气，脸色苍白，仿佛那么一会儿功夫，她已经耗损相当多的妖能。接着，她厉喝一声，双目中射出阴魅厉芒，一双手竟忽然变得纤细修长起来，纤纤十指射出十股灰蒙蒙的光芒网住光球，将之往哪吒头顶移去。

当十道灰光拖着金身光球离哪吒只有半尺距离时，光球一阵颤动，竟然径直往上升去，几次三番，石矶硬是无法将青色光球拖近哪吒半尺以内的距离，由不得她猛叱一声，声音尖锐，已经不是广法天尊的声音，那高大的身形也渐渐变得模糊起来。

只见石矶双目妖芒大盛，咬破舌尖，一口鲜血化为一股血雨，喷在金身光球上。听得一阵滋滋直响，光球内的金身所化成的金色虚影竟然一阵爆长，大有将青光撑破之势，石矶脸色苍白，香汗淋漓，口中妖咒念个不停，却无法阻止，眼看妖能光球被金影虚形撑开一道裂逢，不由暗暗叫苦，没想到金身力量竟如此强大。

第二十九章　为爱战龙

便在这时，一股强大的妖能扑了过来，化成一道紫魅色的光，将就要破裂的妖能光球紧紧裹住。

石矶想不到妲己会在这时相助，借机喘息了一下，朝已经现出身形的妲己道："多谢妹妹。"

"姐姐勿需客气。"妲己掐起"玄阴九姹诀"，妖能狂涌而出。

金身所化的金色虚影终于被石矶和妲己二人的妖能锁住，移到哪吒头顶，两人对望了一眼，妲己将自己的妖能一撤，石矶立时将光球化成一道柱形，朝哪吒罩下，加上妲己的妖能在上面镇着，金色虚影笔直朝哪吒肉身罩下，竟直接没入哪吒体内。

只听"轰"的一声巨响，一阵青烟过后，所有的元能虚影立时消失不见。只剩下哪吒闭目坐在那里，身体烁出七彩异芒，浑身散发出一股迫人的气势。

已经现形的石矶站在一旁喘气不止，知道哪吒这时正在融合金身，神识一片迷糊，正是下手的最好机会，当下取出一枚碧绿色的丹药，将手一指，那丹药化成一小团莹绿色的光芒，直往哪吒嘴里飞去。只要哪吒服食了这个"迷神丹"，以后便会成为她的傀儡，只能乖乖听她的差遣。

哪知变生肘腋，一只玉手斜刺里伸了出来，妖能牵引之下，将"迷神丹"轻轻卷了过去。

石矶愤怒地看着笑吟吟站在那里的妲己，眼中闪过一丝阴冷厉芒，道："妹妹这是做什么？"

妲己却不慌不忙地道："姐姐勿恼，你给他吃这'迷神丹'无非是为了迷惑他的心智，让他听你的话，但'迷神丹'的效用太低，而且一旦被对方发觉，很容易便可以被人除去。总的说来，这不是最好的办法。"

石矶冷笑数声道："难不成妹妹有更好的法子？"

妲己手中妖能流转，一道黄丝符巾凭空出现在手中，道："妹妹的法子虽然不见得高明，但自信'金傀符'总也胜过'迷神丹'吧？"

石矶脸色大变，讶道："魔宗九大异灵符法之首的'金傀符'？此乃魔宗不传之秘，怎会落在妹妹手中？"

妲己看着逐渐恢复神智的哪吒，道："此事说来话长，且用'金傀符'先行施法再说。"

石矶自然知道"金傀符"比起"迷神丹"来，确是不可同日而语，只是这么一来，她便不得不和这妖狐联手，但如果不同意，妲己如果此时出手破坏，那事情就更糟了，倒不如暂且答应了她，以后再相机行事，寻机收拾这骚狐狸，便道："即然如此，咱们不如'迷神丹'和'金傀符'齐下，这就请妹妹施展这'金傀符'吧。"

妲己随即将手一指，哪吒上身衣服便给妖能脱下，露出后背，妲己吹了口气，那道"金傀符"便飞到哪吒背上，然后，她双手连掐数种诡异指诀，口中念动法咒，射出十道紫色魅芒击中哪吒后背，最后联同那道"金傀符"一起隐入哪吒体内。

紧接着，石矶的"迷神丹"化成一团碧光投入哪吒口中，然后石矶鬼魅般的身体附在哪吒耳边低低诵念着什么，最后二妖满意的再次望了望哪吒，双双遁去。

倚弦与耀阳急急忙忙自水晶宫赶回，刚出九湾河谷，便猛然看到一条熟悉的火红身影旋风般地从眼前闪过，向东海方向直奔而去，一袭火红云裳，手提火尖枪，威风凛凛的模样。耀阳揉了揉眼睛，奇道："小倚，我没有看花眼吧？那是……"

倚弦连忙转头看去，兄弟俩同声惊呼道："是哪吒！"

耀阳与倚弦心里都很纳闷，哪吒怎么就这样跑出来了呢？两人不禁对视了一眼，不再多想，齐声喝道："追！"说着各自施展"风遁"追了上去。

一路上风驰电掣，二人一直追到九湾河东海入海口，才远远看到哪吒停在东海上空。

待赶到哪吒身边不远处时，只见哪吒一张俊秀的脸上红光暴射，神情竟然显得有些狰狞，一双眼睛更射出迫人的厉芒，体内元能流转，一层层金光若有若无的在哪吒体外浮现。

兄弟俩心中大骇，耀阳却道："小倚，你有没有感觉到，俊小子的神情好吓人。"

哪吒将手中的火尖枪往下一指，一股红色元能自枪尖涌出，射在碧绿的海水上，竟使得平静的海面犹如狂风疾吹，大起大落的形成一个漩涡，一时间波澜乱翻，海水群飞，声势极为猛烈惊人。

倚弦心头大震，骇然道："他想做什么？"耀阳虽然大摇其头，不过心里竟无故多出一种极爽的快意。

忽然间，东海水如同煮沸了一般，直往上冒泡，恰恰与哪吒火尖枪上的元能漩涡形成对抗，哗啦一声，一道水柱从海底冲起，像一根晶柱一般，矗立在海面之上。

水柱上站立一位三丈来高的巨人，身穿玄黑战甲，手持巨灵神斧，面如蓝靛，发似朱砂，巨口獠牙，粗声粗气地喝道："什么人竟敢在东海水域撒野，好大的胆子！"

哪吒收回火尖枪上的元能，叱道："我要前往东海龙宫，你是什么人？为何挡我去路？"

那巨人喝道："我乃东海龙宫巡海夜叉总管李兑，小娃子是神玄二宗哪位上神真仙的弟子，竟敢用元能强行冲开海水？况且过几日乃我龙族东海三太子敖丙成婚大礼，由不得你在此放肆！"

哪吒一摆手中的火尖枪，凛然喝道："我乃陈塘关总兵李靖之子哪吒是也！敖丙那条臭泥鳅强抢她人为妻。今日我正要进龙宫找他算账，你等无名小卒快些让开，不然，莫怪我不客气了。”

李兑听哪吒报出自己的名字，倒是被震惊了一下，但见哪吒如此不把他放在眼里，不由哈哈大笑道：“原来你就是那个珠灵为保你周全而不惜舍身下嫁三太子的哪吒。小小毛孩，口气倒不小，你想进龙宫不难，只要胜了我手中神斧，这东海便由你进去。”

哪吒听李兑道出珠灵的事，心里一阵酸痛，体中似有一股力量冲了上来，双目通红，喝道：“好!”

语罢，哪吒火尖枪急挥，一股强大元能带起数丈高的海浪，朝李兑扑了过去。李兑本来心存轻视，这时见了哪吒的实力，不由大惊，身上元能立生感应，玄黑战甲自动生成结界护住周身，手中的巨灵神斧发出一片黑芒，迎向哪吒手中的火尖枪。

“铿!”一声巨响，火尖枪和巨灵神斧猛烈地撞击在一起。

两股元能相撞化出的烈风吹得在一旁观战的耀阳与倚弦立足不稳。耀阳勉强稳住身体，对倚弦苦笑道：“小倚，傻小子什么时候变得这么强……”倚弦为了稳住身体，一时间竟然答不上话来。

李兑脚下凝聚的那道水柱立时被震得粉碎，四面海水如山倒般倒卷而起，李兑被震得连翻筋斗，跌出将近十丈开外。哪吒却只是身形一晃，好像什么事也没有发生一般，不等李兑稳住身形，手往上一举，乾坤圈立时随之抛出，化成一团金光直向李兑飞去，竟活生生将李兑圈了起来。

李兑一被圈住，乾坤圈立时往里收缩，李兑怒吼一声，身上的黄金战甲立时发出黑光，抵住乾坤圈发出来的金光，硬撑住不让乾坤圈缩小。

不到片刻，耀阳与倚弦只听李兑怒吼一声，紧接着像是有什么东西被挤碎了一般，辟辟叭叭一阵急响，海浪再次爆起，高达数十丈。

待海面上一切都平静下来的时候，东海龙宫的巡海夜叉总管李兑早已不知了去向，碧绿的海面上红了一大遍，无数块黑色碎片在海面上飘浮，一会儿就沉入海底不见了，显然是李兑那身黄金战甲被震碎了。

耀阳与倚弦相顾骇然，倚弦疑惑道：“哪吒怎么会变得如此厉害，难道他真的融合了金身？可有谁能有那么大本事？难道是太乙老头子看不过眼，出手帮了自己心爱徒弟的忙？”

耀阳兴高采烈道：“管他哩，反正俊小子现在本领大增，可以去龙宫抢回珠灵了，你看，那什么狗屁巡海夜叉总管李兑不是给他打得落花流水，落荒而逃，连战甲了也给震得个粉碎，哈哈！”

这时，哪吒再次用火尖枪在海面了划出一个漩涡，而且漩涡越来越大，然后哪吒连人带枪投入漩涡之中。

耀阳与倚弦相视一笑，这种热闹如何能错过，于是也随之投入了那漩涡之中，尾随而去！

白骨洞便在骷髅山最险峻阴极的一处地方。洞外是一片数十丈大小的黑黝黝的石坪，石坪外就是万丈悬崖。两扇灰白色的石门紧紧关着，上面刻了大大小小无数的骷髅。里面只是数间石室，每间石室的室顶上都悬着一团碗大的绿球，发出明亮绿幽妖魅的光芒，照得满洞通明。

此时，石矶正在最大一间炼丹石室中，和她在一起的自然还有那个“万妖魅后”九尾妖狐妲己。妲己正手掐法诀，翻覆扭转，一双令人销魂蚀魄的美目正闪现妖芒，注视着悬在石室上空的那面圆形石镜！

石镜中清楚映射出东海上空哪吒大斗李兑的场面。

眼见哪吒已经冲入东海中，妲己向石矶咯咯笑道：“姐姐，你看，那小子果然听从你的话，去了东海龙宫，看来计划已经成功了一半。”

石矶见妲己的“金傀符”果然灵验，心中暗自欢喜，脸上却不露丝毫喜色，只是问道：“妹妹，你我都是妖宗之人，用不着相瞒，这‘金傀符’乃魔宗九大异灵符法之首，向来不传外宗，妹妹是从何处学来的？”

妲己妖媚双目一转，笑道：“告诉姐姐也无妨，这是我结拜妹妹喜媚从东圣九离申公豹处得来。”

石矶心中一动，却不露神色地点头道：“原来如此。”

这时，石镜上正显出哪吒已经接近水晶宫，妲己口中说道：“姐姐，即然我们现在已经联手。我倒是要问姐姐，姐姐花费如此大的手笔，不惜挑起神玄二宗的斗争，但到现在也不曾说明，到底是为了何事？”

石矶叹了一口气，知道事情到了现在这个地步，再进行下去怎么都会被妲己看穿意图，索性道：“事到如今，我也不用瞒妹妹了，那破天阁乃上古大神盘古所下的封印，只因那里面封印着两件上古奇珍。”

“是何奇珍异宝，竟然让姐姐如此动念，非得到不可？”妲己继续追问道。

石矶面色凝重道：“这两件奇珍曾在第一次神魔大战时出现过，妹妹理应知道是谁将魔帝刑天的九日射落下来吧？”

“邢天九日？”妲己心头剧震，不由脱口而出，“姐姐所说的奇珍难不成就是那两件圣器……”

石矶肃然点头道：“正是那两件圣器！”

“水漫五行，圣器归一！”妲己心中念头电闪而过，若真如石矶所说，破天阁中藏有那两件上古旷世奇珍，那便非要得到不可，心念一定，她再又问道：“当年这似乎只是个传说，根本没几个人清楚，便连魔门中正防风氏一族恐怕也不知道这两件旷世奇珍的下落，姐姐又是如何知晓的呢？”

石矶正欲回答，却瞧见石镜里的情景，心中不由一凛，原来哪吒在接近龙宫之时，被一名驾驭六兽战车、面貌英俊非凡的金冠男子截住，待看清那人容貌，石矶不禁咤了一声，失声道：“波王侯？”

耀阳与倚弦随着哪吒发出那元能冲击出的漩涡向前行进。那道元能漩涡甚是古怪，激得四周海水不停地向两边旋转翻飞，自然而然空出一道甬道来，哪吒便在这条通道中急速前进，只见他的身形快得化成了一道红影，在碧绿海水的映衬下显得异常耀眼。

前方有哪吒开路，耀阳与倚弦两人在后头跟得倒是顺顺当当，不费丝毫力气。

转眼之间，龙宫便已遥遥在望，那层水晶护界在深蓝色的海水中熠熠生辉，流光异彩，仿佛满天星斗都掉进海里一般，璀璨无比。

当水晶宫玉树奇花，亭台宫阙清晰的出现在三人面前时，哪吒喝叱一声，火尖枪于刹那间元能暴涨，化作一道红火直射向水晶护界。

眼看哪吒发出的那道火红元能就要撞上水晶护界，蓦地一道白色元能从旁射了过来，挡住了火尖枪上的元能。元能交击之声倒是轻微，只是“扑”地一声闷响，便没了什么反应。只是那道从海面只达海底的漩涡通道陡然消失，哪吒身际的“混天绫”立时布成一个结界，将哪吒紧紧护住。

幸好耀阳与倚弦是灵身护体，在水中无甚大碍。两人虽然觉得两股元能相撞之后，看上去似乎没有什么想象中那般惊天动地，但是四周海水却异常来回荡了几下，尤其二人都是灵体，感觉甚是敏锐，顿时感觉到其中蕴藏的爆发暗劲声势骇人，足可翻江倒海，扭转乾坤。

六只鳌首鱼身，身上满布银色鳞甲，更有四只巨脚，巨脚趾上有蹼，高越丈余的海兽拉着一辆高三丈，车首是一巨大无比的狰狞龙头的青铜战车突然出现在哪吒面前。

车上之人，头戴紫金龙冠，身束雕龙金甲，星目剑眉，龙额玉面。

耀阳与倚弦认得此人正是四海龙王之弟波王侯敖扃。

他身后跟随的却是巡海夜叉总管李兑，那李兑身上战甲破碎，满身鲜血直流，显然是刚被哪吒所伤后便没来得及疗伤，直接就向波王侯熬扃禀明此事去了。

此时自恃有了波王侯敖扃撑腰，虽然身上还是破破烂烂的，但李兑却神气得紧，道：“禀波王侯殿下，就是这小子在海面上闹事!”

敖扃根本没理会李兑，双目神光自一出现便一直紧紧锁住哪吒，眼中闪过一丝异色，道：“你就是哪吒?”

哪吒冷哼一声，毫不理会，一字一顿地说道：“让开!”

敖扃见他神情倨傲却也并不生气，微微一笑，道：“我听李兑说你想硬闯东海，还打伤了他，刚才更见你想用元能强攻水晶宫。你可知道这水晶宫乃三界六道三大神宫之一，全凭这一层水晶护界撑住四海海水的无穷重量，才有这海底洞天福地水晶宫。一旦水晶护界被破，亿万海水倒灌水晶宫内，到时候整个天地也会产生异变，引发大水海难。虽然凭你的力量根本打不破这层护界，但你难道丝毫也不曾想到此举会令你成为三界六道的罪人吗?”说到后面，敖扃神情肃然，声色俱厉。

耀阳与倚弦自轮转山一事之后，神玄二宗都认为是自己兄弟俩颠覆了三界六道，并派遣高手追捕自己，此时对这些三界六道大乱、危言耸听之类的言语尤其敏感。二人听得敖扃这么说，不由心中齐声大骂：“放你姥姥的臭狗屁!”

哪吒听得这么一说，心中也不由疑惑丛生，不知自己为何会这么冲动，然而不知怎么回事，他只觉得心中有什么东西一直在支使自己，话已脱口而出道：“我不管什么三界罪人，我只要进龙宫找龙三!”

波王侯敖扃眉头一皱，很是不悦道：“过几日乃是他大婚之日，所以应酬繁多，恐怕没功夫见你。”

哪吒冷笑一声，厉声道：“那我就打入龙宫揪了他出来。”

敖扃闻言目中闪过一丝凌厉异芒，旋又哈哈大笑道：“这东海龙宫向来由我守护，如果你能过了我这一关，那么，我波王侯敖扃便允诺，这东海龙宫只要在我守护范围之内从此便任你进出自如，如何?”

哪吒目中红光闪过，冷冷道：“这话可是你说的!”说完，他摆动手中火尖枪，全身元能立时暴涨开来。

敖扃见他一副全然无畏的样子，叹息道：“小子，我知道你与那蚌灵族珠灵前世纠缠不清，但是即然她已经为了你甘愿嫁给三太子，不如一切就从此斩断，况且你还是玄宗之人，神玄二宗一向和睦相处，你又何必为了一名女子犯了二宗的大忌呢?”

一旁的耀阳与倚弦一听波王侯竟然知道哪吒的身世，不禁微感诧异，但听他后面的话，心中便知要糟，耀阳拍了拍倚弦的肩膀，悄声道：“坏了，这家伙说的什么话，傻小子铁定要发狂了……”

果然，哪吒双目赤红，口中猛喝一声，火尖枪早已使出太乙真人所传的“混元真诀”，全身强劲的元能化成一道红光爆射而出，排山倒海般刺向敖扃。

敖扃傲然而立，身形不动，双手于身前循一法诀虚转一圈，竟然将当胸袭来火红元能接在手上，引诀一指，反向哪吒自身袭去。哪吒大惊失色，连忙清叱一声，将自身发出的元能硬生生收了回来，立时被自身元能震得气血翻腾。

敖扃目露不屑之色，道：“你还不是我的对手，快快回去吧！今天的事我就当什么也没发生过。”

耀阳在一边看得咋舌不已，连忙悄悄对倚弦道：“小倚，真他姥姥的！没想到这个什么叫波王侯的还真有两把刷子，看来俊小子不是他的对手。”

倚弦摇摇头，应声道：“很难说，要是我们在龙宫里的这段时间有人真的帮俊小子融合了金身，恐怕就没这么简单了。”

耀阳轻轻的“哦”了一声，问道：“何以见得？”

倚弦嘿嘿直笑，轻声道：“你‘耀大智者’难得也有笨的时候，你想想看，金身既然是九天诸神造出来的法身，所以当年的灵珠子威风八面。要是俊小子真是融合了金身，其功力至少不在他师父太乙老头之下，怎么可能连这个波王侯也打不过呢？不过……”

耀阳悄声问道：“不过什么？”

倚弦轻声道：“不过，我觉得俊小子的举止有些怪怪的，而且奇怪的是帮助哪吒融合金身的人会是谁？如果是太乙真人，那老头怎么可能让哪吒来龙宫闹事呢？”

耀阳刚要说话却又顿住，兴奋地盯着前方道：“看！俊小子要发怒了！”

果然，哪吒一张俊脸涨得通红，“混天绫”发出耀眼光芒，火尖枪横向一挥，发出一股半红半青的强大元能，如神龙摆尾一般，扫向正站在青铜战车上的敖扃。

敖扃目中精光暴涨，一脚倒踢，首先将巡海夜叉总管李兑踹得哇哇直叫，倒飞出对方元能攻击范围之外。敖扃自己也跃离青铜战车，双手一放，强劲无匹的龙体元能自手内爆射而出，幻化出一柄方天戟，御元引诀，引发元能一把架住哪吒的火尖枪。

两股元能激烈相交，仍然没有发出丝毫响声，但明眼人一望便知二人正以本体元能相互抗争，形势异常险峻，二人中的任何一人只要稍有丝毫退让，便将导致惨败。

耀阳与倚弦离二人最近，被他们身边荡漾的一波波水底暗流震得通体烦闷不畅，不由自主退出数丈开外，由此可见二人之间激烈对抗的程度。

哪吒与敖扃的身形同时一晃，敖扃趁机掐指成诀，弹出一股白色元能，犹如灵蛇盘动、葛藤挂树般顺着哪吒的火尖枪倒卷过来，并以迅雷不及掩耳之势将哪吒整个人缠了个结结实实，动弹不得。

敖扃微微一笑道："哪吒，只要你破了我这手'龙旋真元诀'，我便放你进这水晶宫!"

耀阳与倚弦大吃一惊，眼看敖扃所发出的龙体元能一圈又一圈将哪吒捆得个扎扎实实。

与此同时，骷髅山白骨洞中。

妲己坐在洞中的石几上，一副悠然自得的模样，当她看到石镜上显出哪吒被波王侯轻松捆住，咯咯直笑道："看来，哪吒仅凭半生不熟的金身元能是打不过波王侯了。姐姐，咱们且助他一臂之力吧。"说着，祭起手中的金傀符，然后念动魔门咒诀，掌指间法诀不断变幻，空中那道金傀符随着她的指诀变幻不定。

石矶虽然听说过"金傀符法"的鼎鼎大名，不过今次却是第一次见识，忙不迭朝石镜中看去……

耀阳与倚弦暗自着急，见被敖扃以"龙旋真元诀"困住的哪吒猛然间双目尽赤，但却呆滞无神。只听得哪吒猛的一喝，双拳紧握，用力一挣，一股强劲无匹的紫色异芒透过"混天绫"爆发而出。

海底爆出一阵震天闷响，敖扃发出的"龙旋真元诀"被彻底震散，甚至他本人也被突如其来的超绝元能震得在水中滑退数丈。敖扃没想到哪吒竟然有如此强大的元能，同时他也感应到哪吒此击施展的似乎不是玄门法能，隐隐竟饱含一股浩瀚神能，而且功力远在自己之上，不由惊讶莫名。

耀阳与倚弦也对望一眼，眼中全是震惊，他们并不是因为哪吒有如此强大的元能而震惊，而是哪吒此时的样子让他们突然生起一种极其恐怖但却非常熟悉的奇异感觉。

哪吒自己也不知怎么回事，只是觉得体内一阵模糊，元能便不听指挥忽然自行运转，发出一股强大绝伦的莫名元能，转眼间便破掉了敖肩的“龙旋真元诀”。他虽然微感诧异，但自从师伯广法天尊帮他融合金身之后，他心内一直念念不忘的便是闯入龙宫解救珠灵。此时，这个念头又再浮了上来，哪吒脱口便道：“现在，我可以进水晶宫了吗?”

敖肩虽然觉得自己败在不慎，但他一向出口无悔，长叹道：“本侯说过，只要你破了我的‘龙旋真元诀’，这水晶宫便让你进去。请吧!”说着，敖肩右手精光一敛，手中方天戟便已无影无踪，身形轻轻落在青铜战车上，将手一划，六只海兽低低咆哮一声，翻转身子，拉着青铜战车朝水晶宫入口处驶去。

四周海水像被一股无形的压力推动，水晶宫一角缓缓打开，哪吒火红的身影一闪而过，飞速进了龙宫。

骷髅山，白骨洞。

妲己正注目石镜上的哪吒举动，蓦地见身旁的石矶神色有异，忙问道：“姐姐，怎么了?”

“有人闯入我白骨洞，触动了我遍布洞内的防卫结界。”石矶双目妖芒毕露，冷声道，“我倒要看看谁有这么大胆，竟敢私自潜入我石矶的地盘?”

石矶掌指间妖能挥动，石镜上的影像立时换到了白骨洞中，洞门已经被人打开，灰色的光芒在甬道中闪烁不定，一人正悄无声息地在其中走动，倩丽的身影轻飘在空中，离地尺许，玉臂上虽然套着七八个彩环，却不曾有丝毫响声发出。

“原来是这个小丫头。”妲己格格笑道，“姐姐先继续关注哪吒那边的情形，至于这丫头交给我便是!”语罢，妲己娇躯一扭，身形已然弹射而出，直奔外洞而去。

闯洞之人正是婷婷，只因她心中愤恨石矶伤了姐姐，特来寻她晦气，砸开了东门，她的眼前是一条分岔通道，她正思忖应往哪边走，魔灵异心忽而一动，身际元能立时涌现，布成一个丈许方圆的护身结界。

“哟，原来是婷婷妹妹呀?”妲己人未至，笑声先至，道，“今日怎么跑到这里来了？这可不是中正防风氏的羿射山，妹妹可不能说来就来，起码应该先知会一声主人吧?”

“妲己姐姐不也在这里吗?”婷婷没想到竟然会在这里碰到妲己，不由大感惊讶，心下忖道：“这妖狐怎么哪里都可以见到？她不会也对破天阁中的圣器有所垂涎吧?”

妲己道：“我前次听妹妹提起石矶姐姐，想起姐妹多年未见，便顺道来瞧瞧她。妹妹是来找石矶姐姐的吧？真不巧啊，石矶姐姐已经有急事前往三仙岛寻碧霄仙子去了，妹妹来得还真不是时候。”

婷婷心下暗恼，知道这妖狐即然在此，这白骨洞多半也探不成了，便应道：“即然石矶姐姐不在，妹妹我就先走了，若是她回来，妲己姐姐不妨代我问候她一声，说婷婷必定日后来访。”婷婷头也不回的遁出洞外，只能心有不甘的悻悻离去。

“那妹妹慢走，姐姐就不送了!”妲己看着婷婷远去的背影，美目中妖芒异动。

耀阳与倚弦跟在波王侯战车后一起步入水晶宫。

甫入龙宫，便见一座高大宫殿立于眼前，通体宛如黄金盖成，精光四射，雄伟辉煌。殿前是数十亩大小的白玉平台。两人在龙宫也逛了数回，自然认得这是龙宫主殿黄金殿，龙宫的庆典多数在这里举行。此时，正由黄金殿中传来悠扬的乐声，显然是正在设宴招待各大水族的宾客们。

这时，白玉台上密密麻麻地站着数百名高高矮矮、奇形怪装的人，正是前来龙宫参加太子婚典的神玄二宗贵宾以及四方水族的宾客。

大家原本都在黄金殿内等待宴餐，但是波王侯敖扃与哪吒在龙宫外一场大战，元能四放，翻江倒海，这些人如何感应不到，便想出来看看到底出了什么事，谁知他们才出黄金殿，哪吒便如电般冲了进来。

耀阳与倚弦朝前一眼看去，不由齐声惊讶地叫了出来。

只见哪吒站在白玉台中间，一身火红衣裳显得分外惹眼，面前站着两个道人，阻住了他的去路。一个慈眉善目，道骨仙风，手持拂尘；另一个额头高凸，浑身气势逼人。正是太乙真人与广法天尊！

兄弟俩对视一眼，终于知道波王侯为什么一进龙宫便没再跟着哪吒，而是驾着战车径向一旁，原来他早已派人通知了太乙真人与广法天尊。二人齐齐赶到白玉台上，由于白玉台十分宽阔，虽然站了数百人，却还是空空落落的，兄弟俩心中颇为害怕神玄二宗的高手能感应到他们体内的归元魔能，便站到离哪吒最远也最空荡的地方观战，四周数丈无有一人。

太乙真人和广法天尊出于神玄二宗的礼数前来龙宫参加敖丙婚典。这时见哪吒竟然孤身一人闯入龙宫，而且身上元能异常，不由又惊又怒，急忙拦住哪吒不让他继续放肆。

倚弦正想凝神倾听太乙真人和哪吒到底在说什么，耀阳却拍一拍他的肩膀，嘴朝另一边嘟了嘟。

倚弦顺耀阳的眼神看去，猛然间胸口如中了一记大铁锤一般，一颗心剧跳不已。原来在他们身旁不远处站着一人，纤眉杏眼，绝世容颜，白色衣袂无风自动，脸上神色冷若寒冰，身后随着两名负剑女童。正是那自称蜀山剑宗传人的幽云仙子。

虽然上次在离开水晶宫的时候见过她，但这位无论哪方面都像极心中念念不忘的叫幽云的女子，在这一刹那间跃入眼帘的震撼，还是让倚弦心中一空，骤然间感到一片茫然，不由有些神魂颠倒，如痴如醉。更不用说身旁耀阳那一双贼笑兮兮的色眼，始终就没有离开过她那冷艳绝伦的面容。

正当兄弟俩色与魂授之际，耳边忽听得一人怒喝道："孽徒，你敢不听为师的话?"

正是太乙真人的声音。倚弦心中一震，从无限遐思中醒过神来，忙朝场中看去，只见哪吒俊脸通红低头站在那里，眼中露出既愤怒又失望的神情。

耀阳拍了拍倚弦的肩膀，悄声道："我想，太乙老头一定是要傻小子回陈塘关闭门思过！傻小子当着这么多人都不肯给他面子，这老头子恐怕要发火啦！"言语间他顿了顿，又低声问道："小倚，你有没有觉察到傻小子今天和他平时不大一样。"

倚弦疑惑道："可能是他融合金身后的反应吧！"

耀阳摇头道："不是！他现在的样子我好像在哪里见到过？"倚弦闻言怔了一怔，似是也感觉到什么，而且耀阳也很少有这种沉重的表情。再次细看哪吒的神情，倚弦心中竟然毫无来由生起一股惊悚的感觉。

黄金殿前，广法天尊面色肃然地向哪吒道："哪吒，你师父是为你好，这龙宫非你来的地方，速速回陈塘关吧！"

哪吒脸上露出难以置信的神情，哑声道："师伯，不是你帮我融合金身，让我来龙宫抢回珠灵的吗？为何这时候你又要我回去？"

此话一出，四周一片哗然，在场神玄二宗之人一片议论纷纷。

耀阳与倚弦也不由怔了一怔，竟然是广法天尊助哪吒融合了金身？

却听得白玉台上忽然有四人排众而出，行至太乙真人身旁，问道："金光洞中的灵珠子金身被人取出了？"

耀阳与倚弦转头朝说话的几人看去，只见四个穿着战甲的人正在那里与太乙真人说话。先头说话的一人，方头大耳，生就五岳朝天的异相，一张脸呈火红色，穿了一身红色战甲，双手十指套着十个指套，色作玄黑，尖若鹰喙，不时有火花异芒自上面旋出，转瞬即逝。

另外三人，一人面目甚是英俊，穿着淡白战甲，腰间别了把样式古拙的弯刀；另一人穿了件绿色战甲，斜肩绕着几道褐色的绳子，细看之下才知道是条极长的鞭子。还有一人是个女子，面目颇为奇特，穿了件土黄战甲，给人一种异常凝重的感觉。

太乙真人草草跟红甲男子说明事情原委，然后才对哪吒怒喝道："你胡说什么？什么广法师伯帮你融合金身？简直是无稽之谈。这几日你广法师伯一直和我在一起，他如何分身去帮你融会金身？"

哪吒倒退两步，喃喃道："什么，不是广法师伯？那……那帮我融合金身的人又是谁?”

忽然间，哪吒心中再次迷糊起来，神情大变，手中火尖枪一摆，全身元能翻涌而出，大声道：“师父，师伯，你们不用再说了，无论如何，弟子今日都要进龙宫救走珠灵!”

太乙真人气得浑身发抖，道：“孽徒，难不成你敢和为师动手不成?”

哪吒眼中目光渐转呆滞，身上混天绫光芒流转，道：“如果师父一定要阻拦弟子，那弟子也只有得罪了!”

太乙真人从来未曾想到自己的乖徒弟会这么顶撞自己，不由勃然大怒，目中神光暴涨，玄能在体内流转，立时就要爆发而出。广法天尊一把拉住，道：“道兄且勿动怒，哪吒今日似乎有些不对劲，你且看他的眼睛!”

太乙真人刚才一时气岔，这时听广法天尊一说，立刻醒过神来，默运玄能，立时感应到哪吒除了金身元能外，身上居然隐隐含有一线妖魅元能，以及见眼中闪烁出的诡异光芒，不由暗喝一声：“不好!”

此时，哪吒手中的火尖枪已灌注全身元能，冲杀过来。

红甲男子一声冷哼，道：“真人如果信得过我们星宿神将，不妨将他交给我们来招呼，如何?”

广法天尊连忙喝止道：“哪吒乃是中了妖人暗算，被控制了心神，咱们要先制住他再说!”说着，广法天尊手掐法诀，强大玄能劲射而出，冲天直上。一片爆响过后，眼前一亮，广法天尊所释玄能爆散成无数金星点点，四方八面漫天疾落，奇光幻彩，金火流辉，朝哪吒扑去。

第三十章　星宿神将

在场诸人大都见多识广，都识得这是广法天尊的“炼魔元诀”，威力非同凡响。耀阳与倚弦只是感应到强劲变化的元能，也知道广法天尊这一招的厉害。

哪吒怒喝了一声，全身元能暴涨，跃起在空中，想要直闯向黄金殿中。谁知他才到空中，广法天尊手中法诀连指，那漫天金星便化成一个由点点星火组成的光圈，将哪吒团团包围住。哪吒只觉那金星光圈仿佛一团沼泥一般，让自己身陷其中，直没入顶，无法施力，渐渐动弹不得。

紧跟着，太乙真人凌空飞至。广法天尊道：“道兄，我看哪吒是中了魔道妖孽的迷神失心术，赶紧让他回复神识，不然，还不知他会在龙宫闹出多少事来!”

太乙真人点了点头，此时黄金殿前白玉台上数百名神玄二宗和四海水族的人正看他如何收拾劣徒，一个不妥，便会闹出一场笑话。当下手中拂尘一抖，发出千万道碧绿玄光，像一把光伞似的罩在困住哪吒的金星光圈上，然后收缩成一个梭形的样子，并且旋转不停，碧色和金色两种玄光互相辉映，一时间映得在场所有人的眼中只剩下这两种光芒在不住闪烁。

太乙真人以“灵光真诀”困住哪吒，心下稍安，然后叱喝一声：“心识神明，还我本来，咄!”其声直可裂地开天，震荡人心，令众人心中一凛。

在双重玄能的压制下，哪吒听太乙真人发出这声猛烈已极的“断念诀”，心头好似一桶凉水浇下，眼中的呆滞神色慢慢退去。

广法天尊身旁的蓝甲汉子瓮声瓮气地说道：“心月，想不到太乙连‘灵光真诀’都用上了，难道灵珠子的金身真的这么强吗？有机会俺倒要见识见识！”

身着淡白战甲的心月微笑道：“箕水，其实灵珠子当年被天帝敕封为天庭神帅，其所拥有的实力绝对不在我们二十八星宿之下，怕是连我们二十八星宿之首亢金龙也不是他的对手。只不过，现在事情恐怕没这么简单。”

箕水嘿然一笑道：“难不成，太乙和广法两个真人也对付不了融合金身的哪吒？”

心月摇头道：“我以‘意玄心诀’探视哪吒，发现他的元能除了得自太乙真人传授的‘混元真诀’和金身所含的先天元能外，竟然还有一股奇诡之极的元能，那似乎……”说到这里，他眉头微皱，似乎仍在感应什么。

这时，哪吒神色已渐渐醒转过来，不再愤怒急怨。可是忽然之间，哪吒浑身一抖，隐隐可见他脸上青筋爆突，双目电般射出两点魔能异芒。

耀阳与倚弦直觉一股凉气从心底升起，哪吒现在的样子他们太熟悉不过了，两人对视一眼，都看到了对方眼里惊恐的目光，差些惊呼出声：“蚩伯！”

便在这时，一声大吼直入耳内，台上光华乱窜，千层霞影，电旋星飞，漫天飘舞，太乙真人和广法天尊齐齐怒喝，声音中充满了惊怒，一股强烈刚猛的元能如波浪般扩散开来。

哪吒整个人发出一股强烈的魔极元能，一头黑发笔直竖起，样子极为骇人，连太乙真人的“灵光真诀”和广法天尊的“炼魔元诀”所布成的结界都被他一一震破。只听他悲吼一声，震声喝道：“敖丙，你这个缩头乌龟，有种就给我滚出来！”其声凄烈悲壮，饱蕴无上元能，直震得整个龙宫嗡嗡作响。

只听一声冷笑，一条人影从黄金殿内飞出，傲然立在哪吒面前。

只见他一袭白衣，狮口龙鼻，一头火红头发露出两支虬角，一脸蔑视的神情看着哪吒，冷笑道："灵珠子，当初我瞧在珠灵的份上饶你不死，没想到你今天还敢来我龙宫闹事，真是不知死活！"

语气狂妄之极，正是龙三太子敖丙。

敖丙正气火攻心，要不是殿内的珠灵以死相拦，他一早便打算出来将这个前世今生的情敌一枪刺死，这时听得哪吒在数百名神玄二宗、四海水族的人面前把自己叫作"缩头乌龟"，如何还能忍得住，立时飞身扑出。

哪吒满头黑发飞扬，怒喝道："敖丙，今天我来一是跟你清旧账，二就是带走珠灵，绝不能让她嫁给你这种卑鄙无耻的小人！"

敖丙昂头狂笑，极为不屑地道："灵珠子，要是今天我让你带走珠灵，那我龙族还有何面目立足神玄二宗？你等着受死吧！"说着又是一阵狞笑。

太乙真人在一旁急道："三太子，小徒中妖人暗算被控心神，请三太子看在神玄二宗本是一家的份上，勿与小徒一般见识。"

敖丙冷脸道："什么神玄二宗本是如一家？今天是灵珠子他擅闯我龙宫，企图扰乱我婚宴，今日定要好好教训教训他，你们都无权插手干预此事？"

"好大的口气，你以为哪吒还是几日前的傻小子吗？"耀阳与倚弦在一旁听了，心里破口大骂，直把敖丙的十八代祖宗都招呼遍了。

太乙真人、广法天尊乃至四名星宿神将都为之语塞，不管谁是谁非，毕竟大错已经铸成，现在的局面已经不是他们可以控制，如果只凭哪吒受制于人的话来推搪责任，整个龙族又如何下得了台呢？太乙真人与广法天尊权衡再三，只能暂时退一步行一步了。

再说，依现在哪吒的能力，根本不用惧怕敖丙，既然敖丙想要自取其辱，他们也有些懒得去理会了。像是敖丙这种嚣张跋扈的败家子，受受教训也是应该。而且只要哪吒消耗了一定的元能，他们也好趁机将其收服。想到这里，太乙真人、广法天尊与四星宿神将索性退了下来。

就在众人关注场上情况时，谁也没有注意到白玉台的角落正有一名女子偷偷地注视着整个场面，她那一双秋水剪瞳般的眼睛全神贯注地投在哪吒身上，脸上的神色即是欢喜又是悲伤，矛盾复杂至极点，此女正是蚌灵族公主珠灵。

只等敖丙说完，哪吒已然怒吼一声，整个人发出一股强悍无匹的元能，手中火尖枪更是像怒火一般直刺敖丙。敖丙狂笑一声道："来得好，今天且让你真正见识见识我的厉害!"

敖丙双手急转，"赤焰龙麟枪"应势出现，掀起强大的龙体元能卷向正怒奔向他的哪吒，整个白玉平台上的大众都感到一种海啸山崩的压力。

敖丙死到临头还不自知，存心想着要哪吒好看，一显他龙宫的威风，一开始并没有使出多大的实力，只想慢慢地戏弄哪吒。就在两股元能快要相触时，猛听叔叔波王侯传音喝道："敖丙，不可大意，哪吒已经得了灵珠子前世金身!"

敖丙心中一怔，不等他及时反应过来，对方凌厉霸道的元能已经冲破他的元能结界，全部轰入体内，五脏六腑立时觉得一阵剧痛无比，不由大惊失色。还没来及想明白这个一向败在自己手下的哪吒怎会有了如许强大的元能!

哪吒手下更不留情，乾坤圈脱手而出，化成一圈金光旋转着飞向敖丙，紧跟着，右手一划，一道弧形玄色元能出现在半空，宛若一把黑色之弓，然后右手的火尖枪像箭一样搭在上面，怒喝一声，火尖枪化成一道闪电以雷霆之势射向敖丙。紧跟着，他双手十指不停变幻咒诀，强劲元能爆射而出，形成万千劲箭，齐齐攻向正要飞空躲闪的敖丙，厉笑道："敖丙，你去死吧!"

耀阳与倚弦见这海雨天风般的攻势，不由大吃一惊，耀阳更忍不住吐舌低声道："他奶奶的，难道傻小子真的想置龙三泥鳅于死地不成?乖乖，这下龙三可有得受了!"转念又撞了撞倚弦的肩，忍不住道："傻小子这个样子，我怎么越看越感觉像是蚩伯……"倚弦何尝不作此想。一时间，兄弟俩不由都惊变脸色。

就在他们失神的一瞬间，白玉台上有三四人齐声大喝，立时场上人影乱闪，光华闪烁，各色元能劲气激扬而出。然后只听一声惨呼过后，所有的声音和异芒都尽数敛去。

白玉台上洒落一大片鲜血，衬着雪白的地面，显得分外凄厉刺眼。

兄弟俩回过神来见场上胜负已分，正准备定神细看之际，思感灵识不由同时一动，感应到两股强劲元能逼近，二人赶忙回头望去，只见白玉台上二道身影飘然而至。

当先一名老者渊峙岳亭般昂首傲立，头戴朝天玉冕，身穿黄袍衮服，白发如雪，浓眉如电，一双龙睛黑多白少，精光四射，予人一种泰山压顶般的霸道气势。其后紧跟一位金冠玉面的中年男子，面上神情恭敬谨慎，正是波王侯敖扃。

只见那老者甫一出现，白玉台周围的四海水族尽皆面色大变，现出敬畏之色，齐齐跪了下来，呼道："臣等参见东海龙王，吾王万岁万岁万万岁！"

唯见哪吒一人非但视若不见，反倒当众叱喝一声，声震龙宫内外。

场中众人大惊，齐齐向空中望去，只见哪吒双目呆滞，一脸冷魅厉笑，手中火尖枪斜指身后，赤足赛雪，发黑如墨，一身红衣无风自动，状若魔神般悬空而立。

场中不知内情的众人心中惊骇莫名，虽然龙三太子敖丙在龙族并非一等一的高手，但也决非易与之辈，哪曾想到居然在一招之内便败于哪吒之手。正当众人震惊之时，哪吒举起左手，乾坤圈骤然幻化为两尺余长的宝圈，发出有若实质的火红光芒，气浪逼人，照准白玉台上正喘息疗伤的敖丙砸去。

水族诸人虽对龙三太子敖丙都殊无好感，但对哪吒在龙宫公然伤害龙族太子、大损水族声誉的作为，也都心中愤然不平，此时看到哪吒在龙三太子重伤之际竟然还要出手，更感愤怒难消，均都蠢蠢欲动，只待有人出头便准备群起而攻之。

耀阳与倚弦在一旁暗自焦虑，生怕一个不好，这群人就要对哪吒施以辣手。

此时，忽听一声轰然巨响，一阵狂风从白玉台阶怒卷而出，场中众人皆不由自主呼吸一窒，就连身为灵体的倚弦与耀阳也不例外。

两道人影飞掠而至，已与哪吒交上了手。

倚弦与耀阳大吃一惊，仔细瞧去，却是太乙真人及方才与波王侯敖扃同来的龙族之主——东海龙王！

只见场上人影交错，玄光交互，异芒迭起，二人果然不愧是神玄二宗的不世高手，在众人还不及细细观望之际，只短短几个照面就已制住哪吒。

哪吒被二人困于一个元能光罩之内，双手交错抵于两脚脚心，盘膝而坐。

太乙真人与东海龙王分别立在哪吒身前身后，四掌齐发，然后只听一连串“砰砰”闷响，金绿两道光芒分别注入哪吒体内，哪吒周身连震，身上红衣鼓舞，“啊……”地一声怒吼，喷出一口鲜血，俊脸上肌肉扭曲，极其狰狞，七窍汩汩流下鲜血来。

耀阳不知太乙真人与东海龙王正合力压制哪吒体内的“金傀符”，见状大是着急，摩拳擦掌，恨不得上去助哪吒一把。好在倚弦还算冷静，拦在耀阳身前，因为他知道，无论如何，太乙真人都不会对自己徒弟做出有所伤害之举。

就在这时，哪吒面色陡然转为赤紫，一道红光从头顶轰然冲天而起。

一直在旁凝神观望的广法天尊一声清吟，对离他不远处的幽云仙子道：“幽云仙子，我欲借助贵宗‘灵睿剑’之威，不知仙子可否相助?”

耀阳与倚弦双双将眼光投向那美貌不可方物，冰冷不可眼触的幽云仙子，只见她微微颔首，玉臂轻扬，一道七色彩虹如神龙出海般飞舞而出，在虚空中略作盘旋，赤橙红绿青黄紫七色光芒一闪而过，显现出一道似剑非剑、透莹透澈的寒光，悬于空中，令人见之不觉心生一阵寒意。

在场众人久闻蜀山剑宗“降魔三宝”之大名，而这“灵睿剑”便是三宝之一，此时见了心中都大为叹服，耀阳与倚弦更是看得眼冒精光，恨不能持于手中细细把玩一番。

幽云仙子掐指引诀，轻叱一声，“灵睿剑”再度化成一道寒光，“嗤”

地一声刺入太乙真人与那东海龙王所布结界之中，顿时劲气流能四下激射，彩光摇曳。

众人清楚瞧见，“灵睿剑”化成的寒光，在哪吒全身经脉急速游走，寒光所过之处，哪吒体内宛如透明，连内脏与骨骼的形状也瞧得一清二楚。

东海龙王、太乙真人与广法天尊见状，各自打出一道金、红、银三色元能，尽数注入哪吒体内。只听一阵“哧哧”轻响，哪吒身躯剧震，火红、银白、赤金、晶寒四色光芒交织绕舞，将龙宫上方的水晶护界照得光怪陆离，一闪而没。

哪吒全身忽而爆射奇光，绚丽闪耀，幻彩流离。彩光如万千箭矢，从他体内破体冲出，哪吒闷哼一声，簌簌颤抖，皮肤表面竟渗出滴滴鲜血，情状诡异已极。

幽云仙子早已飞掠至空中，蓄势以待，“灵睿剑”所化寒光再度出现，幽云仙子一双玉手所掐法诀兀自一放，寒光将哪吒的身体紧紧裹住，隔空托起，然后翩然落地，自始至终都未发一言。

太乙真人伸臂默蕴玄能，将哪吒缓缓接住，与广法天尊对望一眼，对东海龙王揖首道：“龙王，今日小徒哪吒在龙宫犯下此等祸端，实属另有他因，还望陛下容许太乙将劣徒带回，待将此事真相查出，玄宗定给龙族一个交代！”

东海龙王敖广面色和缓，略作沉吟正欲回话之际，忽听黄金殿中忽然爆出一阵厉笑声，正是早已因重伤而被抬进殿中的龙三太子敖丙，在两名水族侍女的搀扶下缓缓步出，虎着一张青红紫白的脸，大声喝道：“太乙真人，你以为我东海龙族的水晶宫是你玄宗的后菜园不成，任你说来便来，说去便去？哼，这小子今日大闹龙宫，如果任由你将这小子带回，那我堂堂神宗龙族的颜面何存？”

太乙真人眉头一皱道：“哪吒身为我门下弟子，今日与太子殿下发生争执，闯下祸端，乃是事出有因。我自当带回乾元山问明其中因果，再请龙王发落！”

敖丙冷笑道：“要问也得由我龙族的人来审问！不然，要是有人存心袒护，那又如何？”这句话含沙射影，声势咄咄逼人，在场玄宗诸人均大为不满，语声如沸。

耀阳与倚弦见他那副嚣张的样子，恨不得在他那已经肿得像猪头的脸上再打上两拳。

广法天尊脸色一沉，道：“三太子何出此言，难道我玄宗会纵容弟子不成？”转过头对龙王道：“还望陛下以大局为重，让我等先将哪吒带回，他日必将给你一个交待！”

东海龙王敖广目射寒光，缓缓扫过在场众人，他生性喜怒无常，四海水族本来喧哗不歇，给他这一眼看得竟然一个个钳口结舌，噤若寒蝉。玄宗诸人见场面平定下来，也都全部静了下来。

敖广回首问波王侯敖扃道：“四弟，不如由你来告诉寡人这是怎么回事？”敖扃闻言脸色一变，敖广是他长兄，他的脾气敖扃最是清楚不过了，只有将事情本末一一道出。

敖广一言不发听完敖扃陈述，略作思量，望向广法天尊与太乙真人，道：“这件事虽然是我族有错在先，但哪吒闯我水晶宫打伤小儿，亦非小事。虽然照目前情形看来，哪吒定是中了魔宗邪法，非是出自本意，但寡人亦不能等闲事之。哪吒，两位可以先行带走，待查出背后操纵此事之人，你我再做计较吧。”

玄宗诸人听龙王如是说，心下一松，水族众人中一些桀骜不驯之辈见龙王如此轻松便了结此事，心下虽是有些不愿，但都知道龙王脾性瞬息万变，谁也不敢公然违背他的意愿，顿时一众想出言反对的水族登时再不敢多言。

敖丙正待反对，却见他父亲东海龙王敖广冷冷瞪了他一眼，心中的话立时给吓了回去，不敢再多饶舌。

“广法天尊，太乙真人，二位请回吧！”敖广目光如炬，扫视地在场众人一眼，道，“诸位，今日龙宫出此意外，实非寡人所能预料。故而，寡人决定将太子婚典延期举行，请前来观礼的诸位友人再多留几日，如何？”

众人安静下来，齐声答道："谨遵龙王旨意。"

广法天尊与太乙真人这才放下心来，向敖广道谢几句，便告辞离去。

太乙真人拂尘一卷，释出玄能拖起哪吒，对幽云仙子道："此行恐怕还得借助仙子的'灵睿剑'一用，可否请仙子随我们往陈塘关一行?"

幽云仙子点了点头，便带着两位侍剑女童随之而去。

倚弦与耀阳眼见哪吒被太乙真人、广法天尊带回陈塘关，随去的还有那位幽云仙子，两个家伙正准备跟随过去。谁知耀阳眼尖，一眼便瞥见两个熟悉的人影藏在水族众人里偷偷向外溜去，定神一看，赫然是龙族娇蛮成性的紫菱公主与哪吒的前世情人华羽仙子珠灵。

二人暗自寻思片刻，想到太乙等人拿了哪吒定然会在陈塘关总兵府落脚，倒是紫菱与珠灵的行踪更让二人大感兴趣，于是兄弟俩心意相通，悄悄跟了上去。

东海龙王敖广看着白玉平台上众人散尽，转身冷冷对敖丙道："畜生!龙族颜面都给你丢尽了，今日事就此作罢，如若你胆敢再自恃龙族太子身份胡作非为，寡人定将你打入北海龙狱，你好自为之吧!"说完冷哼一声，拂袖离去。

敖丙知道父王素来说到做到，立时被吓得跪倒在地，受伤的身体不住颤抖。波王侯看龙王离去之后，才上前将他扶起，却也没有说话，摇头深叹一口气，转身离去。

敖丙呆立在那里，一张本就受伤的脸更加难看。好半晌，他才恨恨将身边侍女一把推开，仰天怒吼道："灵珠子，你爷爷我今天所受的耻辱，总有一天定要你千倍万倍的偿还回来!"

正当他气愤填膺之际，忽然发现巡海夜叉李艮躲躲闪闪地走了过来，气便不打一处来，喝道："狗奴才，我不是叫你去盯着珠灵那贱人吗，现在又跑来这里做什么?"

李艮心惊胆颤地跪在地上，支支吾吾地低声道："禀……禀太子，小的一直看着珠灵公主，可是刚才一个不留神，珠灵她……她人不见了……"

敖丙急怒攻心，不由又是一口鲜血喷出，一脚踹在李艮的丑脸上，厉声道："白痴，本太子养了你们这群废物都有什么用，连一个女人都看不住！"

李艮跪在倒地上，颤声道："回太子殿下，紫菱……紫菱公主在珠灵失踪前曾经去过'水烟苑'，小的实在不敢阻拦，说不定……"

敖丙闻言不由恨恨道："紫菱，平日里你与我作对也就算了，今日之事，你定要给我一个交代！"说着又踹了李艮一脚道，"那些来参加婚宴的蚌灵族死老头呢？"

李艮一手捂脸，忍痛道："在……在外面。"

敖丙怒吼道："混蛋，让他们马上给本太子统统滚进来！"

敖丙话音方落，就听白玉台上传来跌跌撞撞的脚步声。不多时，三位满头华发、白麻衣履的矮小老者浑身颤抖着走了进来，远远停下便跪倒在地，谁也不敢开口说话。

敖丙怪叫两声宣泄心中愤怒，狰狞狂喝道："本太子限你们一日内找回珠灵。否则，哼，本太子就将你们全族打入北海龙狱！"

"是！"三位蚌灵族长老唯唯诺诺的应声回答，浑身抖颤的更为厉害。

倚弦与耀阳跟在龙女与珠灵身后溜出龙宫。

二人远远跟着两女在海底行不多时，当浮出海面登上岸的时候，竟然才发现他们把人给跟丢了，方才明明见龙女与珠灵一起上岸，谁知转眼便不见了人影。

兄弟俩在海滩上四处找寻二女踪迹，正感到惊疑不定之际，忽感身前压力剧增，面前数丈开处蓦地出现四名身着战甲之人，三男一女，正是他们在龙宫所见到的四名神宗战将。

身穿白甲的心月手按住腰间那把奇形弯刀，注视兄弟俩立足之地，冷冷道："两位还不现身，难道要我们动手相逼不成？"

耀阳与倚弦面面相觑，站立原处不敢稍有丝毫动作，心道：难道这四个家伙能感应到自己吗？

那身着火红战甲的粗犷汉子已然不耐烦，喝道：“心月，即然他们魔族喜欢鬼鬼祟祟做缩头乌龟，那我们何必客气，只要动起手来，看他奶奶的还怎么躲!”

蓝甲神将箕水也点头道：“不错，让他们知道我们二十八星宿可不是好惹的!”

耀阳与倚弦听得张口瞠目，二十八星宿？耀阳猛然想起那日初进破天阁时听到李靖和广法天尊的对话，心头一凛忖道：“难不成他们就是天……帝派来的……二十八星宿神将?”

不错，这四人正是神玄二宗的二十八星宿神将中的四人。

当年，天帝诛仙与神玄二宗多位宗主，有鉴于上次神魔大战魔族七十二魔煞之乱，而从神玄二宗挑出二十八名杰出弟子，训练成二十八名神将，并以三界六道二十八种灵物命名，上应天星二十八宿，故而称为“二十八星宿神将”。

耀阳与倚弦面前这四人当中，淡白甲神将是心月狐，火甲神将是尾火虎，蓝甲神将则是箕水豹，黄甲女子神将是蝠女。这次因三界六道大乱，天帝便命二十八星宿下界，分别联合各方玄宗弟子追捕玄冥帝君所说的两个罪魁祸首。

这四大神将此次本是参加龙族三太子婚典而来，没想到哪吒大闹龙宫，才得知天帝封印在乾元山的灵珠子金身已被人盗出，于是施展神通感应到盗金身之人在破除金光洞结界时沾上的“玄光法引”，居然发现盗取金身之人便在龙宫之中，当即便不动声色地跟了上来，直到海滩才突然发难。

此时，白甲神将心月肃容道：“既然两位这么不肯乖乖就范，那就别怪我们不客气了!”

心月狐向围成方形的箕水豹三人打了个眼色，虽然扰乱三界的罪魁祸首没有影踪，但能抓到盗取天帝封印金身的人，也算是大功一件。四人口中密诵咒语，澎湃元能层涌而出，平空化成一道奇怪符形，催发了神宗异宝“玄光法引”的威力。

耀阳与倚弦见这四人行为古古怪怪，心中只想到的只有一个字：“溜！”兄弟俩相互打了个手势，掉头便想溜走，忽然觉得灵体上生出一种奇异的感觉。

耀阳觉得一股凝重感突然自全身涌现，仿佛整个身体都被一种奇怪的东西包裹住，惊慌之下抬头去看倚弦，不由得惊呼了一声。只见倚弦全身上下发出一种莹莹绿光。倚弦也感到身上多出一种轻浮感，正不知怎么回事，抬头看耀阳见鬼似的看着自己，不由惊喊一声，原来耀阳全身也发出一种微红光芒。

两人再各自低头发现自身异状，齐声惨叫。

却听尾火虎哈哈大笑道：“两个魔族小崽子，你们身上已经中了‘玄光法引’，任你们走到天涯海角，也逃不出我们的掌握。你们果然好胆，竟敢到乾元山金光洞盗取灵珠子金身，真是不知死活！”

耀阳见自家兄弟俩被四人眼睁睁地盯着，知道他们仗以逃命的本钱已经被人家破了，便壮起胆子耍无赖道：“你们是谁，凭什么说灵珠子金身是我们兄弟偷的？”

倚弦一脸苦笑，想到这又不是在朝歌和其他下奴们打架，输了可以耍赖，面对眼前这四个神宗战将，哪里是靠耍赖就能逃脱的。

“我们乃是天庭二十八星宿神将。”心月狐淡淡一笑道，“至于为何会说你们盗取灵珠子金身，是因为金身乃天帝下旨封印在金光洞，你们既然盗取金身，便自然触动了遍布金身周围的结界。”

心月狐越看眼前二人便越觉得诧异无比，只因他们被“玄光法引”迫使现形后竟是两团人形光影，以玄心感应他们也是一种虚无飘渺的存在，而且“玄光法引”本身是银色玄芒，在这两人身上却一个绿芒，一个红芒，真是诡异到极点。

“但是我们并没有碰过你们的什么姐姐呀……”耀阳口里狡辩着，同时和倚弦打了个眼色。二人从小到大经历将近六七年逃亡生涯，倚弦对耀阳的小动作自然是心领神会。

四大神将听到耀阳口吐脏言，不由个个对他怒目而视。

心月狐的手指不停在弯刀上来回扣动，微笑道：“我可以告诉你，金身结界中四处都有‘玄光法引’，只要你们侵入结界，‘玄光法引’便会附在你们身上，任你如何变化也无法将其化掉，所以只要我们催动‘玄光法引’上的异能，你们想躲也躲不掉……”

倚弦不由恍然大悟，想到那日在金光洞中抓摸到的冰雾粉末，原来就是所谓的“玄光法引”。

“是吗?”耀阳装作完全没有那么回事一般，指着四大神将身后，道，“那你们后面那人怎么也和我们身体一样发光?”

四大神将愣了愣，齐齐回头望去，却什么也看不见。

耀阳与倚弦趁四人回头之际，急忙施法调动体内异能，依口诀施展出风遁术，斜刺里穿过四人的包围圈，向外逃去。谁知逃不出几步，他们的灵体便像是撞到一堵透明墙上，被无形的元能力量弹得倒退几步，兄弟俩心下大骇，这才知道四周早已经被四大神将布下结界。

果然，他们背后的心月狐不急不缓地说道：“两位不必急着走，这四周方圆十丈内都被我们四人设下结界，除非你们能胜过我们四人，否则就乖乖就范吧!”

尾火虎更是得意道：“两个小魔崽子，你们是逃不掉的!”

耀阳与倚弦转过身，看着四个用戏弄眼神看着他们兄弟俩的人，尤其对尾火虎称他们为“小魔崽子”大感气愤。倚弦心中直叫糟，苦笑道：“四位，我们兄弟俩盗取灵珠子的金身，只是为了哪吒……”

耀阳冷笑一声，截住道：“小倚，别说了，反正说了他们也不会信，土堑老前辈不是说，什么神宗玄宗，其实都没什么好人！说那么多只是徒费唇舌，要动手便动手，何须废话!”

兄弟俩这一路上所受的闲气终于在这时爆发出来。

尾火虎笑道：“哈哈，小魔崽子，想不到你倒蛮对我的胃口!”说着双手举起，五指曲张，指上十个玄黑指套爆出火星，全身元能急旋而出，化为十道火红虚影，犹如神龙曲伸，径自抓向两人。

耀阳与倚弦大骇，没想到他说打就打，且来势汹汹，迅速无比。二人想躲已是不及，慌忙各自滚向一边，两股强劲元能已然隔空将两人透体而过。

耀阳立时感应到五股火热元能透过身体，生出一股奇绝大力似乎要将他抓起一般，但脑中“轰”地一声，归元异能突然涌现，形成一道漩涡，将那股入袭元能卷入其中，一丝不剩。倚弦体内的感触却大异于耀阳，只觉那股元能甫透入体内，有若火炙，其热无比，但体内异能随即出现，寒冽之极的元能将入侵炎能团团包围起来，迅速将之扑灭。

这一切都在瞬息之间发生，正当兄弟俩人还沉浸在那惊诧莫名地感应当中，尾火虎却感到自身元能突然之间如泥牛入海无影无踪，一直得意的笑声顿时戛然而止，一双铜铃般的眼睛睁得更大，难以置信地看着双手，大声吼道：“不可能！这怎么可能！”

尾火虎旁边的心月狐三人对这一切看得一清二楚，也是大吃一惊，齐齐咦了一声。他们都知道尾火虎生性火爆，嫉恶如仇，所修元能属五行之火。方才这一招“烈炎白虎爪”明明已经抓起眼前二人，谁知转眼间竟如水中捞月般无所用处。

尾火虎心内更是震撼，他这“烈炎白虎爪”只要锁住敌人周身，根本无需手指触及便可将其性命掌握手中，尤其得到手指异宝“乌金环”之助，元能强劲更能增加数倍，可是方才玄心明明感应已经锁住了两个小子，谁知突然之间，一个体内如烈火激荡，一个却有如冰天雪地，将他的元能同化或扑灭。

心月狐四人面面相觑，不由对两人的身份大感惊讶，一时间不敢确认这两人到底是不是魔门的弟子。箕水豹低哼一声，道：“心月，让俺来试试。”

心月狐垂下眼睛，点了点头道：“小心！”

箕水豹点头行前数步，他身穿一身水蓝色战甲，一条手臂粗的褐色鞭子斜缠在身，手微抖处，长鞭突然电般伸展，如巨蟒翻身般变得其长无比，通体发出一种湛蓝色异芒，划出一道炫丽的奇形轨迹，卷向耀阳与倚弦二人。

兄弟俩虽说依靠金身大战过淳于琰等人，但此时想到灵体势弱，哪敢拿出当时与人火拼的干劲，见眼前如此大的一条鞭子挟着浩大声势扫向自己，吓得不顾三七二十一，跳起身来就跑，但箕水豹的“玄水鞭”来势何等迅速，何况两人又被困在四星宿所设“摩星结界”内，还逃不出两步，便已被急速而至的“玄水鞭”卷上。

尾火虎见状大是兴奋，喝了一声道：“着了！看这两个小魔崽子还能逃不?”

黄色战甲的蝠女冷声冷气道：“不对，这两人大是古怪!”

箕水豹见“玄水鞭”已将两人擒住，心中一喜，但玄心深处此时却蓦然感应到，“玄水鞭”卷中的仿佛不是两个实体，而是两个飘渺虚无的东西，顿时“玄水鞭”横卷成空，余势不减，扫向在他身旁的心月狐与蝠女，箕水豹不由大骇，赶忙收鞭而立。

当长蟒一般的大鞭扫过身体，耀阳与倚弦只感到思感灵识深处一阵悸动，原本以为会适时出现的归元异能并没有出现，对方的“玄水鞭”便已然透体而过，丝毫没有任何不妥。兄弟俩大喜过望，他们想不到灵体还有这等好处，居然不怕神玄二宗的元能法宝。

耀阳更是有些耀武扬威地叫出声来：“哈哈，有本事你们就奈何小爷看看!”

心月狐剑眉微皱，开始将“意玄心诀”散布地下方圆十丈，忖道：“这两人看来是灵体无疑，只是‘意玄心诀’竟然探不出他们的元能到底是何门何宗，而且居然视尾火虎的烈炎元能如无物，真是闻所未闻，难不成这两人是……”

倚弦虽然也是喜出望外，却不敢大意，毕竟此时还被人家困在结界内。这四大神将现在只有两人出手，其他两人看来更难应付，他正思忖间，思感灵识忽然莫名其妙地感到一阵害怕，一股恐惧感涌上心头，只听得“嗤嗤”数响，七八道几近透明的元能劲气自地下急射而出，钻入二人体中，却又立时隐去无踪。

心月狐掐指成决，沉声道：“箕水豹，再攻!”

箕水豹见心月狐施展出神宗至上秘法“意玄心诀”，心中大喜，应声挥出“玄水鞭”，向耀阳与倚弦席卷而去。

倚弦瞥见“玄水鞭”再次自他们卷来，虽然明知“玄水鞭”对自己兄弟俩毫无威胁，但异能却没来由地寂然一动，感应到那鞭子比妖狐妲己、太师闻仲更令他为之惊恐。于是想也不想，抢前一步，一把将耀阳推到身后。

“玄水鞭”拖着三丈余长的蓝芒打在倚弦身上。

倚弦只觉一股汹涌无比的大力抽在身上，犹如在朝歌被管头抽了一鞭似的。倚弦一声闷哼，倒飞出三丈开外，只感到一股撕裂般的痛楚由心而起，似乎自己已经被打得四分五裂，整个身体化成无数碎片一般，虽然体内异能将大部分力道尽数挡去，但痛苦却丝毫不减。

耀阳见箕水豹的“玄水鞭”将倚弦击得飞了出去，不由大惊。再也顾不上其他，拼力扶起倚弦，却见倚弦俊脸现出一片从来未见的灰暗，整个灵体仿佛都黯淡下来。耀阳情急之下，狂呼道：“小倚，你怎么了？你回答我，说话啊……”

倚弦挣扎了半响，说不出话来。

“他的灵体已经受了伤！”心月狐叹了一口气，在一旁开口说道：“你们虽仗着自身有奇异元能护体，兼之又是灵体，以为不惧任何法宝元能，但却不擅运用，我方才只是以神能隔断了你们灵体上中下三魂七魄的灵息，自然便可以伤你，不如速速束手就擒，随我去见天帝吧！”

尾火虎见耀阳抱着渐渐失去识感的倚弦一个劲狂喊，虽然他对魔族妖邪素来绝不手软，这时见了耀阳凄绝伤心的神情，也忍不住道：“小魔……小子，快快投降吧，若再延误了时间，便是我们能救转那小子，最后他也将沦为凡魂俗魄一个，不能再修法持道！”

耀阳对两人的话听若无闻，只是不停叫唤着倚弦，然后猛然间抬起头，眼中爆射出凌厉凶悍的异芒，丝毫无惧的扫视四人，便是一向火爆脾气的尾火虎也不禁被他眼中神光所摄，心底无端涌现惧意。

只见耀阳仰天怒啸，啸声好似狂雷惊炸，充满了仇恨、怨怒。随着他的叫声，一道紫色异芒渐渐从他身上透出，而他身旁昏迷不醒的倚弦竟也生感应，灵体透出一股淡青色光晕，迎合上去。

紫青两道异芒相互流转，且越转越急，还不时发出“嗤嗤”的轻微响声。

心月狐见状玄心狂动，蓦地想到什么，不禁惊骇失色，大声喊道：“速速退出结界!”语罢，他身形一晃，化成一道光影已遁至四将所结成的“摩星结界”之外。

第三十一章　难逃厄运

四大神将刚一退出，便见被结界封住的十丈方圆空间里充盈紫青异芒，流转四方，疾速无比，然后只听一声如海裂山崩般惊天动地的巨响，一股紫青光柱冲天直上，一闪即逝。

“摩星结界”立时被破，灰飞烟灭。

这“摩星结界”乃二十八星宿神将所独修而成的结界，每多一人，结界力量便增一倍，而且二十八星宿神将每人所修元能分属五行，各有不同，相辅相成，若由二十八神将同时施展法阵，便是“二十八星宿大阵”，威力惊人，连修为超绝的元始天尊也不禁为之动容，惊赞不已。

尾火虎见自家四将所布的“摩星结界”竟然被耀阳与倚弦两人发出的奇异元能震破，不由瞠目结舌道：“这……这是什么鬼元能？居然如此厉害？”

心月狐见那道紫青色元能简直莫可抵御，蓦地想起玄冥帝君叮嘱过的话，脸色遽变，眼中厉芒毕现道：“那是归元魔能！他们正是我们此次人界之行所要擒拿的祸世魔星！”

一直遁去十余里，紫青二色的气芒才逐渐散去，落在一处山阴腹地。

紫青异芒渐已散尽，只听耀阳怪叫连连，声音中满是喜悦，道：“嘿，我就知道，小倚你不会有事的，他奶奶的，你小子真是吓死我了！”

倚弦已经醒了过来，脸上神色不再像方才那样黯淡无光，反而变得更有生气，笑道：“我当然不会死，俗话说，好人不长命，祸害遗千年嘛……”

耀阳用力捶打着倚弦的肩膀，激动得热泪横流，道：“对啦，你小子是个祸害，死不了的！”

原来，方才耀阳心里悲愤莫名时，归元异能不觉间由体内狂涌而出，随即引发倚弦体内的归元异能也生出感应，极阳极阴的两股异能相互激发，愈来愈强，瞬间便充满整个结界，最终将四大神将所布的“摩星结界”震破，而且倚弦灵体所受的创伤也被完整的归元异能补救，神识恢复过来。

兄弟俩此时正为劫后余生而开心之际，却忽然感应到周身再次被一股异能笼罩，而且回环流转，越转越急，衍生出一股奇大的吸力，拨山移海般将兄弟俩径直往半空吸去。

心月狐凝重生威的说话声隔空响起：“没想到你们竟是天帝敕旨捉拿的祸世魔星，速速束手就擒！”

耀阳与倚弦仰首望去，这才发现四大星宿神将不知何时已悬浮于他们头顶虚空之上，四人面前浮着一个形如金斗一般的异宝法器，在空中滴溜直转，四大神将分别放出红、白、黄、蓝四道元能，齐齐注入金斗中，形成一股巨大的漩涡异能，将他们吸入斗中。

兄弟俩赶忙相互握起手来，运转体内的归元魔能，这才勉强稳住身形。

四大神将齐喝一声，发出的元能光芒急旋，金斗的漩涡之力陡然暴涨数倍，耀阳与倚弦此刻正运转归元异能与之相抗衡，哪知在他们体内激荡回旋的归元异能慢慢开始外溢而出，然后一分分弱了下来。

耀阳不禁喊道：“糟糕，他们究竟用的是什么鬼法器，竟然可以吸收我们体内的异能。小倚，这里我顶着，你先走！”

倚弦也感应到归元异能被对方金斗吸收，正迅速在减弱，但如何肯听耀阳的话，气道：“小阳，他奶奶的说什么呢？我们哥俩要活一起活，要死就一起死！”

耀阳心中一阵感动，咧骂道：“你才他奶奶的，逮住一个总好过逮住我们一双，要是我们都被这四个家伙抓住的话，那谁还会来救咱们？”于是也不等倚弦回应，紧咬牙关运足归元魔能，贴在倚弦背上双双扑向金斗漩涡的边缘处。

归元异能独有的破除结界之功果然屡试不爽，然而耀阳并未借机与倚弦一起遁出，他知道依二人现在的修为，如果一起遁逃的话，跑不出数里便又会被四大神将抓住，倒不如自己先拖住四将，让倚弦可以跑得顺利一些，于是提起一脚便踹在倚弦身上，将倚弦踹得破空飞离金斗漩涡。

倚弦怎会不知兄弟耀阳的苦心，想到自己必须找准机会回来搭救耀阳，也就不再坚持，一出漩涡便立时借力施展风遁术，忍着热泪发了疯似的向东遁逃而去。

四大神将见“摄神斗”竟然制不住耀阳与倚弦二人，反而让倚弦逃逸出去，此时又不便收手，大急之下，众皆爆喝一声：“摄!”全力发动攻势。

耀阳体内的归元异能在经过方才一激之后，早已被金斗漩涡吸得无影无踪，再也抵抗不住那股强大吸力，被径直往斗中吸去，然后只觉自己身子一轻，好似被什么东西紧紧裹住一般，眼前一片奇光乱闪。

他咧嘴一笑，道：“还好，小倚没有被他们逮着，他奶奶的……”随即眼前一黑，失去了知觉。

骷髅山，白骨洞中。

石镜发出的光芒渐渐暗淡下来，镜面上显出太乙真人、广法天尊与幽云仙子带着狂性大发的哪吒从龙宫离去，所有影像最终全都消失雾化，只剩下一片磨光石镜。

妲己纤纤玉臂挥出，妖能涌现，奇光闪过，悬在空中的石镜缓缓落下。她看着一旁面露懊悔神色的石矶，娇声笑道：“姐姐这是怎么啦？一脸的不高兴，虽然太乙、广法几个老不死的稍稍碍了我们的好事，但那也没什么了不起的。”

石矶见自己好不容易密谋这么些年，精心设下的计划就这么泡汤，正恨得牙痒痒，听妲己这么说，脸色沉了下来，道：“妹妹说什么风凉话，这么一来，咱们岂不是白忙一场，妹妹这‘金傀符’也是白费心机了!”

"前天我见西魅共工氏的淳于琰出现此地，如今连中正防风氏的'风月双娇'也插手进来。"妲已心中暗笑，脸上却忧虑重重地道，"看来这件事情恐怕已经传开来了，相信不用多久，魔门五族也会纷纷出现。"

"都是太乙和广法那两个老不死的坏事。"石矶玉面露恨色，忿然道，"要不是他们，我的计划已经成功。如若神玄魔三宗果真集于陈塘关，日后行事更是难上加难了。"

妲已笑道："姐姐真可谓是聪明一世，糊涂一时，神玄魔三宗向来是对头，我们何不制造机会，让他们自相残杀，我们亦可从中取利，岂不更妙！"

石矶疑惑道："可是哪吒已经让太乙他们救走，要想再挑起神玄二宗自相残杀，似乎已经不太可能。"

"姐姐，你是当局者迷！"妲已抿嘴一笑，道，"这金傀符既然可以用在哪吒身上，难道就不可以再用到其他人身上吗？"

石矶闻言一愣，又陷入沉思道："那到底用在谁身上最合适呢？"

"水淹五行，圣器归一。"妲已胸有成竹地道，"姐姐无非是在打这句话的主意，既是如此，你我又为何老是舍近求远呢？"

"龙三太子敖丙！"石矶随即恍然大悟，喜道，"我真是老糊涂了，竟没想到这一点，他现在深受重伤，正是最佳的下手时机……妹妹所言极是，所言极是！"说着，二妖相视大笑起来。

半晌过后，二妖将个中计划一一商议完毕。

妲已道："姐姐，你且按我们所议计划行事，妹子有事先行一步了，届时在陈塘关汇合便是。"妲已说着，玄黑羽裳翩然飞舞，已然遁空而去。

石矶看着妲已的身影远远消失在洞门处，才低声骂道："无知骚狐，难道我不知道你意欲嫁祸于人，借此给我树敌，好从中捞取便宜，哼，真是痴心妄想！"语罢，手掐妖诀，白骨洞两扇石门轰然打开，石矶冷笑一声，亦运起妖能破空飞起，径自向东海方向飞去。

石矶刚一飞走，白骨洞前白光一闪，立时现出一条娇美身形，全身银绫缭绕，臂上七彩环紧紧束住白玉般的胳膊，不曾发出丝毫声响，正是一直守在暗处的婥婥。

婥婥美目凝望方才妲己与石矶各自遁去的方向，忖道：“妲己这妖狐看来也不安什么好心，只是破天阁大事为重，此时须得提防石矶有甚阴谋！”略微沉思片刻，银绫舞动，朝石矶飞遁的方向追去。

跟了半响，婥婥远远便看见石矶急速向前飞遁，到达碧浪滔滔、一望无涯的东海上空，最后行法遁入东海深处。婥婥心下暗忖：“这妖女到东海做什么?”

婥婥正要追踪而下，猛觉体内元能乱窜，全身感到一阵前所未有的火烫，大惊之下，连忙运转体内元能，却又丝毫无异，魔能异心不禁一颤，惊道：“难道姐姐出事了?”她和姮姮自幼相依为命、姐妹情深，当下再也顾不得跟踪石矶，随着感应所来的方向往回疾赶，正是陈塘关外的方向。

悬崖壁立，孤高千仞。

崖前白云翻滚，成团成絮，天风吹过，如浪起伏，这是一处不知名的悬崖。崖上是一块数十丈宽的平地，怪石嶙峋，灌木丛生。凌冽山风从崖上刮过，发出极其刺耳的尖锐啸声。

一位老者正迎风傲立，只见其人一身盘龙缕金的朝服，予人排风激云的不世气势。他身后立着一头浑身墨黑、犄角龙头的怪兽，正是三界异兽墨麒麟。

崖边上正坐着一个绿芒人形光影，整个人影不停在地上扭动，试图挣扎出体外一圈暗金色的光圈。

孤傲背影转过身来，银眉凤目，魔芒湛然，赫然便是魔门五族东圣九离族宗主、当朝太师闻仲。他受人邀约前来陈塘，谁知恰巧见到海滩上四大神将与耀阳、倚弦之间的争斗，心中窃喜，于是潜伏在左右，伺机而动，果然坐收渔翁之利。

闻仲瞥了一眼正在封印中挣扎的光影，冷哼道：“不要妄图挣脱，我已经将你的三魂七魄用‘修罗封魂诀’锁住，你虽有归元圣能附体，此时怕也用不出半分来，至于刚刚来追你的箕水豹与蝠女也被本太师引开，你还是乖乖呆着吧!”

绿芒光影正是身中“玄光法引”的倚弦，他心中一阵发苦，想不到自己才被兄弟耀阳舍身救出虎穴，便又落入了这太师闻仲手中。他叹了一口气，放弃挣扎，忖道：“不知小阳现在怎么样了？那四个家伙自称是神宗神将，应该不会对他怎么样的。”

“你现在一定在想着你那个兄弟!”闻仲哈哈大笑道，“你放心，那小子迟早也会落在老夫手上，到时候，你们再慢慢叙旧团聚吧!”

便在这时，破空之声骤起，一人落在倚弦和闻仲面前，只看那一身黄金龙鳞战甲，便知此人乃是闻仲的得意弟子杨戬。杨戬甫一落地，便向闻仲跪下行礼道：“弟子参见师尊!”

闻仲微一颔首，沉声道：“戬儿，打探得如何了？”

杨戬恭声答道：“启禀师尊，弟子已然探到心月狐与尾火虎的下落。”倚弦听了此话，心中一震!

陈塘关，总兵府别院。

一个身着黄金盔甲的虎目浓眉汉子正紧张站在那里，正是总兵府的主人陈塘关总兵李靖。他身边站着蜀山剑宗的幽云仙子。

李靖目不转睛地盯着面前众人，太乙真人、广法天尊与两个天庭神将正分东南西北四方站定，各人将双掌平举，元能涌处，显现一个由四种颜色组成的光圈，圈中正端坐一个面目英俊、身着红衣的少年，正是他的第三子——哪吒。

哪吒面上显现出的邪恶气息已减弱了不少，脸色也逐渐回复红润。

只听太乙真人急喝一声，周围四人各掐一记奇特法诀，元能神光暴涨，如惊涛拍浪般向哪吒压去。哪吒不由狂吼一声，玉脸发黑，周身肌肉如波浪般起伏不定，额头处显出一点血一般的红痕，紧接着一道金黄色符叶自哪吒体内飞出。

广法天尊面色一凛，屈指弹出一点火炎元能，那道金黄符叶轰地一声燃烧起来，化成万道金星，转瞬即逝。“灵睿剑”所化寒光也自哪吒体内穿出，围着幽云仙子略作盘旋，便自消失不见了。

哪吒回复正常神情，闭目趺坐在地。

众人收法而立，李靖赶紧趋前一步问道：“真人、天尊，小儿到底怎么了?”虽然哪吒自出生以来便诸多异常，令他大为不喜。但今日忽见太乙真人、广法天尊与幽云仙子竟用“灵睿剑”将狂性大发的哪吒押回来，紧跟着二十八星宿神将中的心月狐和尾火虎亦来到陈塘关。毕竟父子连心，这让他如何能不担心。

太乙真人向他点了点头道：“哪吒已安然无事，他体内所有魔符都已清除干净。但想要拨除灵珠子金身，恐非短暂时日内可以办到，且待几日再说吧。”

语罢，太乙真人又转头向心月狐、尾火虎及幽云仙子道：“这次要多谢几位相助小徒脱离磨难!”

一旁的幽云仙子闻言只是轻颔螓首，仍是不愿多言片语。

心月狐微微笑道：“真人何必客气，神玄二宗本是一家，这等小事自是理所当然。不过，这一道从令高徒身上逼出来的符叶充盈魔能，看来此事多半与魔门有关。”

广法天尊颔首道：“不错，那符录正是魔门九大符诀之首的‘金傀符’!”

“什么?”李靖闻言大惊失色，他自然知晓“金傀符”的厉害，忙问道，“究竟什么人如此恶毒用心，竟用‘金傀符‘对付我儿?”

“这还用说么。”尾火虎应声道：“‘金傀符’乃魔门不传之秘，此事自然是魔门之人干的!”

心月狐看了在场众人一眼，道：“心月以为，此次事件恐怕是有人居心叵测，想借此挑起神玄二宗的的争斗，此人心机深沉，居然想出这种毒计令神玄二宗自相残杀，然后坐收渔利，想来定是魔门的厉害人物。”

太乙真人沉思片刻，道：“待我将哪吒唤醒，问问他便知。”

语罢，太乙真人挥动拂尘，一道元能立时透入哪吒体中，哪吒“啊”地一声醒了过来，见到院中众人都满面肃然地看着自己，所有事情蓦地从脑中一闪而过，额间立时冷汗直冒，跪在地上道：“师父，弟子该死！”

太乙真人慈声道：“起来，吒儿，这件事错不在你。你且将事情的所有经过详细道来！”

哪吒哪敢有所隐瞒，便将几日来的经过一五一十地说了出来。

众人听得面面相觑，心月狐当即说道：“照哪吒这么说，这魔门贼子先附身哑姑冒充真人的徒弟，骗取哪吒的信任，然后盗取天帝敕封在乾元山的金身，再以魔法化身成广法天尊助哪吒融合金身，最后用‘金傀符’制住哪吒心神，让他去龙宫搅乱婚典，以此挑动神玄二宗之争！”

说到这里，心月狐心头大震，失声道：“盗取金身之人？难不成会是他们两个？”

太乙真人见以心机沉稳闻名二十八星宿神将的心月狐竟然会当众失声惊呼，连忙追问道：“谁？”

心月狐道：“今日我们四将在龙宫参加婚典，当时听到金身被盗之事，当即我便暗施玄法，想感应一下盗取金身之人，谁知一番感应之下，果然被我发现两人，而且这二人竟然就在龙宫之中。于是我们一路跟踪而去，并在半路布下摩星结界，逼他们现形，谁知这二人竟然是灵体附身……”

心月狐还未说完，太乙天尊和广法天尊齐齐咦了一声，幽云仙子也是面色一动。

李靖更是奇道：“这怎么可能？一般修道之人必须灵元合一，方能有所成就。虽然灵体可暂时脱离肉身，但绝不能长时间以灵体存在阳世。若是身死，无论修道之人，还是凡人俗子，都必将经冥界六道轮回，重新投胎转世！”

心月狐皱眉接下去说道：“所以，我们布下结界打算将他们擒获，谁知二人竟然在危急关头爆出无与伦比的强大元能，将我们的结界破去。直到我们动用天帝所赐的‘摄神斗’，才只抓住其中一人！”

听闻连三界闻名的“摄神斗”也困不住这二人，众人不禁骇然。

“更为令人惊讶的是——”心月狐神色凝重道，“这两人竟然便是此次天帝下旨捉拿的祸世魔星！”

陈塘关外，北面十里一处荒野小丘，四周林木丰盛，野草茂密，乱石狰狞，阳光射入林内，竟然升腾起一股紫魅魅的雾气，远远望去，甚为诡秘。

闻仲负手而立，遥遥望向陈塘关那高耸入云的破天阁，魁梧挺拔的身躯犹如巍峨高山，予人一种异常沉重的压迫感。身后的杨戬束髻顶冠，身着金黄色的龙鳞战甲傲然而立。

杨戬疑惑问道："师尊，弟子方才见心月狐和尾火虎用'摄神斗'收了另一个小子，便直飞总兵府中。此时必然和太乙、广法在一起。弟子认为，不如直接去陈塘关总兵府外等候，只要时机一到，我们便可……"

闻仲摇头道："戬儿，你修为尚浅，定然不知此时陈塘关内早已聚集神玄二宗的几大高手，一旦我们接近一定距离，他们便能感应到我们的圣身元能。"

"那……"杨戬略作迟疑，道，"我们要如何才能察知到他们的一举一动呢?"

闻太师拈须笑道："这个你不用担心，为师以我们手中这个小子为法引，然后用九离密传大法'魔心锁魂术'来探察另外一个小子的下落，只要他们都在，我们自然便会将一切掌握在股掌之内。你只管为我护法便是，此处距离陈塘关不远，神玄二宗的高手踪迹已现，你要加倍小心，不得露出行藏。"

闻仲顿了顿，又道："同时亦要加倍小心圣门其他宗族。尤其妲己那个贱女人应该也在陈塘关附近，千万不可让她坏了我们的大事，凡事小心应付，不得莽撞。"

"徒儿遵命!"杨戬揖身领命，身形拨空直上，忽然隐去。

闻仲大袖一挥，周围立时泛起一片三尺高、如墨似漆的黏稠黑雾。闻仲的身影慢慢隐入其中，直至最后消失不见。这黑雾乃是他东圣九离氏的"隐灵魔元结界"，在结界方圆十丈之内可将身形言语完全隐藏起来，而且不惧任何高手探查，比之"隐灵遁法"不知高上数倍。

闻仲自从上次在“虚灵幻境”中见识过归元双极魔能的威力后，回去翻遍宗门内所有古籍，苦思良久，却无良策。阴阳两极归元魔能本为一体，只是此次居然被那两个傻小子分别所得。虽未曾想出吸取之法，但若以“魔心锁魂术”控制倚弦，用他来感应另外一半归元魔能，应该毫无问题。

闻仲对归元魔能早已是垂涎已久，又曾亲眼见过归元魔能改造耀阳与倚弦的情形，故而对归元魔能的威力甚是忌惮，虽说从宗门内古老典籍里找出一些探察方法，但唯恐被无量魔能反噬其身，所以此次行法仍是谨慎非常。

只见他从怀中拿出一块刻满八卦图形，发着淡淡微光的巴掌大青石，这是他自北海征服蛮夷时所得的异宝“六合云光石”，是上有坎离震兑之宝，包罗万象之珍，又可如“玄光八卦镜”一般窥看千里之物。此时，倚弦的灵体便被镇伏在“六合云光石”的乾天阵中。

闻仲左手一指“六合云光石”，一股魔能缓缓注入其中。“六合云光石”立刻凭空飞起，悬停在空中，发出五色云气，霞光云蔚。随着闻仲手中十指挥动，倚弦的灵体自“六合云光石”中冉冉升出，只是面无表情，神情呆滞。

闻仲阴阴一笑，口中念念有词，本体的魔灵异心已经进入倚弦的神识之中。虽然知道了控制方法，可闻仲还是吃了一惊，现在这小子只是灵体状态，居然已经达到了灵元合体这种所有修行人都梦寐以求的极高境界。只看倚弦灵元合体的境界，更增强闻仲窥取耀阳与倚弦体内归元魔能之念。

只听闻仲大喝一声：“魔心锁魂，锁心镇灵。”

一股极强的魔能注入倚弦的灵体，倚弦灵体一震，微弱的归元魔能立刻流转全身，闻仲的魔能在倚弦的灵体内流转一圈，却和归元魔能各行其道，两者始终无法在倚弦的灵体内相遇，归元魔能仍然隐隐传出反震之力，企图将闻仲的魔能驱逐出外。

闻仲的魔灵异心仔细观察，并没有发现倚弦体内的归元魔能到底存在何处，只觉得归元魔能似与倚弦的灵体合而为一，浑然一体，无懈可击。闻仲明白趁这个机会吸取归元魔能是根本不可行的，不过利用归元魔能的禀性，以阴阳相吸之道来探察另一个小子的行踪倒是不难。

闻仲眼中得意之色一闪而过，脸上微微笑了笑，双手掐指为诀，催促魔能加紧施为。倚弦的灵体突然停止震动，立在地上一动不动，体内的归元阴极异能突地一颤。

闻仲的魔灵异心寂然一动，哈哈大笑道："找到了。"

说完，闻仲手中魔诀一点，一股魔能注入"六合云光石"中。只见"六合云光石"光滑如镜的石面突然一闪，一幅画面突然出现在闻仲眼前，当中一人清晰可见，正是迷迷糊糊被困"摄神斗"中的耀阳。

陈塘关内，总兵府别院。

听完心月狐的陈述，在场众人无不震惊当场。

太乙真人忙问道："祸世魔星兹事体大，不知现在需要贫道和天尊如何帮助你们呢?"

心月狐与尾火虎对望一眼，心月狐喜道："真人和天尊都是我神玄二宗的前辈高人，如果能相助我们自是最好不过，不如就由我们兄弟俩结成结界困住魔星，再由二位前辈来施法逼出另一个魔星的下落，然后烦请蜀山剑宗幽云仙子与李靖道友护法，不知诸位意下如何?"

众人齐齐点头应允。

广法天尊额上寿眉一展，插言道："魔星灵体元能充盈，而且归元魔能的禀性我们神玄二宗也无人知晓，贫道认为还是多个人结成结界为好。太乙道兄玄法奥妙，就由你和二位星宿组成'玄天三才法阵'。而我则主持'逆天制魂术'窥视魔星的思感神识，如何?"

心月狐等人都知道广法天尊乃是北明元宗的不世高手，自然毫无疑义。当下，幽云仙子与李靖站在一边主持护法。

太乙真人、心月狐与尾火虎三人按天地人三才方位站好，各自将元能结成结界。然后，心月狐手上灵诀直指，背上的"摄神斗"立时凭空出现在三人头顶，循环旋转不息。

随着三人元能的注入，“摄神斗”里的耀阳灵体已被解开禁制，置放入结界之内。随后，心月狐双手灵诀一回，这天帝御宝“摄神斗”顺利落入阵心，成为三才法阵的阵眼异宝，负起监控法阵灵能聚散的重责。

广法天尊站在结界之外，背上木剑已握在手中，左手拂尘金光连闪，法阵正式运转起来。

此时，耀阳神智清醒却无法动弹，想开口说话却发现声音已被人禁制，只能口中呜啦乱叫，好在结界里比在“摄神斗”里感觉好得多。他现在无视自身危险，心中正惦记着倚弦，想到好不容易让倚弦逃脱心月狐等四星宿的毒手，千万不要再出什么纰漏才好。

三股元能连接而成的“玄天三才法阵”泛出微微黄光，一股莫明异力将耀阳的灵体牢牢钉在半空之中。结界外，广法天尊手持木剑，虚空向耀阳一指，一股金色元能自剑尖射出，缓缓将耀阳的灵体罩住。

探视到神玄二宗的行为，闻仲阴阴冷笑数声，忖道：“归元魔壁乃我圣宗至宝，神玄二宗之人就算修为再高，也不知其中奥妙。妄想以结界之力困住归元圣能，必会引动圣能反噬，正是大好良机。”想到此处，闻仲抖足震地三脚，以阴暗低沉之声传音入地，呼道：“土行孙！”

闻仲身边三尺之地突然裂开，一光头矮子自里面钻了出来，垂手而立，道：“小的在此，请宗主吩咐。”来人正是土行孙。

闻仲双目厉芒隐现，指了指“六合云光石”中的耀阳，道：“土行孙，你以土遁潜往陈塘关总兵府，待神玄二宗高手行法之时，伺机抢夺那小子。照本太师的估计，他们行法之时，必会触动那小子体内的归元魔能爆发，到时候，你伺机下手便可。”

语罢，闻仲自袖中拿出一个黑色圆球，扔向土行孙道：“此乃摄魂黑球，只要注入魔能，念动法咒，就可将灵体摄入球内，只是时间不能持久。你此行前去，切记要小心行事，三个时辰之内一定要赶回来。”闻仲再将施法咒诀告知土行孙。

土行孙熟记咒诀，接过黑球行了一礼，头朝地向下一扎，身形便没入地下，消失不见了。

却说婥婥心神不宁，依着姮姮先前留下的感应，赶至陈塘关外的群山之中四处探察。此时正来到野马岭南麓，忽然听到前方林中不远处传来琴瑟之声，一时好奇便循声而去。

原来这是一处郁郁葱葱的青竹林，内里有一红瓦白壁，成六角状的精舍小筑。这琴瑟之声，就是从那精致的“竹林小榭”里传来。

婥婥素手一挥，“柔月丝绫”翩然舞动之间，她人已经轻轻落在这座精舍小榭之前。美目流转却发现淳于琰那辆八翼飞车正停在三丈之外。

婥婥心道：“姐姐最后留下的感应应该就是在此处了，也许又与淳于琰这个混蛋有关。”

想到这里，婥婥立时飞身进入小榭内堂，只见淳于琰正斜卧在一张碧玉床上，左手搂着青纱覆体的青龙魔将，身旁的朱雀魔将一双白玉似的双手正将盛满美酒的玉盏递至淳于琰嘴旁。剩下白虎、玄武二名魔将，身穿战甲垂手而立，负责警戒。内堂正厅之中，数名白衣少女正随着琴瑟之乐翩翩起舞。

婥婥看着淳于琰的丑态，玉面微红，背过身去娇咤一声，道：“淳于琰，你……”

淳于琰见婥婥突然现身，立刻长身而起，轻轻将身边玉人一推，手上做了个手势，双眼始终直勾勾地盯着婥婥。不到片刻，厅中所有人都已退下，只剩下淳于琰和婥婥两人。

淳于琰脸上满是笑意，故做风雅地摆了个姿势，双眼放光，朗声道：“原来是婥婥妹子驾到，倒是让在下失礼了。”

婥婥还没等淳于琰话说完，凤眉微蹙，厉声问道：“哼，淳于琰，你鬼头鬼脑的在这里做什么？我姐姐是不是在你这里，快快将姐姐还我，不然……”

淳于琰没好气的苦笑一声，心中想道：“刚才在这里饮酒作乐，又没碍着谁？什么时候竟成了鬼头鬼脑？”口中却不敢辩驳，道：“令姐受伤未愈，现正在后院休息，你见了她自然会明白一切。不如让在下为妹子带路前去，如何？”

婷婷心中虽然半信半疑，可也知道现在乃非常时期，淳于琰还没那么大胆敢出手对付中正防风氏一族，于是脸色略为缓了缓，道：“那也好，你快带我去见姐姐。”说完，手上臂环微展，暗中积蓄魔能，随时准备应付不测。

淳于琰略微欠了欠身，领先婷婷半步，在前带路。

走出中堂不过几步，一个幽雅僻静的厢房就在眼前，婷婷一眼便看见房内姮姮正盘膝而坐，运气调元，心中如释重负，对淳于琰笑了笑，轻声温言道：“看样子要多谢淳于公子了，小妹和家姐还有话要谈，请淳于公子暂时不要打扰。”

婷婷淡然一笑，直如百花齐放般烂漫美丽，淳于琰不由看得神魂颠倒，还没来得及回话，便只能眼睁睁看着婷婷的背影缓缓入房而去。当听到“咣”的一声，厢房门关上了，淳于琰这才回过神来，吞了一咽口水，这才回到中堂。

厢房内，婷婷行至姮姮身旁，轻声说道：“姐姐，让婷婷来助你一臂之力！”

姮姮脸色惨白，缓缓睁开双眼，对婷婷点了点头。

婷婷玉手一挥，周身魔能立时注入姮姮体内，顺应姮姮体内“祈慈天诀”的元能力量，开始帮助姮姮治疗体内伤势。

半晌后，婷婷见姮姮已无大碍，便收回魔能悄声问道：“姐姐，淳于琰那个混蛋没有对你怎么样吧？”

姮姮轻笑一声道：“婷婷，你还是那么心急，淳于琰他还不敢没对我怎么样。”

婷婷又问道：“那你怎么会跑到他这里来了？”

姮姮答道：“你我破天阁分开之后，不久我便遇到淳于琰来接我，说是五族有个聚会，让我前来参加。我自然有些半信半疑，谁知初到此地，我便旧伤复发。倒还幸亏他将共工氏的疗伤灵药‘澜蕴碧波丹’喂我吃下一颗，现在基本上已经没什么大碍了!”

“想不到淳于琰也会有如此好心的时候!”婥婥摇摇头，以示不解道，“对了，淳于琰所说的五族聚会，又是怎么回事呢?不会是又有什么大事发生吧?”

姮姮也摇了摇头，表示不知。

婥婥低头想了想道：“难道还是关于归元璧的事情?”

正当姐妹俩感到事情古怪之际，精舍外忽然传来一阵大笑之声，引得二人的魔灵异心同时有所感应，不由齐齐起身，身形飘飞出房。

出了中堂，便见淳于琰已经站在小筑精舍之前。

长笑声中，竹林劲风摇曳，三道人影扑面而至，兀官脔、祝蚺、刑天放三人已然出现在她们面前。

第三十二章　水满凡尘

陈塘关，总兵府别院。

由心月狐、尾火虎与太乙真人三股强劲元能连接而成的“玄天三才法阵”之中，广法天尊左手手持黑白拂尘，右手将木剑对准耀阳，一股金色元能将耀阳灵体罩了起来，正准备以玄宗密术“逆天制魂术”来探察耀阳神识之时，元能甫一进入耀阳灵体，便觉异变突生。

原本耀阳体内受结界之力压制的阳极异能就欲反噬而出，只是因受制于阵心“摄神斗”的神能压制，本体三魂七魄的灵息难以周全，所以一时间根本无法促使异能爆发。

但是因广法天尊的元能进入耀阳体内，企图探察他的思感神识，反倒是帮助耀阳贯穿了三魂七魄的灵息，有如借力打力一般，瞬间形成星火燎原之势，将归元阳极异能点燃起来。更因耀阳体外有庞大无比的结界之力压制，促使归元阳极异能自灵体各处如水银泻地般涌了出来，产生了一个极大的异能漩涡，将耀阳的灵体撑的扭曲变形。

耀阳因身体受了这种犹如身体撕裂的莫名痛楚，加之归元异能在身体里流转的同时也将心月狐所下的禁制解开，直至此时，归元异能被单极引发，若不能阴阳相交、互相融合的话，就会对本体产生极大的反噬之力，若化解不好，耀阳最大的可能便是就此灵元俱灭、永不超生。

恰好这时，广法天尊见耀阳体内异能蠢蠢欲动似是在反抗，还以为自身元能注入不够，左手拂尘连连挥动几下，一股股强大的玄能不断注入耀阳灵体之内。然而，广法天尊的金色异能恰如小石落水般，甫一进入便被耀阳体内异能形成的旋涡吸了过去。

广法天尊感觉到耀阳体内的异状，大惊之下忙运尽全力企图收回自身的金色玄能。

金色玄能再次被广法天尊费尽心力收回体内，然而此时修炼多年的玄灵道心突然生出警兆。因为方才他的回吸元能之举，引发了耀阳体内呈漩涡状的归元异能，霎时间如洪流破堤般自耀阳体内奔涌爆发而出。

广法天尊心头大骇，哪敢再有丝毫大意，手中木剑一震，体外霞光流转，心道："魔星体内元能浩大，如不设法退出，必将招致玉石俱焚之厄运！"然而还未等他有所反应，身体业已被归元异能震得倒飞而出，修炼多年的玄能在体内翻江倒海，久久不能平息。

心月狐、尾火虎、太乙真人三人见状不由大惊，他们原本为方便广法天尊施法，特意在结界里给广法天尊的元能留了条通道。如今耀阳体内的归元异能猛然爆发，三人同样来不及防备，只听"轰"的一声巨响，庞大无比的归元异能顺着结界里的缝隙如江水决堤般汹涌奔流而出。

太乙真人等三人的玄灵道心互不相通，加之三人又是第一次合作结界布阵。一旦出现异状，三人反应不一。二星宿以除灭魔星为己任，见耀阳体内归元异能爆发，第一反应便是全力推动元能，企图将耀阳灵体束缚在结界之内，将其迸发的异能压制下去。而太乙真人心存慈悲之念，手中元能一缓，首先让过广法天尊的元能，不料那归元异能似有灵性般，就从这结界里唯一的裂缝处全面爆发！

归元阳极异能何其暴烈，紫色元能从耀阳体内如排山倒海般疯狂涌出，心月狐和尾火虎虽然经过多年修炼，配合也颇为默契，可惜二人不知归元异能的禀性，甫一接触到流溢而出的异能，就被反噬之力齐齐震飞，"玄天三才法阵"立时崩溃。

太乙真人略为慢了一步，正赶上二星宿被归元异能的反噬之力震飞，连忙将手上拂尘连点，撞上了若云雾般的紫色归元异能。幽云仙子与李靖、哪吒等人一见形势不妙，更是奋不顾身群起而上。同时也被归元异能的反噬之力震得手忙脚乱。

此时，地面三尺之内，骤然一阵浮动，一条不足三尺高的身影突然从地下钻了出来，将手中一个黑色圆球就势一扬，强大的旋流便倏地出现，将正在清醒过程中的耀阳灵体化作一道清烟，吸进球体之中。然后那道身影再度一头扎入地下，消失不见了。

心月狐、广法、太乙等在场众人虽然都看到那矮小身影的所作所为，但无奈此时自身玄能在体内翻腾不息，痛苦万分，根本无法立刻出手。幽云仙子与李靖正运足全身元能对抗归元异能带来的余震，虽然尚有余力，然而因为守在结界外围，反应始终慢了半拍，所发出的元能、剑气都击打在黑影消失的土地上。

众人眼睁睁看着那三尺黑影抢走了耀阳的灵体，最后只能面面相觑，无言以对。

广法天尊灵元充盈，功力深厚，没用多久便回复过来，太乙、二星宿三人也渐渐恢复过来，只听外边海啸声声，震耳欲聋，狂风四起，天色顿时无故暗了下来!

众人大惊正想查看出了什么事，一道红光挟狂风带着三人从天而落，高声狂呼："大事不妙!"

陈塘关外。

土行孙迅速来到那处荒野小丘，对着那层黑雾结界行了一礼，道："小的已将太师要的人吸入摄魂黑球之内，请太师查收。"语罢，土行孙从袖中拿出黑色圆球，垂手立于旁侧。

闻仲突然负手现身，站在土行孙面前，只手一招，便将那颗摄魂黑球凭空摄入手中，然后对土行孙满意地点点头，然后挥了挥手，土行孙察言观色，不敢再多说话，径直退了下去。

闻仲将耀阳的灵体自摄魂黑球中放出来，再以"修罗封魂诀"将其制住，然后再将其封印在“六合云光石”的坤地阵中。这才收了荒林周围的结界，正欲施法唤回杨戬之时，却见眼前人影一闪，杨戬现身跪在跟前道：“启禀师尊，兀官裔与魔门四族的人此时正在野马岭附近聚集。”

“他们倒是来得挺及时的！”闻仲目中精芒隐现，道，“兀官裔这人恐怕不像是表面这么简单，屡屡扰动圣门安宁。不过，也好在他这次通知我，否则本太师也不可能在阴错阳差之下便成功得手。”

闻仲仰天长笑，却忽觉魔能异心骤然一惊，耳边听到异响连连，不由大惊失色道：“不好！”

杨戬很少见到师尊如此模样，急问道：“师父，什么事？”

“我们最好快些离开此地！”闻仲说完便掠身遁飞而去。

杨戬运起魔灵异心仔细盘查片刻，果然感应到一股强劲至无以阻挡的力量远远而来，当下哪敢延误，腾身跟随闻仲身后，遁空而去。

野马岭南麓。

淳于琰、姮姮、婥婥三人站在竹林前的一片空地之上，身后竹林摩挲，竹影摇曳。

兀官裔上前半步，拱手为礼，笑着对祝蚺和刑天放说：“淳于公子和‘风月双娇’都在这里，那真是太好了。不过，还请各位再稍等片刻，只待东圣九离的客人一到，老夫立刻坦诚相告。”

刑天放见了淳于琰与婥婥姐妹在一起，神情有些不太自在，道：“原来是淳于兄和‘风月双娇’在此，小弟这厢有礼了。”语罢，他还对着婥婥和姮姮点头示意。

淳于琰见刑天放有所误会，心里也是窃喜，道：“是啊，我们正等着三位哩。”遂吩咐手下侍从搬来坐席，让众人坐下议事。

姮姮玉容冷绮，坐在席上一动不动，甚少言语。倒是婥婥却对大家有说有笑，面若桃花绽开，声如黄鹂鸣谷，忍不住对兀官裔问道：“不知兀官大叔今日再次汇聚五族，究竟是为何事？”

淳于琰跟着插话道：“事关重大，早点得知，我们亦可早做准备。既然现在闻仲宗主和杨戬兄都不在此，兀官大叔不妨直言，待闻宗主或杨兄到来后，我们再告诉他便是了。”

祝蚺捋了捋下巴上的三寸胡须，开口问道：“兀官兄，如今我圣宗五族已然到了四族，剩下东圣九离氏也已通知到了。闻仲兄可能近来事务繁忙，而且他的徒弟杨戬现在也不曾来此，不如就先说了吧。”

刑天放神情坦然不变，傲然而立。虽然没有说话，但眉头却微微跳了跳，观其颜色，似乎也默认了祝蚺和淳于琰二人所言，深邃的双眼正紧紧盯着兀官脔，只是经常有意无意地瞟向婥婥和姮姮。

众人齐齐称是，目光向兀官脔望去。

兀官脔干笑数声，道：“上次在‘奇湖小筑’，我已经告诉过各位有关圣宗神物‘归元圣璧’被两个无名小辈所得的消息。此次，兀官前来也是为了此事。原本想等东圣九离的客人一到，便合盘托出。只是既然祝宗主发话，小弟怎敢不从？”

兀官脔眼珠转了转，笑着对众人说：“既然如此，在下就将事情先给各位说明。上次大家只知道圣璧被两个无名小子所得，今次我却已经得知这两个小子的具体下落。”

淳于琰闻言眼睛一亮，问道：“可知这两人相貌如何？现在何处？”

刑天放，婥婥、姮姮三人也不由一动，看来心中甚是关心那圣璧的下落，唯有那祝蚺仍是面无表情，一副漠不关心之状。

兀官脔环视四周一眼，道：“各位不必着急，如今这二人……”说着又高深莫测的一笑，接着说道，“如今这二人应该就在这陈塘关附近。”

“陈塘关附近？”众人不禁齐声惊问道。

兀官脔正声回道：“当然，否则我怎么会凭空要求各位前来陈塘呢？”

淳于琰脸色一变道：“兀官脔，陈塘关临近东海，如今又是东海龙王三太子的婚礼大庆，神玄二宗之人纷纷齐聚东海，而你偏巧说得了‘归元圣璧’之人就在陈塘关，莫不是想趁机挑起神魔两宗之间的事端？”

此话一出，祝蚺等人心中剧震，脸色大变，齐齐望向兀官窬。

兀官窬不禁心中暗惊，忖道："看来一直小看了淳于琰这纨绔小子，虽然他贪花恋色，倒也不是无能之辈。我只是推测出那两个小子现在可能在陈塘关附近，想借此机会挑动神魔两宗的恩怨，居然一眼被他看穿，看来以后对这西魅共工氏可不能小看。"

兀官窬脸上仍面不改色，大笑两声，道："'归元圣壁'关乎圣宗荣辱兴衰，我如何敢轻怠此事？得宝的两个小子现在确实是在陈塘关内，各位如果不信，可亲往陈塘关一探。为免行迹泄露，各位还是独自前去为好，也免神玄二宗之人误会，引起不必要的麻烦。"

婥婥应声道："如今东海、陈塘皆有不少神玄二宗的高手，兀官大叔为何不亲自前去，在探明结果之后，再告之我们？又或者可由大叔带我们前去，毕竟我们都不知道确实位置，也无人曾见过这得宝之人。"

此话一出，祝蚺等人心中皆暗赞婥婥心思玲珑，等待兀官窬如何回答。

兀官窬心知一个回答不好，便会惹人生疑，更会坏了他意欲挑起神魔二宗恩怨的大计，遂苦笑道："其实小弟也是得到同门旧友相告，才知此事，自然也没见过得宝之人。当然，如果各位不信，小弟也没有办法。不过，各位应该知道我奇湖向来最重信誉，我亦断不敢拿'归元圣壁'之事跟各位开玩笑。"

祝蚺老奸巨滑，虽然此时心中还是半信半疑，但仍是出言开解道："各位，如此大事，小心谨慎也是应该，不过既然是为了'圣壁'，我们便宁可信其有，不可信其无，不若现在我们便各自前去打探一番，不知大家意下如何？"

刑天放略一沉思，道："兹事体大，天放以为还是去探察一番为好，祝宗主之言，天放亦觉得可行。"

淳于琰见祝蚺、刑天放等人都答应了，知道不必再过于探究兀官窬的用心，也道："既然二位都这么说了，小弟也同意，却不知道婥婥姑娘和姮姮姑娘意下如何？"

姮姮对婥婥点了点头，婥婥应声答道："那就这么说定了，不过东圣九离的人还没到，我想大家还是听听他们的意见为好！"

蓦地，众人的魔灵异心同时一震，齐齐起身向东望去，但见茫茫东海之上，忽然海啸连连，狂浪滔天。

众人看清来人，除了二十八星宿中的箕水豹与蝠女，后面还跟着一银须白发的老者，神情肃穆，不怒自威，正是四海水族之主——东海龙王敖广。三人脸上俱是一脸焦急，仿佛有什么大祸即将临头一般。箕水豹更是焦急地叫嚷道："不好了，不知何故，四海海水齐聚一处，尽朝陈塘关涌来！"

众人听后不由惊骇失色，也来不及再说什么，纷纷施法遁至空中朝东海方向望去。

果然，不知何时开始，天地一片昏暗，海天交界处升起一片偌大的乌云，忽然越散越大，又密又厚，映着即将落山的斜阳，幻成无数五色云层，更不时见了千万条金光，在密云中电闪一般四散乱窜。

这时，神玄二宗众人已然飞遁至东海边上。只听呼呼风起，海潮如啸，似有千军万马般远远杀来。靠近海边的一片树林飞舞摆荡，起伏如潮，残枝断干，漫空飞舞。

电闪雷鸣，雷雨交加，时见野兽虫蛇，纷纷乱窜，断木石块被风卷着起落飞舞，声势之强前所未见。东海之上，骇浪滔天，惊涛山立，猛地听到惊天动地一声大震，大地连连晃动。

众人不由大骇，不知发生了何事。

广法天尊眉头一皱，忙向东海龙王敖广问道："陛下，这是怎么回事？"

敖广道："寡人方才正在宫中处理事情，巡海夜叉忽然带着箕水豹和蝠女来报，说整个东海海水出现异常。寡人也随即感应到其中变故，急忙前往查看时，竟然发现不单是东海，就连西海、南海、北海，总共四海的无量海水不知被何人催动，齐齐向陈塘关奔涌过来。"

李靖见那滔天海水来势汹涌，似是转眼便到，不禁心头剧震，忙问道："龙王，这四海之水一旦涌来，陈塘关方圆千里必然化为一池汪洋，万千生灵也将因此丧命丧当场。不知是谁如此歹毒用心，竟可以调动四海之水来淹陈塘关呢?"

敖广看着眼前海水即将狂奔而至，白发须眉顿时如箭般竖起，道："寡人也不知道是何人胆敢催动四海之水来淹陈塘关，而且已经派三位王弟去查看究竟了。只是四海之水将至，陈塘关将化为万里水泽，加上值此三界六道发生的变故，更将对天地灵气产生莫大影响，所以我和二位星宿神将先来报知诸位，以便共商对策。"

太乙真人惊道："难道陛下与其他三海龙王联手也无法阻挡这水势吗?"

敖广喟然一叹道："这次异变并非单纯的海啸那么简单，而是有人以法力元能催动四海的无量癸水精气，聚于东海一海之水当中，然后再驱使这比平常海水重三千七百七十一倍的海水淹向陈塘关，所以水势表面看起来虽然不大，但比四海之水齐至之威力尤有过之而无不及。寡人和三位王弟实在无此能力阻止，所以才来求助各位。看看可有什么法子可以拯救这陈塘关万众生灵!"

见一向性情脾气暴躁的东海龙王都显得如此消极，众人不由心中骇然。

心月狐见眼前的海水在东海边上激浪翻滚，仿佛随时淹过来一般，急道："情势如此紧急，我看惟今之计，只有一面速派人去禀报天帝，一面合我们在场众人之力在陈塘关前布下结界，将这海水暂时挡上一段时间，好让陈塘关的百姓及时撤离！不知大家以为如何?"

龙王、广法天尊和太乙真人齐齐点头。随即决定派箕水豹前去向天帝禀报此事。李靖也早已经吩咐众家将全体出动，去疏散陈塘关的百姓，好在陈塘关百姓多数居于总兵府附近，滔天海水虽未袭至，但仅凭那随海水而至的狂啸怒吼，便早已将陈塘关的百姓吓得哭爹喊娘，乱作一团。

眼见海水越积越高，如山头一般的海浪，一个接一个，发出惊天动地的啸声，更加上天上乌云密布，雷电交加，暴雨倾盆狂下，声势猛烈，无与伦比。

只见东海边上，东海龙王敖广、广法天尊、太乙真人、幽云仙子、心月狐、尾火虎、蝠女以及李靖纷纷聚精会神，体内元能循环往复，出手在即。

便在这时，李靖旁顾左右，忽然惊叫一声："哪吒呢？我儿哪吒怎么不见了？"

众人环视一圈，发现刚才还在一旁的哪吒果然已经不知去向。广法天尊肃然道："四海之水立时将至，此时已经无暇理会其他……咦，前方是谁来了？"

黑天暴雨之中，三道蓝光穿过狂风巨浪，又有三人出现在众人面前。

东海龙王敖广定睛一看，来的三人正是他的三位王弟——西海龙王敖顺、北海龙王敖钦、南海龙王敖放，心中不由一宽，问道："三位王弟，可曾查到是谁人在做此逆天之事？"

西海龙王敖顺性子较急，首先嚷道："王兄，大事不妙！放在你东海龙宫藏宝阁的'天一玄水珠'不知何时竟被人盗走。驱使四海癸水精气的人多半是这盗走宝珠之人，若非有'天一玄水珠'相助，任谁有通天彻地之能，也是不可能驱动四海之水的！"

"什么……'天一玄水珠'被盗？"

敖广听罢脸色大变，目中精芒暴射而出。相传这"天一玄水珠"乃水界至宝，由上神盘古重造天地之后，本身归还太虚所化的六件神物中的一件。其性属水，威力无穷。本来此宝一直藏于东海龙宫藏宝阁中，谁知在禁制重重的藏宝重地也会被人盗走。难怪敖广气得须眉皆张，怒发冲冠。

"王兄息怒，我们已经让扃弟火速去查此事了！"南海龙王敖放道，"但是四海癸水精气已然逼至，我们目前唯一的法子便是众人合力将海水阻住一段时间，希望扃弟可以顺利找出那个暗藏在附近的罪魁祸首！"

心月狐忽地狂喝一声道："众位注意，海水已经过来了！"

片刻之间，那高如山岳的海水，化作无数惊涛骇浪狂涌过来，已是距众人三丈远近。众人这才发觉那海水甚是怪异，其色已成黑蓝，而且犹如漩涡般激荡回旋，形成无数道怪异的水柱，彼此缠绕，合成一堵高数百丈长千余丈的水墙，朝众人压了下来，更发出一种尖锐刺耳的厉啸，震耳欲聋。

众人齐声大喝，周身元能狂涌而出，合力发出五光十色的异芒，布成一道耀映天衢的光墙结界，与凶猛而至的海水迎了个正着。

“轰……”只听一声惊天动地的巨响，直震得海水倒飞而回，四面八方响起惊人魂魄的海啸之声。

众人全力发出本命元能，甫一挡住充盈四海癸水精气的海水，便感到一股前所未有的压力澎湃撞至，似乎要将自己压得粉碎一般，但并无一人存有丝毫放弃之念，都苦苦强撑下来。

四海之水组成的水柱，急漩倾轧，汹涌怒啸，不停俯冲向众人，直撞得那道结界光墙光芒瞬息万变，众人立时感到压力陡然增强百倍以上。李靖在诸人中功力最弱，首先抵挡不住，脸色通红，身上黄金战甲咯咯直响，一口鲜血便已喷出。其余诸人也都好不到哪里去，面色或铁青，或煞白，或通红，或乌黑，显然都已出尽全力。

忽听海水深处再度响起一种尖厉啸声，那黑色海水陡然拔高数十丈，紧随其后的巨浪立时涌进，一波一波齐齐撞在结界之上。

这一面合神玄二宗高手之力所布下的结界轰的一阵震天巨响，顿时被这挟四海之威的巨浪撞得四分五裂。

结界一破，李靖、蝠女与尾火狐等修为稍浅的神玄高手齐齐被撞得倒飞出去。四海龙王、广法天尊、太乙真人、幽云仙子与心月狐等人也都受创不轻，避开数十丈高迎面而至的滔天巨浪，斜飞遁去。

四海之水一旦没了阻拦，立时狂涌而下，奔泄千里，眼见陈塘关立时将被这四海之水淹没。

忽听一声长啸响彻九天，一条火红人影电射而至，凭空挡在万顷巨浪之前。

只见他一手持着火尖枪，一手持着乾坤圈，混天绫裹就全身，一头乌发逆风飞扬，玉目星眸寒光直射，全身散发出一股冠绝天、地、人三界的超绝霸气。尤其在这狂澜已至的局面下出现，更是令在场所有人震惊莫名。

李靖和太乙真人首先惊呼出声："哪吒？"

来人正是哪吒！

却见他立于万顷巨浪之下，体内元能透过"混天绫"不停暴涨开来，耀出通红光芒，竟将身旁百尺以内的浪头都撑向两边，哪吒手持的"乾坤圈"骤然变得巨大无比，将哪吒护在圈内，圈外射出阵阵金光，将身边的海水尽皆分开，另一手中的火尖枪舞动出一个巨大无比的光幕屏障，将奔泄而至的四海之水齐齐抵住。

只见海面上波涛暗涌，狂浪滔天，后面层层巨浪轰然向哪吒涌来。

陈塘关前，神玄二宗的高手全都飞至空中，注视着不远处的东海海面。见哪吒举手投足皆是翻天覆地、排山倒海的无尽威能。包括李靖、太乙真人，东海龙王等知情人在内的神玄二宗之人，都大吃一惊，哪吒如何能有如此强大的玄能？就算是天将灵珠子复生，其当年全盛时期也无此威势。这举手滔天，覆手止浪的无尽威能让众人面面相觑。

太乙真人心切爱徒，一直紧紧盯着哪吒的背影，通过一番仔细观察，他发现哪吒虽然仍在使用"混天棱"和"乾坤圈"，但一身元能却早已不是玄门正法，竟隐隐带有魔能之力。

此时的哪吒微一扬头，李靖赫然发现哪吒的形容已变，浓眉大眼，黑眉如剑，刚毅勇猛，却早已不是哪吒。忙大声喊道："他……他不是哪吒。"

广法天尊得道日久，目光也锐利无比，早已看出此时挡海之人所用的不是玄门正宗元能，不但有浩然正气的九天神能，也有强悍至极的霸道魔能，心中对此人身份产生怀疑，尽管如此，他仍然静静开口说道："无论他是何人，咱们且先助他抵挡这四海水再说！"

此时，陈塘关附近的魔门五族自始至终关注着这一切，虽然他们并不清楚究竟是谁在与神玄二宗作对，但天生敌对的关系促使众人多少都有些幸灾乐祸的情绪，少有几个人真正愿意去揣摩此事所藏的玄机。

除了一直注视东海水况的婥婥与姮姮两姐妹之外，还有离陈塘关不远的闻仲，他正傲立于崇山峻岭之上，冷眼旁观东海发生的一切，身旁左右立着二团光影，正是被“修罗封魔诀”困住的耀阳与倚弦。

倚弦与耀阳两人此时放眼望去，只见大地山川在万顷海水的肆虐中接二连三地崩塌，烟尘滚滚，爆响连连。天地间更是乌云翻滚，雷电交加，洪水滔滔奔流。尤其见到此时的哪吒舍身挡水，两人心情越发沉重，想到此次祸端是由自己兄弟引发，心中愧疚难当，一时无语。

闻仲仰天长笑道：“想不到我魔宗沉寂数千年，今日竟还能看到如此壮观的场面，难得，难得！”大笑过后，他不免陷入深思之中，“此人竟不惜发动四海之水来淹陈塘关，目的究竟是为了什么呢？”

耀阳与倚弦对他怒目而视，身为阶下囚，他们当然是敢怒不敢言。

“你们想说什么便说什么，不用顾忌本太师！”闻仲瞥了他们一眼，指着东海边的好戏，冷然一笑道，“你们可知道，现在立在那里挡水的已经不再是哪吒？”

二人心中一动，禁不住齐声出口问道：“那他是谁？”

“他——他是一个连本太师也万万想不到的人物，他名义上虽然是魔族的人，但最后始终逃不过一个女人的手掌心。”闻仲一脸狞笑道：“不过，他今日已然难逃劫数！”

“什么……”

耀阳与倚弦同时惊呼失声。

众人正准备上前与哪吒合力抵挡海水，阻止这天地浩劫，挽救陈塘关万千黎民之时，一人突然飘然而降。

众人均自一惊，不由齐齐望去，却见来人乃是一名白衣女子。

任凭狂风骤雨在她身旁如何吼啸，她圣洁绝美的脸庞都显得那么空灵自在。此时，她正满面焦忧地望着东海海面上的滔天巨浪，巨浪中哪吒那顶天立地的硕长身影竟是那么孤独。

统御四海水域、三界水族的四大龙王却在看清来人之后，齐齐上前拜倒在地，高声呼道："东海敖广、西海敖顺、北海敖钦、南海敖放拜见长公主!"

此言一出，一旁的三大星宿神战将不由同时惊呼出声，道心深种的广法天尊与太乙真人也都感到玄灵道心泛起一阵微澜，就连冰冷澹然的幽云仙子也不自禁轻咦一声。他们心中都在惊异万分，忖道："难道这就是千万年来传颂至今——'龙魔之恋'中的龙女嫦娥吗?"

再看她那独具女性典雅的绝代风华，以及倾倒众生的无穷魅力，怪不得就连当年魔宗不世人物后羿都甘愿为她背叛魔帝刑天，并以射九日解救天下黎民作为聘礼!

神玄二宗素来尊师重道，以嫦娥辈分甚至可以与神玄二宗中地位尊崇的原始天尊、女娲上神比肩，是以几人连忙上前行礼。

"你们起来吧。"飘渺如云的声音无比清晰地传进几人耳中，"我早已不是神宗中人，更不要妄说还是什么龙族长公主了!"

虽然她身份尊崇，但在场众人都知嫦娥当年为了后羿早已离开神宗，是以也不再多话依言起身。

敖广一眼便见到嫦娥面色惨白，眉心那条龙脉此时竟已淡然无光，不由面色凝重问道："长公主，怎么您体内神能十去八九，这……这是何故?"敖广此问也正是另外三位龙王心中的疑团。

嫦娥闻言忽然笑了。骤然间，仿佛天地之中所有的亮点都凝结于那张绝世丽颜上，就连此刻的狂风暴雨也不能将其掩遮。她挥手指向东海上那道孤单的身影，竟现出少有的小女儿娇态，道："那些身外之物尽在我郎后羿那里，我郎在千万年前能够解救天下万千黎民，在这千万年后的今天也一样可以!”

在场十数人虽辈分有别，但都是神玄二宗中的杰出人物，却在嫦娥此话一出之后，众皆深抽了一口冷气，齐声惊问道：“后羿?”

嫦娥悬立空中，白衣飘飘，翩然出尘，傲然道：“不错，千年前天庭四大神帅之首的灵珠子就是我郎后羿转世而生!”

虽对答案早有所料，但众人却不敢相信，因为传说中后羿千万年前早已死在魔帝刑天手上，形神俱灭，怎么可能会是灵珠子呢?可是这话一旦从嫦娥嘴中说出，众人心内的震惊却未曾有丝毫减少。

幽云仙子蹙眉问道：“嫦娥仙子，据幽云所知，灵珠子乃是当年盘古上神置于西昆仑瑶池仙境的金蝉宫中，直到千年以前才被天帝赐以金身，委任神帅一职。而后羿却因……却因当年触怒魔帝刑天被其杀害，形神俱灭，那这两者又有何关系?”

嫦娥娇驱不由自主的轻颤着，眼中露出迷醉、愤怒、感激等诸般交杂的情绪，说道：“不错，当年羿郎确是为了我而被刑天所害，但是好在盘古上神及时赶到，将羿郎即要消散的神识凝魂成晶铸成一颗魄珠，也就是你们口中所说的灵珠子。千万年以来，我一直受天庭规条所限，不能擅自恢复羿郎神识。然而今日情况危急，事关万千黎民，所以我终可再见羿郎了!”

神玄二宗众人听后不由瞠目结舌，哪曾想到事情居然竟是如此曲折。

嫦娥素手轻摇，掌中一枚银白色的光球逐渐显现出来，对太乙真人缓缓道：“至于哪吒的灵魄，已被我尽数封印于这‘龙月影印’之中，真人不必担心。”说罢将纤手轻推，银白光球凌空飞向太乙真人，仔细瞧去丝丝红芒正在其中流窜奔腾，甚不安分。

太乙真人将光球接住，稽首道：“太乙谢过仙子!”

嫦娥却不答话，望着东海处彭湃吼啸的怒海，若有所思片刻，语气出奇凝重道：“你们好自为之吧，此次四海水淹陈塘恐怕不是你们想象中那般简单!”

语罢，嫦娥鼓动元能，白衣飘飞，凌踏虚空向东海直射而去，与后羿并排一列，相互深情对望一眼，她催发神能御体，共抗滔天海潮。

这时，东海上空突然闪起刺眼光芒，滚雷声声在天际响起，五色彩云刹那之间被骤飓狂风吹散，闪电陡然劈落，天地间忽明忽暗，乌云滚滚。蓦地又是一阵发疯似的惊雷，槌打海天万里，空中乌云沈甸甸的压将下来，闪电雪亮，雷声轰隆，暴雨倾泻而下。

东海之上滔滔海浪澎湃激荡，越来越强，竟将后羿一身不世元能所铸结界激得飞速抖动，缓缓后移，眨眼间已到距陈塘关不过三十里处。

后羿蓦地发出一声震天巨吼，全身彩光流离溅射，狂肆飞撞在震天海浪上，大地剧震，水柱乱迸，轰隆巨响直传百里，震耳欲聋，这才勉强将汹汹洪水阻拦。

广法天尊沉声道："不好！只怕后羿已然抵挡不住四海之水！"

众人心中凛然，心月狐皱眉道："看来水淹陈塘关乃是迟早的事！唯今之计，我们只有兵分两路，一面先尽力帮助后羿抵御四海水力，不让它冲入陈塘关。一方面去帮助李道友尽快疏散陈塘关的黎民百姓！"

众人点头称善，决定由几大星宿神将前去帮助李靖疏散陈塘关民众，顺便联络周边神玄二宗的人。而四海龙王、太乙真人、广法天尊以及幽云仙子则去助后羿抵御海水。

几大星宿神将也不再多语，飞身前往陈塘关。余下众人一齐低声叱喝，蓦地发出清越长啸，冲天飞遁而起，向滔天巨浪处急掠而去。

四海龙王与广法、太乙、幽云等人猛然跃入汹涌波涛之中，一时间漩涡激转，海水如沸腾的锅水，立时四下炸将开来，十余丈高长数十里的波浪瞬息翻涌，被众人道道元能巨墙以闪电般的速度阻挡下来。海浪被众人绚光激震，轰然震响，银光轮转，四周水浪或凝为冰屑簌簌纷飞，或化为水气消散风中！

后羿也不多语，连忙抽身催起乾坤圈，蓦地飙旋而起，旁侧水浪轰然合璧，汇向后羿所在之处，神玄二宗众人立刻就大感轻松。

后羿避开盖顶而来的猛浪，拔身而起悬浮在半空中，红紫青三色光芒笼罩全身，突然清啸一声，怀抱乾坤圈笔直冲起，陡然折转，箭也似的破入海水中，喝道："娥妹，快走!"

说话间，他掌中乾坤圈蓦地暴涨炫目红光，如电舞长空。紫光冲涌，似怒龙咆哮，彩光爆射，无数道光弧四下狂啸冲撞，海面上光芒眩目，"轰"地爆响，水石炸飞，乾坤圈霎时崩开无数裂缝，化为彩光流转的巨大光圈，一寸寸将暴涨的海水压了下去。

嫦娥心知此时依自己的薄弱元能根本帮不上忙，但心下却万般不愿离开，只是为了不影响后羿凝神归元抗击恶浪，最后只能飞身离开。

后羿再一声怒喝，招展千丈的混天绫蓦地朝上衔起，发出"滋啦啦"的闷响，将海水与地面撕开极大的缝隙，就这样生生将千万倾海水倒卷回去。

地面深处突然传来惊天动地的震响，地动山摇，无数的礁石炸射飞舞，浪花滚滚腾空。滔滔浪波狂飙似的冲天而起，将神玄二宗诸人透体而出的元能悉数甩开。被那海啸似的巨力托带，众人体内元能激窜奔舞，不由自主被带往空中。

众人凌风踏步，从高空下望，透过漫天翻腾的浪涛，只见乾坤圈飞旋乱撞，无数道巨大的水浪围绕其侧急旋怒奔，所到之处，暗礁珊瑚轰然崩裂，碎石飞舞，水流冲天喷涌。

放眼望去，滚滚水浪滔天翻涌，万里水域飘摇震荡，四处石崩地裂，水浪喷飞，蔚为壮观。

就在这时，轰隆闷响不断传来，混天绫幻化千丈的结界倏地裂爆崩炸，变为漫天红光，但是却被怒啸翻腾的巨浪淹没。浪流蓄势已久，疾汇陈塘而去!

骤生变故，使得众人毫无应变之策，手忙脚乱的各使密法企图阻住水势，可怎是这天地间自然力量的对手，眨眼间均被冲退数里。

后羿蓦地喷出一口鲜血，可见方才已然受伤，但是他却丝毫没有退缩，骤提元能浑身彩光暴射，就要前去抵挡洪水，可身形方动就已不支，伟岸的身躯在风雨中摇摇欲坠。

嫦娥心中焦急万分，口中发出一声撕心痛吼，周身扭曲，倏地化为一道巨大狭长的白光银影，向奔涌巨浪中冲去，银芒暴涨，一条巨龙破浪而出，盘身急旋，神能涌冲，一道漩涡凭空出现，将周近海水蓦地吸住，勉强拖住水势。

四海龙王齐齐惊呼出声，他们怎曾想到嫦娥会在本命灵元几近枯竭的情况下，还妄自施展龙族的损身自暴之术“噬龙豢虚”，诸人顿时被嫦娥舍己为人的胸怀所感动。

后羿呆愣愣立于空中，片刻才突然朝着巨浪发出凄恻悲号，身躯急速坠下，眨眼落入浪涛之中，拼尽全身之力，仍然被怒潮所淹没。

神玄二宗众人虽有心前去救他们，但是眼前的洪猛浪潮却再也不容他们有丝毫松懈。

第三十三章　射日传说

就在这时，一红一白两道光影闪耀鼓舞，从海水中蓬然冲出，倏地化为一个白衣女子与红衣女子。

其中那名白衣女子旋身飞转，踏足浪尖，已然救起后羿，掠身海浪之中款款而立。只见她轻纱蒙面，赤足如霜，宛如冰雪精灵，正是一直倾心灵珠子的珠灵！

珠灵回首朝红衣女子挥了挥手，道："紫菱妹妹，你快些回你父王那里，这里太危险了！"

红衣女子有着一张跟嫦娥一模一样的面孔，但多出一些天真与纯善，闻言应了一声道："我知道哩！灵姐姐，你也要小心……"她话还未说完，便已经被东海龙王拖到一边去了。

珠灵怀抱后羿，朱唇娇叱一声："碧游珠！"手指弹舞，一道白芒划过漆黑的天幕，电光石火，没入怒浪狂涛之中。突然之间，隐隐有白光冲天而起，那高涨十余丈高的浪头登时崩塌回落。

迷糊之中，后羿仿佛听见一个极为熟悉而焦急的声音，在他耳旁低低呼诉道："灵郎，心如古井，微波不惊，不然你就要被灵元噬魂了！"

但那因不能救助嫦娥而涌起的悲痛、狂怒如惊涛骇浪在后羿心中翻腾欲沸，他如何又能静得下来？滚烫的热泪汹涌而出，烧灼着他的脸庞。惊骇、悲伤、暴怒、痛苦……形成比那嫦娥真元幻出的螺旋力还要强猛的涡流，让他卷溺其中，脱身不得。

他恨自己为何不能保护心爱的女人。熊熊恨意化作黑色火焰焚烧全身，他眼中更是直欲喷出火来，强自站起身来，悬浮在空中嘴唇急速开合，吐出一段极为晦涩难懂的话语，继而仰天吼道：“圣血誓诀！”

后羿毕生元能澎湃击出，瞬时阻住漫天洪水，业已化身巨龙的嫦娥蓦地幻回原貌，娇躯直向后羿飞来，仿佛有一无形巨手将其托住一般，后羿紧紧将她抱在怀里。珠灵立时“噗”的一声喷出一口鲜血，她脸上那块白纱立时随风而去，露出她那惨淡的玉容。

圣血誓诀，是魔宗三大毁灵誓咒之一，威力虽然巨大，但后果必然是——灵元俱灭！

珠灵看到后羿毫不犹豫的毁灵祈誓，心中一时间交集缠绕，自问道：“难道我这般为他，真的没有在他心中留下丝毫影子么，哪怕……哪怕只有一点也好……”

然后当她再次抬头看到他俊朗坚毅的面孔时，却发现后羿怀抱昏迷的嫦娥，正目光灼灼地望向她，满蓄柔情与愧疚地道：“傻丫头，这么多年过去了，你还是一点没变！”

珠灵听他念叨当年在天界“金蝉宫”经常召唤自己的昵称，眼中闪烁出晶莹的泪光，迎上后羿的目光，道：“一切都已经过去了，物已寥，人亦非，你永远不能再成为那以前的后羿！但我不管你是后羿，还是灵珠子，我也不要你忘了过去的一切，我只是想避开这些纷扰，能和你还……还有嫦娥姐姐咱们三人好好过平平淡淡的日子！”

后羿紧紧注视着她，目光中神情复杂，她不再是往日的百花仙子，而自己也不再是昔日的灵珠子，现在的她从迷梦中醒来，找到宿世的恋人，可自己又怎么在怀中人与眼前人中间做出选择呢？自己真的能够离开吗？这陈塘关万千黎民自己真的能够狠心放弃吗？

而嫦娥也在此时醒转，适时听到珠灵这一番话，泪眼朦胧的望着熟悉的他，恳求他放弃心中的执着。毕竟千万年来他肩上所背负不再是自己一人，还有眼前这位华羽仙子。

后羿的目光渐渐温和下来，三人的目光仿佛在瞬时间交流了千言万语，他清清楚楚明白了她们。他仰头望向顶上长天，他自问不是那种瞻前顾后的人，就如同当年他为了她一句话，便将刑天九日射灭一般。

后羿低头看向怀中这两名自己生命中的女人，微微一笑，轻声说："重新恢复神识以后，我一直在想，当我生平第一次走向刑天氏的祈魔大道时，我以为已经舍弃了尘世间的一切。而结果却仍然历魔劫生，所有这一切都在告诉我，所谓舍弃只是一种幻觉，其实所有一切都还在你我的心里，永远无法忘怀。"

嫦娥、珠灵两人痴愣在那里，呆呆地看着他，后羿的话语都如同从天边飘来，虚无中却又带着真切。

"所以，每个人都有自己的路，我这一路来虽然艰险难渡，但是我从不后悔！珍惜眷念曾经拥有的和将要拥有的一切又有什么错……所以我现在绝不会放弃那些无辜的百姓黎民，你们还愿意跟着我吗？"

说到此处，后羿发出一阵舒畅的大笑声。嫦娥与珠灵同时点点头，两双美眸中均闪耀起异样光彩，仿佛在一时间，天地中的一切皆黯然失色，只有三个人的心还在跳跃。

后羿的面色现出前所未有的郑重，轻声再向二女问道："你们愿意做我的妻子吗？"

这轻轻一声如同晴空霹雳，击打在嫦娥与珠灵心头，让她们的心裂成千千万万的幸福碎片，漂浮在无边无际的浪涛里，随波逐浪无法把持……泪流满面的她们毅然点头。

后羿笑了，满面神彩耀亮了曾经不为任何事失色的坚毅脸庞，他分别握着嫦娥与珠灵的手，全身放射出柔和的光线结界包裹着他们的身影，缓缓腾空而起，飘上了无边无垠的虚空。

五彩云光下，壮丽的山河展现在他们面前，滔天巨浪就在他们脚下，狂风骤雨为他们祝福，就在这天与地之间，后羿朗声道："让这上面的天空与风雨、下面的大地与浪涛为我们作证，从今天起，我后羿……"嫦娥与珠灵绽放出最美丽的笑容，应声附应道："我嫦娥……""我珠灵……"

刹那间，三人心神融为一体，共同说出最后的话语："愿永世结为夫妻，生生世世，永不遗弃！"

话音未落，三人身躯忽然银光爆射，在半空中顿了一顿，倏地高高飞起。白芒闪耀，然后蓦然烟消云散，三人已然灵元俱灭，无影无形了。

“轰隆……”

震天巨响中，众人再也抵御不住滔天浪潮，直扑陈塘关方圆百里，沿途冲泄山崩地裂，浪飞石舞，滔滔水流在千万雨丝残舞之间汹涌泛滥，一片狼藉景象。

陈塘关附近的野马岭之上。

魔宗众人远远瞧见跃马岭瞬间崩缺了半壁山崖，众人齐声惊呼，余音未落，大地突然剧烈地震动起来，轰然连响，陈塘关周围土壁开裂，簌簌迸飞。

“大家快闪!”兀官裔首先掠空而起。

众人均感应到危机，立时纷纷腾空，遁至半空中。

野马岭业已崩塌欲倾，那位于野马岭下的陈塘关更是在劫难逃。

崇山峻岭之上，倚弦与耀阳此时呆立一旁，已被后羿三人卓立空中灰飞湮灭的身姿所震撼，心中更是百感交集，一时间相互说不出半句话来安慰对方。

闻仲面色凝重地注视这一切，忽而若有所思地大笑道：“原来如此!原来如此!”

闻仲双目魔芒烁现，像是看穿了某个秘密一般，一脸兴奋之情，双掌虚空一摄，魔能将耀阳与倚弦缩入掌心的“六合云光石”，收进袖袍中。

闻仲遥对天际默念几句秘语，不到片刻，杨戬立时现身在他面前。

闻仲神色肃然道：“戬儿，你现在速速去往陈塘关破天阁，圣器异宝即将现世，你先混入圣门其他四族之中，为师随后就到!”

“是!”杨戬俯首领命而去。

看着杨戬离去，闻仲面上狞笑更甚，展开身形凌空向陈塘关扑落下去。

神玄二宗众人掠至半空，无限惋叹地观望此时的漫天巨浪，广法天尊禁不住仰天长叹道："我们竭尽全力，终究不能挽回大劫，如今浪涌山倾，回天乏力！"

众人心下黯然，站在空中看着被四海之水冲撞的满目疮痍的大地，均感到无能为力。

滔天浪涛急涌而至，野马岭终于倾塌崩倒，水淹陈塘已成定局。

陈塘关，风雨陡然加剧，电闪烁铄，霹雳连连，铺天盖地的水势已然将它完全吞没。

只见一片汪洋之中，唯有一处地方竟然丝毫无惧重逾万钧猛浪，竟是总兵府后院的破天阁！

巨浪围着破天阁旋转，被破天阁透出的莫名玄能迫得四下退开，只激得海水漫天涌起，声势惊人。便在众人被眼前巨变深深震撼时，一个浪头迎头扑下，水花四溅中，两道青影在众人的眼前一闪而过，以迅雷不及掩耳之势，扑入破天阁，消失不见。

破天阁立时显现出甚为奇特的变化，整楼光芒直闪，先是现出黄光，黄光闪动明灭，从中生出一股白光，将黄光覆盖，白光颜色越来越白，白到极处，竟然转为黑色，而黑光又逐渐转淡，化为青色，青色流转，竟然化为红色，最后，红色光芒变动，又还原为黄光。如此依序变化，无有休止。五色奇光映着四面海水，满天风雨，瑰丽可不名状。

陈塘关上空的神玄诸仙以及附近的魔门众人一时都看呆了。

广法天尊首先恍然而悟，反应过来，"大事不好！"

太乙真人立时问道："广法道兄，何事不好？"

"原来妖魔二宗水淹陈塘，竟是为了……"广法天尊望着五行玄能围绕的破天阁，全身上下玄能流光闪现，深深吸了口气，道："破天阁玄门大阵已然发动，看来盘古上神的封印已然失效，那两样上古异宝不日恐怕就要出世了！"

"水淹五行，圣器归一！广法道兄所说的是乾坤弓！震天箭……"太乙真人震惊莫名。

广法天尊沉思片刻，向敖广招手道：“龙王，现在形势危急，贫道想请你族紫菱公主，持我信物速速赶往南天门，将此事禀知天帝，请派天庭神将来援。否则一旦破天阁被破，后果不堪设想！”

“谢广法道兄！”敖广怎会不知广法天尊用心良苦，毕竟紫菱法道修为尚浅，如若加入战场难免有所闪失，所以将此事交予她去办乃是最佳人选，他心怀感激闪至一旁，开始嘱托尚在为嫦娥、珠灵默默垂泪的紫菱。

广法天尊轻叱一声，对着一众神玄二宗同道，玄门“清音梵世诀”施展开来，道：“列位同道，今日无论如何，我们的首要责任便是全力护住五行玄关，务必令今次水淹陈塘之人空手而回！”

众人齐声应诺，展开身形扑向海潮滚滚中的破天阁。

与此同时，婥婥与姮姮看着两道青影闪入破天阁内，姐妹俩直至此刻才恍然大悟，原来发动四海之水来淹陈塘关的人竟是为了破天阁的异宝。姐妹俩全身魔能涌现，两条“柔月丝绫”分别拂起异芒连连，冲向被玄能包围的破天阁。

魔门众人皆不由一愣，不知中正防风氏这对姐妹意欲何为。兀官脔和祝蚺齐齐对看了一眼，两人都是见多识广之人，立时想到一句自古流传的畿语“水淹五行，圣器归一”，一念及此，二人禁不住同时脱口而出：“乾坤弓！震天箭！”

魔门众人闻言尽皆震惊当场。

破天阁乃是中正防风氏历代守护密宝的圣地。当年，后羿射落九日之后，被魔帝刑天所灭，而防风氏拥有的三界至宝“乾坤弓”和“震天箭”也同时下落不明。后来，历经数代防风氏宗主千百年的探寻，才在五百年前得知“乾坤弓”与“震天箭”被神玄二宗封印在陈塘关“破天阁”内，于是防风氏派出御器圣女，秘密守护并伺机夺回两样至宝，同时也对破天阁的玄门大阵加以探索查看。

姐妹俩知道包围破天阁的玄门大阵，内藏先后天五行玄能变化。此时，阵法已然启动，一旦被人闯入，五行玄能顺转而运，本可由金木水火土五个入口进入的玄门大阵，立时封闭，只剩一个入口。而“乾坤弓”和“震天箭”就藏在破天阁之内，心中如何不急，姐妹俩来不及思索，便追随两道青影扑向破天阁。

魔门众人反应过来，哪还有什么顾忌，相继扑向破天阁参与夺宝。忽见前面的姐妹俩同时娇叱一声，各自退向一边。原来破天阁前不知何时竟多出一个人来，满头红发，狮口龙鼻，目中闪着奇异红光，龙鳞战甲显出妖异的光芒，一柄龙枪四处舞动，元能狂涌，与婥婥姮姮斗成一团。

“是东海龙三太子敖丙！”见那人举手投足不似平常，淳于琰惊声道，“他怎么会在这里？而且神情好像不大对！”

只听一声轻吟，杨戬自天而降，环视一圈，眼中精芒暴涨，看着正和姮姮姐妹俩相斗的敖丙。他心中清楚，敖丙现在的样子，正是中了东圣九离无上秘法“金傀符”才会出现的状况。可令他感到极为诧异的是，究竟是谁给敖丙下的“金傀符”呢？

“杨兄，怎么这时候才来？”刑天放客气地招呼了一声。

杨戬淡然一笑，道：“刑天兄，难道不觉得时机刚刚好吗？”说完，环顾了一下周围，分别朝在场的魔门诸人点头行礼。

众人客套地还了一个礼，然后也不多说，全神贯注盯视场中形势发展。

只见婥婥和姮姮姐妹俩全身散发出异光流彩，正与敖丙斗成一团。场中异芒交错，漫天飞舞。婥婥心里暗自吃惊，没想到这龙族三太子的功力如此之深，她们姐妹俩出尽全力也攻不破他的结界。想到这里，婥婥长吸一口气，臂上七彩臂环“七情环”化成七个大小不同的七彩光圈，正要发出。

猛听一人在后面笑嘻嘻说道：“婥婥妹妹，待小兄来助你一臂之力。”正是淳于琰的声音。接着，无数道强劲的魔能异芒从身后飞速扑向敖丙。婥婥和姮姮倒飞三丈之外，见祝蚺、兀官脔、刑天放、杨戬都扑到破天阁左右，齐齐向敖丙出手。而淳于琰不知何时到了自己身边，守护他的四魔将却和魔门其他人一起，对付敖丙。

淳于琰笑道："两位妹妹，我们大伙儿决定一起拿下敖丙，攻入阁内再说。你们觉得如何？"

姮姮一听，立时知道"乾坤弓"和"震天箭"的事再也瞒不住了，不由看了婷婷一眼，暗自焦急。婷婷娇笑一声道："原来是这样啊，那么淳于兄怎么不动手呢？"

淳于琰给她笑得神魂飞荡，嘻嘻笑道："小兄志在美人而不在宝物，这不是怕两位妹妹受伤吗？"

姮姮冷哼了一声，与婷婷互望一眼，姐妹俩心灵相通，开始盘算着如何行事。却抬头猛见七八条人影破空飞至，拦住了攻击敖丙的魔宗众人，各自厮杀起来。原来是神玄二宗的人飞速赶到。场中一时间奇光乱闪，啸吼声此起彼伏。同时另有三人扑向己方，分别身着黄、青、白三色战甲。却是二十八星宿中的心月狐、箕水豹、蝠女，六人相互斗成一团。

与淳于琰对敌的是身着黄甲神将蝠女，淳于琰为了显示风度，一边轻逸闪避蝠女的功击，一边环顾周围，啧啧有声道："太乙对上祝脔，广法对上兀官脔……"当他一眼瞥见正和刑天放相斗的冷若冰霜艳若天人的幽云仙子，不由妒念大生，忖道："刑天放这小子怎么这么好运，对着这么一个大美人？本公子怎么就这么晦气，摊上这么一个冷脸婆？"

正想入非非之际，淳于琰的魔灵异心一动，四周数十股强大厚重的元能向自己压来，发觉蝠女发出的各股黄色元能并没有消散收回，而是隐去形迹，停留在空中。在蝠女的催动下，现出数十条黄色光影，四面八方齐齐向自己打来，这才发现眼前这个女人不好对付。

忽听三四声娇叱："勿伤我家少主！"

四个装束妖艳的少女急飞而至，连手替淳于琰接下蝠女这一击。淳于琰见白虎、青龙、朱雀、玄武四大护身魔将已至，心中大喜，得意洋洋道："给我好好教训下这老女人！"四魔将齐声应道："是！"各自运用魔能法宝，攻向蝠女。

蝠女冷哼一声，本来无丝毫光华的黄色战甲突然之间烟尘滚滚，手上不知何时多了一件黄褐色的玉杵，正要力战，一道蓝色鞭形元能替她挡下了白虎和玄武两人的攻击，箕水豹已和他的“玄水鞭”飞了过来，二人便和淳于琰手下四魔将斗起来。

另一边，太乙真人拂尘急挥，无数缕金色玄能化成的丝线，在狂风暴雨中如烈日之芒，迎向祝蚺。

祝蚺手中魔诀连掐，南魁祝融氏的“九幽阴火诀”使出，一幢碧阴绿火将全身罩住，任太乙真人以“灵光真诀”发出的玄能光芒攻击，他都视若无睹，反而变幻手中魔诀，一团斗大的碧色烈炎在他的叱喝下，从护住他的绿火团中飞出，如流星疾驰，朝太乙真人撞去。

太乙真人识得那是南魁祝融氏以自身元能炼就的阴火，一入身中便会将人全身精髓烧尽干枯而亡，阴毒无比，当下左手掐成灵诀，朝那些朝自己飞来的火团一收一放，身内元能自五指上飞出，化为数十点精芒耀眼的光点，飞入一团团烈火中，口中喝一声：“破！”

那数十团阴火随着一阵连绵不绝的响声，炸成粉碎，飘散在风雨中，瞬息熄灭。

太乙真人怒道：“原来这水淹陈塘，残害万物生灵，破坏天地五行平衡之事，是你们魔门五族做的好事！你等为了个人私欲，竟然做出这么逆天之事，真是罪不容诛！”

祸蚺冷笑道：“太乙，你说什么屁话？这四海之水明明是神宗龙族所放，与我们圣门何干？你们神玄二宗猪狗一家，发动海水来淹陈塘，摆明了是想抢我圣门至宝！”

太乙心头恼怒，正要发话。却听那一头与广法天尊相持不下的兀官窬冷声道：“不错！神玄二宗无耻之极，残害众生，为的便是抢夺我圣门的‘乾坤弓’和‘震天箭’！”

广法天尊见兀官窬毫无顾忌地便道出“乾坤弓”和“震天箭”，冷哼一声，将“炼魔元诀”尽力施展，万点金芒，如雨般爆出，焕出满天奇彩，狂射向正阴阴冷笑的兀官窬。

兀官窬举手之间，魔能涌现，一柄绿玉色尺子在他面前急转，幻化成一面绿莹莹的屏障，广法天尊发出的无数点金芒，一触到绿光，便被弹了开去，一时间，铮铮锵锵之声急响，密如万粒明珠，迸落玉盘之上，其音清脆，金绿两色光芒映着场中众人互斗的七彩光芒，煞是好看。

“绿玉旋光尺！”广法天尊见兀官脔采取守势，片刻之间绝不会落败，眼见自己神玄二宗这面，因抵御海水，稍迟了魔门之人半步，只有一面抵挡魔门五族进入破天阁，一面派人制服挡在破天阁唯一入口处的敖丙。

此时，李靖正在大战东圣九离的杨戬，两人都一身黄金战甲，在风雨中显得相当耀眼。

北夷刑天氏的刑天放和蜀山剑宗的幽云仙子斗成一团，一个素衣如仙，一个玉面俊颜，各自幻化出不同元能异彩，打得飘逸轻灵，但却险恶万分，稍一不慎便是两败俱伤之局。而心月狐以“牵神刀”遥遥牵制住中正防风氏的“风月双娇”婥婥和姮姮，箕水豹和蝠女分别以“玄水鞭”与“黄精如意杵”对付西魑共工氏淳于琰和手下四大守护魔将，打得正是刺激紧张、难分难解。

而东海龙王敖广与西海龙王敖顺趁神玄二宗诸仙引开魔门众人后，直扑破天阁，甫一动手便将神智错乱的敖丙困入结界之内。南海龙王与北海龙王则分头去阻止水势四下漫延。

见神玄二宗渐渐控制住局面，广法天尊一边继续施展“炼魔元诀”，一面冷脸沉声道：“兀官道友，你奇湖小筑不在三界六道神玄妖魔之内，何苦来搅这趟浑水？”

兀官脔心中冷笑，他千方百计地要挑起神玄妖魔四宗的相斗，如此大好良机怎肯轻易错过。此时他眼见东海龙王和西海龙王已经将要制住敖丙，破天阁前的唯一入口即将被神玄二宗封闭，而魔门众人又被神玄二宗其他人绊住，自己想趁乱进入破天阁的计划业已化为泡影，当下运足魔能大声笑道：“广法，你神玄二宗将这‘乾坤弓’和‘震天箭’据为己有已有数千年，到如今也该物归原主了！我兀官脔不过是路见不平，伸手相助而已，总好过你们这些恃强豪夺、自诩正义的人吧？”

如此一番话在这狂风暴雨、众人叱骂声以及元能相撞的轰然声响中，声震当场、清晰可闻！

整个陈塘关上空，狂风怒吼，暴雨如注。

但是任风急雨大，东面上空三丈方圆的空间却风雨全无。只因闻仲在此处布下“隐灵魔元结界”，不但隐去他与耀阳、倚弦兄弟俩的形迹，也将漫天风雨挡在结界之外。

闻仲立在结界中，额上魔目圆睁，精光闪烁，注视着破天阁前的神、玄、魔三宗混战，心中忖道：“没想到当年射落刑天九日的‘乾坤弓’和‘震天箭’竟然封印这在陈塘关中，想来这‘水淹五行，圣器归一’的说法，原来便根于此处……”

闻仲一向古井不惊的魔灵异心一时间也禁不住起伏不定，虽然这次来的目的是为了耀阳与倚弦，可这归元魔能能否取出据为己有，实在是未知之数。但这“乾坤弓”和“震天箭”就不同了，想当年，连刑天九日都能被其射落，如果到手必然所向无敌，对日后称霸魔门，一统三界六道，实在是大有裨益。

想到这里，闻仲眼中魔芒湛现，再一次将目光投向风雨中的破天阁。

破天阁四周，风雨交加，猛浪高涌。

广法天尊见兀官啇语多讽刺，蓄意挑动魔门五族与神玄二宗的怨隙，心中不由大怒，周身玄能流转，整个人大放异彩，法诀指处，一个红球自右掌掌心现出，光芒四射，悬空不停急闪，仿佛一颗小小的太阳。四周空气立时一片火热。

兀官啇知道这是广法天尊以本身元能转阴化阳，运转离宫之火使出的“三阳火真诀”，威力非同一般。当下也不敢小觑，运起体内魔能，尽量发挥出“碧玉旋光尺”的威力，凝神应对。就在这时，他的魔灵异心忽地一动，一股熟悉的感觉自远及近袭来。

场中众人混战正酣，只听一声长啸，响自东面天际，声若龙吟，在场众人心中一惊，俱感一股强大的魔能裹着一条黑色人影，已然破空而至，飞速划过正在相斗的广法天尊和兀官啇身边，冲向破天阁。

广法天尊大吃一惊，“三阳火真诀”积蓄的玄能，立时调转方向，一个大如车轮的红色元能幻化的圆球，不再攻向兀官脔，转而扑向黑影。

兀官脔见那条黑影一闪而过，所挟带的强大魔能气息，让他的魔灵异心立时感应到，那是东圣九离氏的正宗魔功心法，除了东圣九离氏的宗主、当朝太师闻仲，还能有谁有如此至强的魔能？心中念头电转，暗自打定主意，收回“绿玉旋光尺”，径自扑向破天阁，哪知才飞出不远，一股强劲玄能狂扑而至。

破天阁正门前，东海龙王敖广与西海龙王敖顺以强大无比的龙能结成一个丈许方圆的结界，将狂性大发的敖丙困在其中，任敖丙如何狂叫大喊，也无法冲破结界。

闻仲的身影破空而至，丝毫不理会身后广法天尊所发的红色光球，而是两手各掐一记“修罗破天诀”，强大魔能临空袭向东海龙王和西海龙王。两人都不曾料到闻仲的魔能在这时袭来，急忙闪身躲避，再还手时，闻仲双手指诀变幻，元能在他身后结成结界，挡住了敖广、敖顺以及广法天尊随后而至的攻击，一声脆响后，魔能结界虽被三人破去，但闻仲却已然无影无踪。

当魔门五族趁水淹陈塘而来趁火打劫时，神玄二宗便已经商量好，由玄宗诸人对付魔门五族的人，而四海龙王负责驱退海水，制住敖丙，守住破天阁的唯一入口。此时，西海龙王敖顺见竟然有人从自己兄弟俩眼皮底下进入破天阁，龙族颜面何存，他本性暴躁，怒吼了一声，便要随后追去。

哪知人影一闪，广法天尊在破天阁入口处拦住敖顺，道：“龙王不用再追了！”

敖顺急道：“可是，广法道兄……”

广法天尊看着一旁伺机而动的兀官脔以及祝蚺等魔门五族，面色凝重道：“无需担心，玄门大阵以五行玄能运转，阵内参天象地，玄机万变，生克五行，倒转八卦，有无相循，虚实相应，绝非区区数人可以破之。而且，玄门大阵一旦启动，五行依次运转，只余一处入口，而且有入无出，我们只要守住此处入口，便无大碍！”

此时因为闻仲的闯入，破天阁四周的情况又起变化，神玄二宗除了南北二海龙王去拦阻水势外，其余人都聚到广法天尊身边。而兀官脔与魔门五族祝蚺、杨戬、刑天放、淳于琰和四大魔将、“风月双娇”婥婥和姮姮也聚成一团，双方遂成对峙之势。

姮姮与婥婥姐妹俩原本无心与魔门众人联手，但是此时“乾坤弓”和“震天箭”即将出世，这是中正防风氏数千年来一直想寻回的圣宝，魔门五族都得知此宝来历，看他们此时的样子都是心存欲望，无不想趁机占为己有，她们姐妹俩力量微弱，所以此时走也不是，留也不是。

兀官脔本想尾随闻仲之后进入破天阁，谁知被太乙真人在侧挡了一挡，慢了广法天尊一步，心中恨得要命，暗暗揣度了一下场中情形，虽然两方暂成对峙之状，但神玄二宗既然能守住破天阁入口，那进去抢夺“乾坤弓”和“震天箭”的机会也就微乎其微了，心中顿时萌生退意。

魔门众人均感应到闻仲侵入破天阁，同时将质问的目光投向杨戬。相反杨戬将犀利如常的魔眼异芒迎向众人，神情中并无丝毫惧意。魔门众人心中着恼，但眼前面对神玄二宗的威胁，谁也不敢掉以轻心，又哪有工夫去质责杨戬。

当闻仲甫一进入破天阁，便觉眼前奇光耀眼，魔灵异心浮动不已，浩大无形的玄能已经扑上身来，一股火热气息笼罩全身。闻仲丝毫不惊，他虽然无法知悉玄门大阵内的情形，但心念到处，强大的魔能已然护住全身。

但那火热玄能并没有与他体内的魔能产生冲突，而是在他魔能运起之初，就化成另一种重似山岳、凝如实质的玄能力量，闻仲刚想转动魔能再加以反击时，却又感应到玄能化为如锋锐如刀，再转成轻顺柔和，最后化为青灵纯正之气。

闻仲这般感受破天阁内的五行玄能，但被他封印在“六合云光石”内的耀阳和倚弦二人，在被他带入玄门大阵，经历五行玄能时，却又是另一番感受。

耀阳被闻仲封印“六合云光石”的“坤地阵”内，他感到自己就那么飘浮在空中，四周是一片无穷无尽的漆黑空间，身体一丝一毫也不能动弹，神识却感应到空间里布满冰一般的寒意，将自己全身包住。忽然，他感应到一股不知从何而来的暖意，脑海中的虚空里，现出一道微微的黄光，黄光渐渐转盛，渐渐转成白色，白光慢慢转成黑光，黑光又转成青光，青再转红……

被封印在“乾天阵”中的倚弦，虽然所处的空间是充满火热的一片黑暗，但神识所感应到的一切与耀阳一样，只不过光芒颜色变幻依次是青、红、黄、白、黑、青。这似乎只是片刻间的功夫，又似乎漫长得不可计数，就在这种莫可名状、奇诡之极的世界中，耀阳与倚弦整个人都沉浸在平和、柔顺、欢悦、兴奋、舒适的思感神识中。

两人并不明白，这是闻仲带着封印他们的“六合云光石”进入破天阁，触及五行玄能发动所产生的反应。此时大阵内的五行玄能顺运而生，对被封印在“六合云光石”中的兄弟俩却只有微弱的影响。

闻仲身为魔门五族东圣九离氏的宗主，自然知道这是五行玄能依次顺生，同时也明白过来，破天阁内的玄门大阵以五行玄能运行，而无论神玄魔妖哪宗的人修炼元能，都会按五行之质分别来修炼，所以只要踏入阵内，玄门大阵立时自行探测出来人的元能属性，以先天相生之序将人引入阵心。

他所修的本命魔能属五行之木，所以玄门大阵以木行玄能所生之火行玄能为引，转为土行玄能，依次生出金、水玄能，最终生出与自己同源的木行玄能，将他慢慢吸入玄门大阵的阵心之中。

果然，不出他所料，五色玄能一一相生之后，眼前一亮，闻仲便发现自己已经踏足阵心，置身在一个奇异的空间中，四周是一片红黄相间的雾气，似乎无有边际，并且时不时有五色奇光闪现，让闻仲隐隐感到一股奇大的压力降身。

只是，他已然无暇顾及这些。因为这里已经先有两人在内。

两条人影在虚空中缠绕飞舞，强大的妖能在空中相击，一个黑衣长发，妖冶魅艳；一个青衣青裙，披头散发。闻仲的眼光何等锐利，自然认得相斗的二人正是妲己与石矶。

但见妲己双手掐诀，凌空扑落，发出股股紫黑色妖能攻向对方，而石矶手持弯月石刀，右手五指急弹之下，发出道道银光反击妲己。

闻仲心下忖道："原来这水淹陈塘之事，是这两个妖女搞的鬼。不过，现在看来多半是因为分赃不均而反目成仇，而且石矶已经不是妖狐的对手，还受了些轻伤。"

闻仲猛然想到什么，额头横眼猛睁，魔芒暴射，抬头急看，果然发现在整个空间的虚空正中，玄光劲射之处，悬浮着一把弯弓，弓身幽黑，由两只两头蛟龙双木缠绕组成，两只蛟首紧紧咬住弓弦，四眼发出雪红光芒，怒目相视。而双龙之尾缠绕在一处，结成一颗血红珠子。整张弓发出黑青色的异芒，一眼望去予人异常沉重的感觉。异弓旁还浮着一卷状若竹简的帛册，从质地上来看应是玉石做的，放出五色毫光，兀自旋转不停。

"乾坤弓！"闻仲大喜，身形一晃，右手"修罗破天诀"，左手"修罗灭神诀"，祭起两道强大魔能，疾扑向浮在空中的大弓和玉册。

正打得昏天暗地妲己和石矶惊见闻仲抢进玄门大阵，扑向"乾坤弓"，不由都尖啸一声，各自飞退三丈。

两人施展心计以"金傀符"制住东海龙王三太子敖丙，盗得水界至宝"天一玄水珠"，发动四海之水淹没陈塘，破除盘古禁制"乾坤弓""震天箭"的封印，才使得"乾坤弓"与"震天箭"出世。这时又岂能眼睁睁看着别人抢先下手？

妲己十指屈张，祭起"紫魅缠丝诀"，十道紫色妖能化作奇异手臂一般从侧旁无声无息扑向闻仲。石矶则脸上青光大现，手中弯月石刀急弹挥出，五道刀劲破空而出，闪耀着阵阵银光，发出丝丝刺耳的破风之声，射向闻仲背后。

闻仲还未扑到大弓前，两股妖能已从背后袭至，心中早有防备，左手"修罗灭神诀"往后发出，强劲魔能竟同时挡住妲己的"紫魅缠丝诀"和石矶弯月石刀的攻击，更借两人的妖能推动身体，更加快速飞向“乾坤弓”所在。

此时，闻仲右手“修罗破天诀”眼看便要触及“乾坤弓”，不由发出一声得意长笑。然而就在这时，他的魔能异心警戒大动，发现自身魔能所及，被一股无形玄能挡住，那看似毫无阻碍浮在半空中的“乾坤弓”竟然被一个个无形的玄能气团环环包围，根本无法拿到手。

闻仲当下爆喝一声，运足全身魔能，将整个包围“乾坤弓”的无形玄能包在魔能中，在瞬息之间，所有魔能都聚无形玄能气团的周围，无上巨力的挤压下，他感应到无形气团眼看就要被压破了，忽然耳边听到一声震天大响，“修罗破天诀”发出的魔能全被震散，五色奇光急旋，将整个空间划成两个大小不同的空间，外边大圆依然是淡淡的红黄色，内中小圆却是五道强大奇光，不停闪烁。

“乾坤弓”和玉册却不见了踪迹。

石矶见状大惊，急啸一声，尖声叫道：“五行玄门大阵已经逆转！”

闻仲在魔能被震散之前，魔灵异心已然感应有变，立时身躯急退数丈，尽管他仍然被五行玄能的爆炸之力波及，却未曾因此受伤，只是袖中的“六合云光石”被卷入五行玄能之中。

此时，破天阁之外“轰”地一声大响，笼罩破天阁的五色五行玄能在异芒明灭之间，围着破天阁急转而下，白光融入红光，红光化入黑光，黑光投入黄光，黄光被青光包围，青光化为淡白色，最后五色光芒齐齐闪耀，同时不见，只剩下薄薄一层五行之气包裹破天阁。

见此情景，广法天尊骇然失色：“玄门大阵已然逆转！”

阁外，轰然急转的海浪仿佛失去了屏障似的，立时倾然倒下，将整个破天阁全然淹没。一时间，破天阁只剩下小半截置立在这万丈洪波之中，巨浪涛天，雷电交加，仿佛随时会被毁灭一般。

魔门众人亦是呆立当场，饶是阅历颇深如兀官脔、祝蚺之辈，也不知里面究竟发生了什么事。

姮姮和婥婥对望一眼，两人心中都明白眼前破天阁这种情形，必然是因为有人触动玄门大阵，使原本顺转相生的五行玄能变成逆转相克的五行玄能，整个大阵也在这种逆转五行之中全然封闭，再也无法任人出入。再者神玄二宗业已守在破天阁前，其后恐怕尚有援军赶来。

姐妹俩权衡利弊之下，只有死了夺宝之心，准备先回羿射山禀明师尊。于是，姐妹俩同时展动“柔月丝绫”，也不与魔门众人打什么招呼，便急速向南方破空遁飞而去。

兀官裔见“风月双娇”一声不响遁走，心中不由大诧，想这“乾坤弓”与“震天箭”乃中正防风氏的本族至宝，她们怎么如此轻易便放弃呢？当下追身上前，问道：“婥婥、姮姮姑娘，你们怎么能走呢？这‘乾坤弓’和‘震天箭’可是你们防风氏的本族至宝！”

谁知婥婥与姮姮头也不回，也不答话，径自飞走。这时，由于东海龙王已经将敖丙制服，天上风雨渐渐停歇，两姐妹身形飞动，身上异芒闪现，配合两条丝绫的翩然舞动，在空中划出美妙轨迹，诡魅亮丽之极。

其他魔门众人面面相觑，不知道是留下来好，还是退出为妙。此际，东面天空传来阵阵遁法破空之声，数十条人影掠空而至。

兀官裔心中一叹，知道神玄二宗的援兵终于来了，口中说道：“老夫今日有事，恕不奉陪各位！”身形晃处，便自遁飞而去。于此同时，祝蚺、邢天放、淳于琰等人都发现东方天际的异状，知道暂时无法抢夺“乾坤弓”，各自打了个招呼，一气之下尽作鸟兽散了。

只有杨戬心下暗暗担心最后闯入破天阁的师尊闻仲，但看到神玄二宗援兵瞬息便至，也只有遁飞当空，俊伟身形顿时消失得无影无踪。

心月狐、尾火虎等星宿神将见魔门五族四散而去，便想尾随追去。

广法天尊连忙阻拦道：“穷寇勿追，此时五行大阵已经逆转，出入皆已封闭，恐怕需要大阵重启，才能恢复原状，况且援兵已至，尚有许多事情要做！”

说话间，天际飞来的一众天将已经降至破天阁之前，共有二十五人之多，每个人身上都穿了一件奇形盔甲，尾火虎等星宿神将喜道：“你们都来哩!”一众神将正是二十八星宿神将中另外二十五人。

众人一一见礼，身着金色战甲如同金龙盘旋的亢金龙向广法天尊道：“广法道兄，天帝已然得知封印‘乾坤弓’和‘震天箭’的破天阁出事，特命我等二十八星宿神将来援，听候广法道兄的指示。”

“玄门大阵已然逆转，五行玄能相克循替，外人无法进入，里面的人也无法出来。”广法天尊看着眼前波涛滚滚的海水，又看了东海龙王一眼道，“如今局面已经稳定下来，首要之事，就是将已经漫延的四海之水驱退。这事要借重龙王了，‘天一玄水珠’想来定然在三太子敖丙手上。”

在场众人齐齐看向被结界困住的敖丙。